ぼくの大切なもの

再移植をまえに逝った息子・健

三宅 健 著
三宅公子 編集

はる書房

ぼくの大切なもの＊もくじ

Ⅰ部　ぼくは生きる

Ⅱ部　健とともに

Ⅰ部　ぼくは生きる

一章　原因不明の病気

一九九三年、初夏。その頃、ぼくは中学三年生。将来の夢は数学者か理論物理学者になってフェルマーの定理のような歴史的な難題を解決することだった。

『不可能じゃない、必ず実現してみせる。そしてぼくは科学の歴史に名を刻むのだ』

当時のぼくにそう思わせるほど、未来というやがてくるはずの現実には無限の可能性があり、魅力的なものだった。そして、それはこれからも永遠に続くものだと思っていた。

予感

あの日はひときわ強い太陽の光が、太平洋の彼方から降り注ぎ、小峰の丘を歩いて登校するぼくら相洋中学の生徒一人ひとりの影を、一層濃く映していた。

その日の放課後、ぼくは何人かの友だちと一緒に、校舎の真下にある駐車場で、サッカーをしていた。

初夏だというのにその日はとても空気が熱く、少し動いただけでも体中から汗がほとばしった。自然とぼくたちは校舎の日陰の所を中心に動くようになっていったが、時折、ボールを追いかけて日陰を離れると、その度にカメラのフラッシュのような強烈な閃光が目に入ってきた。不平を繰り返しながらもぼくたちは、止まることなく走り続けた。若いから、元気だから、すべてが苦く、すべてが楽しい時代だったから。

時間がたち、日もとっぷりと暮れかけてきた頃、職員室のある二階の窓から、誰かの人を呼ぶ声が聞こえてきた。

『なんだぁ、うるさいなあ』と思い、舌打ちをしながら苦虫をかみ潰した顔で見上げると、視界に入ってきたのは担任の入野先生だ。

『やべっ』とあせりながら、皆、いったんサッカーを中断し、先生を満面の作り笑顔で見上げた。

「おい三宅、ちょっと職員室に来てくれよ」

「えっ、何でですか」

ぼくは思わず聞き返していた。

「いや、まあ、ちょっと来てくれよ。すぐ済むから」

『何だ、何だ。なんでぼくだけ？　何か叱《しか》られることでもしただろうか？』

と思ったが、とにかく職員室に急ぐことにした。

職員室の入口の前までくると、ぼくは戸の外で軽く深呼吸をし、気持ちを落ち着かせてから、恐る恐る戸を開けた。いつまでたっても、職員室に入る時は緊張する。つまり、それだけ身に覚えがあるということでもある。

「おう、こっち、こっち」

部屋に入ると先生が手招きしてぼくを呼んだ。

「何でしょう」

蚊の鳴くような声で答えると、ぼくは先生のいる所まで小走りで向かった。すると先生は別段厳しい顔をするでもなく、「ああ、実はな」と静かに言いながら、何やら机の引き出しから取り出した。

「この前、尿検査があっただろ。それで、お前、ちょっとひっかかっちゃったんだよ。それでこれ、ほら、再検査の容器」

「えっ、ぼく、どこか悪いんですかね?」

突然のことにぼくは驚き、動揺した。たちまち心臓が激しく暴れだし、奈落の底に突き落とされるような気持ちになった。一生懸命に冷静を装おうとしたが、声が震えて駄目だ。

どうやら、先生もぼくの動揺に気付いたらしい。

「いや、大丈夫、大丈夫。こーゆうことはさ、よくあることなんだよ。心配するなって。多分、大丈夫だよ」

『多分って、絶対じゃないのかよぉ』

先生の励ましはうれしかったが、激しく湧き起こる何とも形容し難い気持ちは一向に治まらなかった。手には汗がにじみ、容器を受け取るとき、危うく落としそうになった。たかが尿の再検査なのに。まったくお恥ずかしい話だ。

職員室を出ると、ぼくはそのまま教室に荷物を取りに行った。

外に出ると皆はサッカーを再開していたが、ぼくは「用事があるから」と言って先に帰ることにした。申し訳ないが、とてもその日はもう、サッカーをする気にはなれなかった。

家に着くと、母に再検査のことを話した。母はぼくよりさらに激しくうろたえたようだった。

「まあー、大変！　尿検査が異常ですって！　腎臓でも悪いのかしら？　もうっ、だからあれほど、夜更かしは体に悪いって言ったじゃないの。言ってもきかないんだから、この子は。どうなっても知らないわよ！」

まあ、いつもの母と同じといえば、同じなのだけど……。

その後、ぼくはとりあえず仮眠をとることにした。昔は何か嫌なことがあって落ち込んだり、体調が優れないことがあったりしても、ぐっすり眠るとすっきり回復したものだ。

その日の夜、父が会社から戻ってくると、母は待ってましたとばかりに、さっそく尿検査のことを父に話した。

「あなた、あなた、ちょっと！　大変なのよ！」

「んー何だよ、大変なことって」

母の大騒ぎは、いつものことと、父は平静のままだ。

「健が学校の尿検査でね、再検査なんですって！」

「えーっ！」

何か、父も驚いた様子だ。

「どうしたんだ？　腎臓でも悪いのか？」

「どうなのかしら？　心配だわー」

両親があまりにひどく心配するので、次第に落ち着きを取り戻しつつあったぼくまでが、なんだか不安になってきた。

「もう、だから、あれほど不規則な生活はやめなさいって、言っていたのに。言うこと、きかないんだから、もおー」

「そうだよ、ちゃんと、言うことときかなきゃ駄目だよ」

父もすっかり母に乗せられている。被害者はぼくなのに両親になじられ、なんだかぼくは無性に腹が立ってきた。

「うるさいなあー、もぉー、勉強しなきゃいけないんだから仕方ないだろ。第一、成績下がると怒るの、親のあんたらじゃねぇかよ」

「体を壊してまで勉強やりなさいなんて誰も言ってないでしょ。それに毎晩、遅くまで起きて何してんのよ。本当に勉強やってたら、もっと成績いいはずでしょ」

『確かに……』

「うるさいなー。ほんとに勉強やってんだよ。それが何か悪いのか」

ぼくは腹を立てて、自分の部屋にひっこんだ。その後も、応接間の方からは、何やら夜中までボソボソと話し声が聞こえていた。

翌日の朝になって母に、「昨日、遅くまでなに話していたんだよ」と聞いてみたら、何やら親戚の医者に、今回のことを相談してみたとのことだ。それによると、尿検査などでは、どうしても結果に誤差が出てしまうらしく、一回の検査で異常値が出たからといって、病気の心配をする必要などまったくないらしい。

その話を聞いて、ぼくはようやく少し安心することができた。持つべきものは医者の親戚だな。至極単純な両親はその話を聞いて、完全に安心したらしい。もうその後は、尿検査の話は一切しなくなった。

でも、正直、ぼくの心には依然として、何かまださっぱりしないものが残っていた。言葉では表せない何か。不安？　それが意味するものが何なのか、そのときのぼくにはまだ知る由もなかった。

このあと、ぼくは学校の尿の再検査を受けることになったわけだが、実は採尿する際にうっかり容器を便器に落としてしまった。また拾って使うわけにもいかないので、とりあえずぼくは、「どうしましょう？」と保健室のおばちゃんに聞きにいった。

そしたら、「もう学校で検査を行うわけにはいかないので、自分で診療所に行ってやってちょうだい」とのことだった。「検査費は？」と聞くと、もちろん自費ということらしい。さらには「検査の結果は保健室に持ってきてちょうだい」という次第だ。

『なんて厚かましいオバハンだ』なんて思ってみたけど一番マヌケなのはぼくなんだから仕方がない。とにかく、数日中に、かかりつけの診療所に行ってみることにした。

結論から言ってしまうと、学校でひっかかった尿たんぱくなんていうのは、まったく異常がなく、正常そのものだった。検査機関が偶然ミスったってわけだ。

しかしいくつかの不運が重なり、ぼくはとうとう嫌いな病院に足を踏み入れることになった。

五分刈り宣言

診療所に行くのを数日後に控えた日の午後、その日の学校も無事に終わりを告げようとしていたときのことである。

「おーい、三宅―」

ぼくを呼ぶ声が聞こえる。

『んっ、なんだ？』

ぼくはカバンに荷物を詰め込む作業をしていた手をいったん止めると、声が聞こえてくる方を向いた。

と、何やら御機嫌な石井君がニヤニヤしながら、近づいてくるではないか。

「えっ、何スか？」

ぼくは石井君に尋ねた。

「三宅、もうあれから一年だぜ」

『あれ、なんか石井君と一年前にあったっけか？』

考えたがどうも思い出せない。

「あれって何のこと？」

「やだなあ、とぼけるなよ。三宅──、五分だよ、五分」

「ゲッ！」

五分と聞いて、『ああ、あのことかぁー、まずいなあ』とぼくはやっと思い出した。五分（五フンではない、五ブである）。この一言がぼくにすべてを思い出させた。

さかのぼること約一年。担任であり、また生徒会の顧問でもあった入野先生に勧められたこともあり、ぼくは生徒会書記に立候補することとなった。

当時（おそらくいまでもそうだが）、相洋中学では生徒会立候補者は皆、選挙当日に、立候補者演説をしなければならない決まりがあった。

そこでぼくは、まず、どういう方針で自分の演説を行うかについて色々と考えてみた。

その結果、『普通の誰でもするような演説なんかしたって面白くないな。どうせなら何か自分にしか言えないようなでかいことをドカンとぶちかましてやろう！』というのが、どうも自分らしそうだということになった。

方針が決まったところで、今度はその内容とやらを、また色々と考えてみたわけだが、どうも夏期用の制服がネクタイ着用で暑苦しくてかなわないことに気付いた。

『そもそも、高校の夏期の制服にはネクタイがないのに、どうして中学では夏の暑い盛りにネクタイを着けなければならないのだ。中学生だって、学校の一歩外では皆ネクタイ外ししているし、意味ないではないか！』ということでぼくは結局、夏期のネクタイ外しを選挙の公約に掲げることにした。それで、「一年以内にネクタイをなくせなければ、頭を五分刈りにします」と演説で言うことにしたのだ。

候補者は演説の草稿を書いたら、それを生徒会の顧問のところまで見せに行かなくてはならない。ぼくは、その〝五分刈り宣言書〟を携えて入野先生のもとへ行った。

入野先生はこの内容に反対した。どうも中学生らしくない内容だとでも思ったのだろうか？とりあえずそのときは、内容を変更したほうが良いと言う入野先生に、「はい、わかりました。内容を変更してみます」とはっきり言ったのだが、結局、本番では言ってしまった。こんなに面白いことを言わないというのは、ぼくにはどうしてもできなかった、我慢できなかったのだ。

　言ったあとの反響は、かなりすごかった。あなたにお聞かせしたいくらいだ。皆の声援でぼくや先生の声も、かき消されてしまっていた。ただ、そのとき、何よりもうれしかったのは、諸先生方も別段、嫌な顔をしなかったことだ。生徒たちと一緒になって拍手喝采をしてくれた。唯一、校長先生を除いては！

　あとで聞いた話では校長先生、ひとりだけ憮然《ぶぜん》とした顔をしていたらしい。残念なことだ。

　選挙の結果、ぼくは晴れて書記になることができたが、ネクタイを外す運動は特別何もしなかった。

『生徒や教師ほぼ全員がネクタイを外すことに賛意を示したのだから、もうぼくがやるべきことは特に何もないな。あとはほっといてもじきに、ネクタイは外れるだろ！』と思ったからだ（ウソです。ゴメンナサイ）。

　第一、何かやるにしたって何をすれば、いいのだ！　毎朝早く学校に行ってビラ配り？　そんなメンドクサイことあなた、やれますか？　ぼくは嫌ですよ。

　そして時がたつこと約一年。ぼくの予想に反し、ネクタイはまだ外れていなかった。当たり前かもしれない。

『どうしようかなあ？　五分刈りかぁ、嫌だなぁ。なんとかごまかせないかなぁ。……でも待てよ。五分刈りにするのも面白いかも！　そうだな、面白そうだ。よし、決めた！　五分刈りにしよ！』

「わかったよ、じゃあ、今日これから床屋に行って五分刈りにするよ。一緒に来るかい？」

あっさりとその日、ぼくが五分刈りにすると言ったので石井君も少々驚いたようだ。

「エッ！　マジ？　今日、これから？」

「うん、今日。思い立ったが吉日だな」

「おお！　スゲェッ！　おい、ガッちゃん、ガッちゃん、三宅、今日、五分にするって」

それを聞いたガッちゃんはこっちを目がけて突進してきた。そして、ぼくの肩に手を掛けながら、「マジで！　おーし、五分刈りだぞ、三宅——」と元気よく言った。

実は、ガッちゃんは一年前の選挙でぼくの相手だった人だ。

（五分刈り宣言のせいで？）選挙に負けた彼のことを考えると、『これは五分刈りにしないというわけにもいかないなあ、五分刈り宣言をしたことは（ほんのちょっぴり）悪かったなあ』と常々、思っていた。

ただ彼は、選挙のあとも決して非難めいたことは言わなかった。本当にいい人だ。

「おお、五分刈りだぞーっ！」

ぼくはガッちゃんの声に答えた。

そして、その日の放課後、石井君、ガッちゃん、そしてもうひとり、塚本君と四時に鴨宮駅の南口に集合して、それから駅の近くにある、ぼくの行きつけの床屋に行くことになった。

ぼくは、その日が一生の思い出になることを確信し、ビデオカメラも持っていくことにした。床屋に着くと、まずぼくがひとりで入って床屋のおじさんに事情を話して、許可をもらい、残りの三人に入ってもらった。

「いやあ、本当にいいのかい？」

床屋のおじさんも、どことなく不安げだ。

「いいですよ、バッサリいっちゃってください。約束ですから」

一抹の不安を抱えつつぼくは答えた。

「そうだよなぁ、三宅ぇ、宣言しちゃったものなぁ」

そう言うのはカメラマンを務める石井君だ。塚本君はインタビュアーをつとめた。

「三宅さん、三宅さん。いまの心境はいかがですか。もうすぐこの髪の毛がなくなりますねー、どうですか？　三宅さん、ハハハハ」

「いやあ、何ともいえませんよ、この気持ちは」

「おい、あんまり、ふざけるなよ、可哀想だろ、三宅が」

そうたしなめるのはガッちゃんだ。

「じゃあ、始めるよー」

床屋のおじさんはそう言うとバリカンのスイッチを入れ、ぼくの髪を刈り始めた。バリバリバリ、少し、長めの髪の毛が音をたててぼくの体から離れていった。なんともいえない気持ちだ。哀しさすら感じた。涙がちょちょぎれそうとはまさにこのことだ。

はじめは笑っていた三人も次第に顔をひきつらせていった。

「いやあ、何とも言えねえなあ、これは……」

「確かに」

もう、ぼくにはそれしか言葉がでなかった。面白いというより、むなしい気持ちにぼくらをさせた。

ただ作業内容的には、髪を刈り上げるだけなので、結局、ぼくは、一五分後には丸坊主に変身した。

その後、髭剃りになったけど、そこに至ると、また三人は騒ぎ出した。

「ああ、三宅さんの髭が剃られています。ジョリジョリ剃られています。どうですかー、三宅さん、いまの心境は？」

「もう外に行っててくれよ」

ぼくは言ったが、三人のテンションはますます上がっていった。本領発揮というやつだ。

『まずかったなあ、ひとりで来ればよかった。床屋には髭剃りがあるのを忘れていたよ』

後悔したがあとの祭りだ。結局、その後三人は、床屋の主人に「うるさい」と叱られて外に出されるまで騒ぎ続けた。

その後、ぼくらは酒匂川《さかわがわ》に隣接するサイクリングコースに行って、遅くまで、サッカーをして遊んだ。そして家に帰ると早速、自分の部屋で、その日録画されたテープを拝見してみた。

「なっ、なんだ、これは……」

そこには、ほくそ笑みながら顔ひきつらせ、髪が刈られていく、あまりにも無残な自分の姿があった。

結局、そのテープは、その日のうちに、ゴミ箱行きが決定した。

翌日、学校に行くと、先生もクラスメイトも結構皆、驚いていた。そして……。

「なんだよ、三宅。もう五分刈りにしちゃったのか？　もうちょっとでネクタイ外れるところまできてたんだぞ」

「えっ」

一時間目の天野先生の言葉が、ただ、むなしくぼくの心に鳴り響いた。

〝ゴーン〟

楽しい時は流星のごとく過ぎ去っていく。試練の時はもうすぐそこまで来ていた。

最初の診断

頭を丸めてから数日後の土曜日。その日は学校に行く前に、近くのかかりつけだった診療所に行くことになっていた。例の再検査になった尿検査を受けるためだ。というわけで、学校には朝早くに担任に遅刻の連絡をしておき、それから母の運転で一路、小田原市内にある、浜町小児科に向かった。

ぼくが物心ついた時にはもう、この小児科にかかりつけになっていたが、もう何年も行っていなかったので、久方ぶりの先生との再会にぼくは何となくワクワクしていた。

病院に着くと、看護婦さんに尿検査の容器を渡され、院内のトイレで尿を採取、提出し、名前が呼ばれるまで、しばらく病院の待合室で待っていた。

「三宅さん、どうぞ」

ぼくは少し緊張した面持ちで、受付のすぐ奥に位置する診察室に入っていった。そして、「どうも、お久しぶりです」と言いかけたとき、浜町先生が突如、少し慌てた様子で口を開いた。

「三宅君、きみ、肝臓が悪いぞ」

その瞬間、ぼくは何かで頭をガーンと叩かれた気持ちになった。

「えー、本当ですか？」

「ああ、それも、かなり悪い」

「でっ、でも……」

ぼくは先生が言っていることをにわかには信じられなかった。

『この人は何を言っているんだ。肝臓が悪い？　そんな馬鹿なことがあってたまるか！　ヨボヨボのじいさん、ばあさんならいざ知らず、ぼくはまだ中学生だぞ！』」

一瞬にしてぼくは別の世界に追いやられてしまった。自分の心臓の鼓動がうるさいくらいに聞こえる。息が苦しい。一瞬で手の平に汗がにじんできた。

「お母さんは来ているかな？」

「はっ、はい」

ぼくは、かろうじて、そう答えることができた。

「それじゃあ、ちょっと入ってもらおうか」

すぐに看護婦さんが待合室にいた母を呼んだ。母は何か悪いことでもわかったのだろうか？というような少々、いぶかしげな表情で入ってきた。

「お母さん、健君は肝臓が悪いですよ」

思いもよらないことに母も驚きを隠せない様子だ。

「ええっ、そんなっ」

母はしばし呆然とその場に立ち尽くしていた。

さらに、「かなり悪いらしい」とぼくは母に向かって話しかけた。

「ええっ」

母は顔をひきつらせていまにも泣きそうな顔になった。

それを見て、先生も少し、気をつかったのか、「うーん、まあ、かなり悪いといえば、確かにそうなんだけど、まだどうしてこんなに肝臓が悪くなっているかはわからないんだから、いまの段階でそんなに心配する必要はないと思うよ」と母のほうを向いて、慰めるように言った。

ぼくは、『心配するなって言ったって、普通、心配するだろ』と思いつつ、「先生、死んだりすることはないですよね」と尋ねた。

「それはいまの段階では何とも言えないな」

「先生、あの、主人の母が劇症肝炎《げきしょうかんえん》（高度の肝機能不全と意識障害を特徴とする、急性肝炎のなかでもとくに重症のものをいう。ウイルスや薬物（アレルギー）を主な原因とし、まれに自己免疫性によるものもみられる）で亡くなっているんですけど、健は、健は劇症肝炎なんかじゃないですよね」

「それもいまはなんとも言えませんね」

「そんなっ」

そう言う母の目には涙が溜《た》まっていた。

ぼくは、『ぼくが冷静にならなくてどうするんだ』と自分に言い聞かせた。

「わかりました。じゃあ、今日はこのまま学校は休んで、家でおとなしくしていますよ」

しかし、そう言うぼくの声も、若干震えていた。

「そうだな、それがいい。とりあえず今日は採血をしておくから、また詳しいことがわかり次第、家のほうに連絡するよ。検査の結果が出るのは、そうだな、明後日の月曜日には出るだろうから、またそのときに」

「わかりました」

結局、ぼくらは不安を感じながらも、病院をあとにした。

帰る間際、先生は、検査した尿をぼくらに見せながら言った。

「ほら、見てください。こんなに濃いでしょ、こんなになるまで放っておいたら駄目だなあ」

母はそのストレートティーのような色の尿を見てびっくりしたが、ぼくは、母がびっくりしたことに驚いた。

「えっ、これ濃いのって何か悪いんですか？　もう何年もこんな色ですけど」

先生の表情が曇り、しばしの沈黙が流れた。

その帰り道、運転中にもかかわらず、母はぼくをなじった。

「あなたが不規則な生活ばかりしているから、こんなことになったのよ。どうするのよ、肝臓なんか壊して。もう知らないんだから」

ぼくは後部座席で黙ってうつむいていた。

「ああ、もう大変よ、どうしようかしら。ホントにもう」

「どうするって、どうしようもないだろ」

ぼくはボソッとつぶやいた。

「なに言ってんのよ、あなたは、自分の置かれた状況を考えてみなさいよ。そんな、うなだれてる場合じゃないのよ。死ぬかも知れないのよ」

「死ぬかもしれないのはぼくだろ、ぼくなんだから。そのことをよく考えてくれよ」

いがみ合いは自宅に着くまで続いた。

自宅に着くと、母は玄関に入るなり、家で待っていた父に大声で告げた。

「あなた、大変！　健、肝臓が悪いんですって！」

「ええっー」

普段はしごく物静かな父だが、その時は隣家に聞こえるほどの声で驚いた。

一〇年ほど前に母親を劇症肝炎で突然亡くした父。『今度は息子もか？』とでも思ったのだろうか？

ぼくはまた何か言われるのはウンザリと、両親のいる応接間には行かず、そのまま自室に入った。ベッドに横になり布団をひっかぶった。

『ああ、そう言えば最近は寝ていることが多かったなあ。ただ疲れているのだと気にも留めなかったけど。そうか、ぼくは病気だったのか』

〝死〟ぼくは生まれて初めて死を意識した。もちろん人が死ぬのは知っていた。祖母や曽祖父の死をみてきたから。しかしそれを、自分自身のものとして考えたことはなかった。たとえ自分に死が訪れるとしても、それはまだまだ、はるか未来の出来事だと思っていた。自分が消えてなくなるかもしれない、それも近い将来に。そのことを思うと寒気に近い恐怖の波が全身を包んだ。

『怖い』

知らず知らずのうちに目に涙が溜まってきた。

『一体、ぼくはこれからどうなってしまうのだろう』

これからやってくる自分の未来を案じながら、いつのまにかぼくは眠りについてしまっていた。

それから何時間かたった頃、ぼくは誰かにゆすられて目を覚ました。

「健、健、ちょっと起きてよ」

母だ。

「何だよ、うるさいな」

「あれからパパと話したんだけど、やっぱりこのまま浜町小児科の血液検査の結果が出る数日後まで待つのは心配だってことになってね。東京の聖路加国際病院の細谷先生に電話してみたのよ」

「細谷先生って叔父さんの留学時代以来の友だちだっていう、あの人のこと？」

「そう」

「で、なんだって？」

「やっぱり、肝臓っていうのは大切な臓器だから、そこがもし、本当にかなり悪いんだったら、早めに対処したほうがいいって言うのよ。それで、聖路加国際病院だったらこれからでも来たら、すぐ、検査できるっていうの。それでね、パパと話して、行こうってことになったのよ。ねっ、検査して何ともないって言われたら、すぐに帰ってこれるんだから。行きましょうよ、さあ」

診療所から帰る時とは、打って変ってやさしい口調だ。

「でも病院行って検査受けて、本当に悪かったら、どうするんだよ」

「んー、細谷先生も、そのときは入院が必要だって言っていたけど、多分、そんなことにはならないだろうって言ってたわよ。尿検査の結果なんて、あんまり当てにはならないんですって。だけどただ念のためにね、一度、しっかりした病院で検査しておく必要があるんですって」

父も母の後ろから顔をのぞかせて言った。

「そうだぞ、検査しとかなきゃ駄目だぞ、なっ、行っておこうよ」

そういう父の顔もどこか心配そうだ。ぼくはうつむき、「わかったよ」と静かに答えた。それまでぼくが生きてきた世界とは何かが変わってしまった。


——ひどく不安だ。

一体、何が不安なのだ？

明日が見えない。

そうだ、いままではすべてが永遠だった。

楽しい学校の生活も、そして数学をすることも。
いまのぼくには、
明日もいまの自分があるのかわからない。

三人で軽く食事をとり、まだ学校から帰っていない姉・由美子宛ての書き置きを用意すると、ぼくらは一路、東京に向かった。このとき入院の準備は特にしておかなかった。両親はおそらく入院になると見越していたのだろうが、ぼくのことを気遣ったのだろう。

その日、空は悔しいくらいに蒼々《あおあお》としていた。
この蒼さだけは昔からちっとも変わらない。
ぼくが生まれる前も、
そしてぼくが死んだあとも……。

細谷先生との出会い

聖路加国際病院に着いて、受付をすませると、ぼくらは二階の小児科外来に向かった。
そこで受付の人に事情を話すと、ぼくらは受付のすぐ脇に位置する隔離室に入って待つように言われた。

ゆっくり先生と話せるように、とのことだったが、いまから考えると、A型肝炎（A型肝炎ウイルスによる肝炎。ウイルス性肝炎にはA型のほかB型、C型、D型、E型、非A〜非E型（G型、TT型など）がある）などの感染症を心配してのことだろう。ちょっとおおげさな対応にぼくは驚いた。

三〇分ほど待っても、細谷先生は現れなかった。ぼくと父が、「何で急患をこんなに待たせるんだ。ひょっとして、患者が待っていることを、すっかり忘れてしまっているんじゃないのか？」と不平を言いだしたので、母が受付の人に尋ねに行った。戻ってきた母が言うには、先生に急患が入ったので、もうちょっと時間がかかるらしいとのことだった。

それから数分後、部屋に看護婦さんが採血の道具と、尿検査の容器を持って入ってきた。

「先生がくるまでもうちょっと時間かかるので、採血、先にやっちゃいましょうね。あ、これ、尿検査の容器だけど、そこのおトイレで採っておいてくれるかしら」

看護婦さんは、部屋の奥にある、トイレを視線で示しながら言った。

「あ、はい」

「採った容器は外にいる看護婦の誰かに渡してね。そうしたら、その人が検査に出しておくから」

「わかりました」

口では素直に言いながらも、『こういうことは三〇分前にやっといてくんないかなあ』と、少し、不満そうな表情でぼくは腕の袖をまくった。

『そういえば、血液検査は午前に浜町小児科でやったのとあわせて二回目だぞ。嫌になっちゃうよ、まったく』

この頃のぼくは、まだ注射に恐怖を感じていた。いやあ、ウブだったものだ。いまでは蚊に刺されるほどにも感じないのに。でも、いまでも歯の麻酔の注射だけは、ちょっと嫌だ。多分、頭に近いからだろう。虫歯で歯が痛む時なんか最悪だ。人生真っ暗になる。

血液検査が終わると、今度は部屋の奥にあるトイレで尿を採った。トイレから出てくると、透明の容器に入った尿とは言えないほど濃い色の液体を父がギョッとした顔で見た。

「それ、健坊のおしっこか？」

「そうだけど」

「ああ、それは濃いよ、どう見ても普通じゃないな」

ぼくは何も言い返さず、父の前を通り過ぎ、部屋の入口付近にいた看護婦さんに容器を渡した。そして入口のドアを閉め、ぼくが振り返った途端、再び父がぼくのほうを向いて不満気に口を出した。

「あんなになるまで気付かないものかなあ」

ぼくは何かイライラしてきた。そして、思わず近くの壁を蹴っ飛ばした。

母が溜め息まじりに、ぼくを見上げて言った。

「もう、健、よしなさい。パパもパパよ。そんなこと、今更言ったってしょうがないじゃない。さあ、二人とも、黙って座ってなさい」

ぼくは両親から少し離れた場所に腰をかけ、ゆっくりと深呼吸をしてみた。それでも何か落ち着かず、すぐに立ち上がると、狭い部屋の中を行ったり来たりしはじめた。

「ああ、入院かなあ、どうなるのかなあ？」

そんなことをぼくはひとり歩きながらブツブツと言っていた。両親も時折ぼくをたしなめたが、ぼくは一向にやめようとはしなかった。

そんなことが一時間ほど続いた頃、ようやく、部屋のドアをノックする音が聞こえた。細谷先生だ。白衣は着ておらず、口の周りに髭を生やしていた。あまり医者らしからぬ風貌だ。手には検査の結果だろう、A４程度の紙を持っていた。

「いやぁ、どうも遅くなってすいません、ちょっと、急患がでちゃいましてね」

そう言う先生の顔は満面の笑顔だ。その顔をみた途端、ぼくのそれまでのイライラ感も吹き飛んでしまった。

「初めまして。三宅健といいます」

「おお、初めまして。君が三宅健君だね。よろしく」

先生の声が狭い部屋にビリビリと響いた。

「健君のお母さんがぇーと、…君の奥さんと姉妹？にあたるんでしたっけ」

「はい、私の姉なんです」

「ああ、そうでした、そうでした」

「ところで先生、健の検査の結果はどうだったんでしょう？」

母が恐る恐る尋ねた。

「うん、やっぱりね、浜町小児科でしたっけ？　そこで言われたように健君の肝臓、かなり悪いですね」

「やっぱり、悪いですか」

午前中に浜町小児科で言われていたので、それなりに覚悟はしていたものの、やはりこれで肝臓が相当悪いことが確実になったのだと、ぼくは胸のあたりがズーンと沈みこむ気持ちになった。

「うん、黄疸《おうだん》（ビリルビン（胆汁色素）が血液中や組織中に異常に増えて、皮膚や眼球結膜《がんきゅうけつまく》（白目）が黄色くなる症状。黄疸出現時には尿の色が褐色《かっしょく》調に変化もする／ビリルビン：赤血球の中のヘモグロビンという成分をもとに、肝臓で作られる胆汁の主成分のひとつ。胆汁の黄色い色のもととなってもいる）も相当出ているし、肝機能も正常値は二〇～三〇というところだけど、健君はその一〇倍近くありますからね。あっ、ALP（アルカリホスファターゼ：胆道系酵素のひとつであり、肝臓や胆道に閉塞《へいそく》や狭窄《きょうさく》といった障害が生じると血液中に増加する）やγ－GTP（ガンマ－グルタミルトランスペプチダーゼ：肝臓や胆管の細胞がこわれたときに数値が高くなることから、肝臓や胆管の機能障害を測る上で利用される。原因としては、肝炎や脂肪肝《しぼうかん》、胆道がつまった場合などが考えられる）も高いな」

「あの、原因はいったい、何なのでしょう？」

母が尋ねた。

「まだ、いま出ている結果だけでは、原因まではちょっとわかりませんね。まあ、血液検査の結果と健君の年齢からみて一番疑われるのはA型肝炎ですかね。健君、最近、生牡蠣《なまがき》とか食べたりしなかったかい？」

「えーと、この前、修学旅行で金沢のほうへ行ったんですけど、そういえば、そのときに牡蠣を食べたんですけど、ひょっとすると、それが生だったかもしれません」

「そう。じゃあ、これは、ちょっと牡蠣にあたっちゃっただけかもしれないね。まあ、A型肝炎であればね、しばらく安静にしていれば大丈夫なんだけどね。ただ、それだとすると、ちょっと学校にも詳しく報告しないといけないんだけどね。A型肝炎は感染力が強いからね、健君も学校で誰かにうつされたのかもしれないいんだ」

「えっ、学校に病名とか報告するのですか？」

「そうだよ。事情を言って、学校の皆もちゃんと検査しなきゃいけないからね」

A型肝炎であれば安静にしていれば治ると聞かされた時は、『A型肝炎であってくれ』とぼくは思ったのだが、今度はA型肝炎であれば学校に報告し、学校の皆も（ぼくのせいで）検査を受けなければならないと言われ、ぼくは一転、『A型肝炎だけはよしてくれ』と思った。

「まだ、A型肝炎とも決まったわけじゃないから、まだ、あんまり色々と心配はしなくていいと思うよ」

そう聞いて、『なるほど、もっともだ!』とぼくは思った。

「他に何か心配なことはあるかい?」

先生がぼくのほうを向いて尋ねてきた。

「あの、これが劇症肝炎である可能性はあるのでしょうか? 浜町小児科ではまだわからないと言われたんですけど」

「この血液検査の結果を見るかぎり、それはないよ」

「そうですか、安心しました」

その後もぼくはいくつかの質問を細谷先生にしたが、先生は、どんな質問にも真面目に答えてくれた。そして質問の締めくくりに、ぼくはその日、帰宅してよいか、先生に尋ねた。

細谷先生は微笑を崩さず、ゆっくりとした口調で答えた。

「うん、できればこのまま帰してあげたいのは、やまやまなのだけれど、肝機能もかなり悪いことは確かだから、血液検査の詳しい結果が出て、肝臓を傷めている原因がはっきりするくらいまでは、病院にお泊りしてもらいたいな」

髭を一杯生やした大人が〝お泊り〟と言うとは、さすがに小児科だと思った。

「エート、どのくらいでその結果は出るんですか?」

「そんなにかからないさ、二〜三日ってところかな」

「健、入院しなさい、こんな状態で家に帰るのは健も心配でしょう」

ぼくは今も昔も〝入院〟ってやつは大嫌いだけれど、この時ばかりは仕方ないな、という気持ちになった。真摯《しんし》に対応してくれる細谷先生を裏切るのも嫌だった。

結局この日は、細谷先生が所属する小児科病棟に入院することが決定した。ただ、ぼくが使うことになった部屋を〝病棟〟といえるかは定かではない。正確には、小児科病棟入口にある、隔離室への入院が決定したのだ。通常の部屋ではない理由は二つほどあった。

一つは肝臓疾患の原因がはっきりせず、A型肝炎などの感染性疾患だったら困るため、もう一つは通常の部屋が満杯だったため。後者はぼくが隔離室に入るには十分な理由だった。

自宅療養へ

隔離室の広さは通常の個室と同じくらいで、シャワーやトイレも完備していた。快適は快適なのだけど、病棟の外れに位置するために、時折、人の足音がするくらいで、それ以外のときはシーンと静まりかえり、物音一つ聞こえないのが嫌だった。ぼくは病室でひとりポツンとしていると、なんだか、無性に人恋しくなってくるのだ。

壁や布団、ベッド脇にある机には、血のようなシミがあちこちについていて、それまで入院の経験が一度もないぼくには、たまらなく不気味にうつった。

『この部屋でこれまでに何人、死んだのだろう』

そう考えると怖くていたたまれなくなり、ぼくはとっさに頭を抱えた。

病室の窓からは建設中の高く美しいビル、そして隅田川が一望できた。ぼくは入院中、窓から見える景色を何時間も眺めることを日課としていた。唯一、そこからは時の流れを感じ取ることができたからだ。

入院中、ぼくの主治医として、細谷先生ともうひとり、斉藤先生という若い先生がついた。斉藤先生はこの時は、まだ研修医だったのだろうが、とてもそうは思えないほどしっかりした医師だった。

入院初日の夜はなかなか寝付けなかった。初めての入院で、気持ちが高ぶっていたせいもあるのだろう。夜中になってもぼくはまだベッドに腰掛け、窓から外を眺めていた。

その日はめずらしく雲もあまりなく、星がぼくを慰めるようにきれいにまたたいていた。かすかに景色が曇った。ぼくはベッドの手すりを両手で強く握りしめると、歯を食いしばり、そして、うなだれた。

『畜生、畜生』

ぼくは何かとても悔しくてたまらなかった。

生まれてはじめての入院生活は至極退屈なものだった。なにしろ感染症だったら困ると部屋から一歩も出させてもらえないのだ。母は、「こんな時こそ勉強しなさい」と勉強道具を一式、ずらりと自宅から持ってきた。おかげでぼくは小児科病棟において、ガリ勉少年のレッテルを貼られてしまった。

しかし、ぼくはしなかった。いや、正確にはしなかったのではなくできなかったのだ。何度かしようと参考書を広げてみたりはしたものの、どうしても勉強に集中することができなかった。

『この不安な気持ちをどうにかしたい。すべてはそれからだ』

入院から数日のあいだに、まずB型肝炎、C型肝炎が否定された。このことで、ぼくの肝臓を傷めている原因は当初の予想どおり、A型肝炎であろうと医師たちに思わせた。

しかし違った。ぼくはA型肝炎でもなかったのだ。斉藤先生がそのことを伝えにきたとき、ぼくは「いったい何の病気なのですか？」と尋ねた。先生は「わからない」と答えた。そしてあとで、細谷先生が結果を詳しく説明しにくるということだった。

斉藤先生が部屋を出て行くと、ぼくはひどく不安になった。

『何なんだ、ぼくの肝臓にはいったい何が棲《す》みついているんだ』

その日の夕暮れに、母がやってきた。ぼくは母に結果を伝えた。

「A型肝炎ではなかったよ」

「えっ、そうなの、じゃあいったい何なのよ」

「あとで細谷先生が詳しく説明しにくるってさ」

「そうなの。心配じゃない」

母はベッド脇にある椅子に腰掛けながら言った。

しばらくして、細谷先生が斉藤先生を伴ってやってきた。

「いやあ、なんか、A型肝炎でもなかったみたいですね」

細谷先生が、明るく言った。

「先生、いったい何なのでしょう？」

間髪入れずに母が尋ねた。

「うーん、それが、ここまできても、はっきりしたことがわからないのですよ。いったい、何なのだろうね」

細谷先生が斉藤先生に尋ねるように目を横にやりながら言った。ぼくは少し不安になってきた。

「いま出ている結果からは〝α1－アンチトリプシン欠損症〟（先天性（遺伝性）の肝臓疾患であり、肝硬変《かんこうへん》を引き起こす。肝移植以外に治療方法がない）というのが一番考えられるのですが、ただ、それがいまの肝機能異常を引き起こしているかというと、ちょっと疑わしいですね。この病気だったら遺伝性なので特に治療の必要はないんですけど。

あといま出ている結果のほかにもいくつか調べているんですけど、それらの結果が出てくるまでには、もう一週間くらいかかりますね」

「もう、感染性の病気は否定されたのですか？」

「うん、そうだよ」

「じゃあ、もう、今日退院できますか？」

「退院したいかい？」

「そりゃあ、もう」

「じゃあ、退院にしようか」

『やった、とにかく退院できるぞ』

ぼくは喜んだ。とその時、母がぼくの前に出てきた。

「あの先生、いいんですか。まだ原因もわかっていないのに家に帰って。私、何だか心配です」

『なぁにを言っているんだ』とぼくは思ったが、細谷先生がすぐに切り替えした。

「いや、お母さん。心配なのはぼくだって同じですけどね。一応、感染による肝疾患は否定されたわけですから、あとはもう少し詳しい血液検査の結果が出てくるまで、安静にしておく必要があるんですけど、それは病院にいても自宅にいてもできることですから、退院しても大丈夫ですよ。なにより、健君が自宅療養を望んでいるわけですから、それが一番いいとぼくは思います」

『ワハハ、どうだ、まいったか』という気持ちでぼくは母を見た。母はブスっとした顔で、「そうですか、それならいいんですけど。ああ、でも心配だわ」とまだ退院になったことに納得していないようだった。

結局、その日は退院となり、詳しいことがわかるまで自宅療養となった。

入院中、血液検査は毎朝していたが、結果はあまり思わしくなかった。肝機能は悪化の一途をたどったのだ。

そのこともあり、退院後も学校は休んでしばらく療養することになった。

病名は自己免疫性疾患!?

退院後は、一日中勉強もせず、かといってほかに何をするわけでもなく、ただテレビを見たりしてゴロゴロ過ごしていた。

自宅で静養を始めてから一週間後の夕刻、ぼくは家族と一緒に夕飯を食べていた。

皆でテレビを見ながらおしゃべりをしていると、病気の原因もわからず落ち込んでいたぼくも、なんだか久しぶりに楽しい気持ちになることができた。

そんな団らんに分け入るように、誰からか電話がかかってきた。

「誰かしら？　こんな時間に」

電話の一番近くにいた母が受話器をとった。

『もしかして病院からか？』と思い、母が受話器を取る瞬間、ぼくは少しドキリとした。

「あっ、はい、どうもお世話になっています」

母の声色が変わった。こっちを向いて、テレビの音量を下げるよう、手で合図している。

その母のしぐさで、ぼくは、その電話が病院からであることを悟った。

『病院からだ。何かわかったんだろうか？』

ぼくは、その時、口に入っていた物を急いで飲み込むと、箸《はし》を置いて母を注視した。

「えっ、そうなんですか。はい、はい」

ムムッ、何かわかったらしい、いつもはデレーンとした母の顔が急にひきしまった。ぼくは口に溜まった唾液をゴクリと飲み込んだ。

しばらくして母が受話器を置くと、父と姉もぼくも一斉に母に注目した。

「細谷先生からよ」

『やっぱりか』

「なんだって？　何か病名、わかったの？」と父がすかさず聞いた。

「うーん、病名までは、まだはっきりとしたことはわからないらしいんだけど、なんでも抗核《こうかく》抗体《こうたい》っていうのが通常の六〇〇倍くらいあるんですって。それで、そのことから〝自己免疫疾患〟って一般に言われている病気が考えられるらしいのよ」

「何？　自己免疫疾患って」

「何か、アレルギー性の疾患の総称らしいわよ。アトピーなんかも自己免疫疾患の部類に入るんですって。免疫機能って、体の中に入り込むウイルスや細菌なんかをやっつけちゃうものでしょう。自己免疫疾患っていうのは、その免疫機能が少しおかしくなって、自分の体をやっつけてしまうようになっちゃうことなんですって。だから、健の場合は、自分の肝臓が自分の免疫に攻撃されている可能性が強いんですって」

「ふーん、自己免疫ね。健坊って、変わった性格しているけど、中身まで変わっていたのね。まさに骨の髄《ずい》まで変わり者ってわけね」

そう言いながらヘラヘラ笑っているのは姉だ。

「で、その自己免疫疾患だったら治るって言ってた？」

ぼくは母に恐る恐る尋ねた。仮に、ぼくが骨の髄まで変わり者だとしても、それで病気になって苦しむのは困る。

「うん、治るって言っていたわよ。治療にはステロイド（副腎でつくられる副腎皮質ホルモン。薬剤として使用すると、炎症を鎮《しず》め、免疫を抑制するうえで著しい効果を発揮する）っていう薬を短期間に集中的に飲んで治すんですって」

「あっ、治るんだ、よかったぁ。それならもう安心じゃん！」

ぼくは思わずさけんだ。

浜町小児科で肝機能異常を指摘されてからのおよそ二週間、ぼくは不安で不安で、夜もろくに眠れない日々を過ごしたが、この〝治る〟の一言で、ようやく未来が開けた気がした。

しかし、話はこれだけでは終わらなかった。

「でもね」

母は話を続けた。

『あれっ、まだ何か言うことあるの？』

安堵した途端、わずかな不安が走り抜けた。

「細谷先生が言うにはね、ステロイドっていう薬は、副作用も強いし、一度使い始めたらなかなか服用をやめられない薬なんですって。だから、ステロイドを使う前にね、きちんと何の病気か診断しておく必要があるんですって。ほら、もし診断が間違えていたら大変でしょ」

「まあ、そうだけど、病名は自己免疫疾患だって、さっき言ったじゃん」

と、ぼく。母は小さく溜め息をつくと説明を続けた。

「それは確かに、そうなんだけどね、自己免疫疾患っていうのは、抗核抗体が陽性になる病気、すべてをひっくるめた、そう、いわゆる総称ってやつらしいのよ。だから、ちゃんと必要な検査をしてね、病名を突き止める必要があるんだって」

「それで、どういう検査するんだって？」

ぼくは少し緊張しながら、母に尋ねた。

「肝生検《かんせいけん》っていう検査らしいわ」

「ああ、それ兄貴が以前、受けたのと一緒じゃないか？」。思い出したように父が言った。

「あら、お兄さんも受けたの？　ちょっとどうだったか、聞いてみようかしら」

「何、それ、どんな検査？」

ぼくが尋ねると、母は少し慎重な面持ちになって、ゆっくりと食卓の席に着いた。

「肝臓にね、大きな針を刺して、肝臓の組織を採取して、調べる検査らしいのだけど……」

「はぁっ、何だよ、それ」

「いや、私もね、詳しいことはわからないのよ、ただ先生が受ける必要があるって言っていたの」

ぼくは声を荒げて、母に言った。

「やだね、ぼくはそんな検査は絶対に受けない」

両親は互いの顔を見合わせた。

「でも、どうするのよ、検査を受けないで、治療を始めるわけにはいかないって先生が言うんだから。何もしないってわけにはいかないってことくらい、あなたにもわかるでしょう、もう子どもじゃないんだから」

「いいよ、もう死んだって。とにかく、そんな馬鹿げた検査は絶対に受けない。受けないったら受けない」

ぼくはそれだけ言うと、自分の部屋に引っ込んだ。明かりも点けぬまま、ベッドの上で大の字になり、しばらくのあいだ呆然としていた。

『ああっ、もう畜生、何が楽しくて、そんな検査なんて受けろって言うんだ。馬鹿げてるよ、何もかもが馬鹿げてる。やってられないよ』

とにかくぼくは、何もかもがやりきれなくなり、一番近くにあった目覚まし時計を壁に向かって投げつけた。

『一体、ぼくは、どうなるっていうんだ』

完治の望み

細谷先生から電話をもらってから数日後、ぼくは両親とともに再び聖路加国際病院に行くことになった。今後のことを話し合うためだ。

病院に着くと、先生に面会する前に、免疫疾患（膠原病《こうげんびょう》）が専門の松田先生の外来に行った。

松田先生は血液検査の結果を見て、おそらくぼくの病気は〝自己免疫性肝炎（ＡＩＨ）〟で間違いないだろうと言った。そして、これはステロイドを集中的に投与することによって改善するだろうと言った。ぼくはそれを聞いて安堵した。

『なんだ、それだったら、肝生検なんてする必要ないな』

「しかしね……」

　先生は続けた。

「自己免疫性の肝疾患には、自己免疫性肝炎以外にもいくつかあるんだ。確定診断として肝生検はやはり必要だな」

『やっぱりか、この病院の医者は意地でもぼくの腹を切るつもりだな。そうはいくものか』

「自己免疫性の肝疾患に、いくつか類似症例があるというのはわかりましたけどね、でも、それらの疾患に対する治療というのは、結局、短期的にステロイドをドバッと使うことで統一されているんですよね。それだったら、肝生検なんてしないで、すぐにでもステロイドを使えばいいじゃないですか」

　ぼくはフンッと鼻息を荒くしながらまくし立てた。

「ま、まあ、そうなんだけど」と松田先生は言いよどんだ。

『勝てる！』

　ぼくは勝利を確信し、心の中で『ヨッシャー！』とガッツポーズをした。しかし勝利を目前にしたそのとき、母が突然の横やりを入れてきた。

「ちょっと健、なに言ってるのよ。そんなこと言ってないで、必要な検査なんだから、ちゃんと受けなさい」

『肝生検を断りたいなら自分で断りなさいって言ってたくせに』

ぼくは母のほうを向いてにらんだ。

「まあ、検査のことは、あとで細谷先生も交えてゆっくり話し合いましょう」

松田先生がそれまで熱心に書き込んでいたカルテを畳んだ。

ともかく午前の外来はそんなところで終了し、昼食のあと再び細谷先生を交えて集合し、話し合うことになった。

昼食後、ぼくは家族とともに小児科外来に行った。

細谷先生はすでに診察室にいて、ぼくら家族がくるのを待っていた。先生はぼくらに気付くと、「おーい、三宅君、検査受けるの嫌なんだって」と笑顔で話しかけてきた。

『えっ、何で先生がもう知ってるんだ？』

ぼくは一瞬ギクリとしたが、先生の後ろに松田先生が立っているのに気付き、『なるほどね』と思った。

「まあ、そうですね」

ぼくはそう言うと、ニヤリと笑った。

細谷先生の診察室に入ると、小児科のそれらしく、部屋のあちこちに小さいお人形なんかが飾ってあったりして、すこぶる、かわいらしいものだった。

立派な口髭をたくわえ、ロバート・デ・ニーロのような先生の顔立ちとのギャップがすごかった。ライオンとフランス人形くらいのギャップがあった。

全員が部屋に落ち着くと、細谷先生が話を切り出した。

「さて、健君が嫌がっている検査の話をしましょうか」

その一言で一同の顔に笑みが浮かび、場が和んだ。さすがは小児科医である。

先生はぼくの目を見ながら話を進めた。

「健君の病気については、以前にもお母さんと電話でお話ししたんだけど、それをもう一度簡単に復習しておこうか。健君の肝臓を攻撃している原因は、自己免疫性の肝疾患というものであるということ、そして、その治療としては、ステロイドという薬を短期的に大量に投与しなくちゃならないということなんだけど、そこまではいいかい？」

「はい」

ぼくは軽くうなずきながら答えた。

「そこで、医者としては、正確に病名を確定するために肝生検という少し痛い検査をしておきたいということなのだけれど、健君の言い分では、どうせステロイドを使うんだから、そんな痛い検査なんかせずにすぐにステロイドを使っちゃえばいいじゃないかということなのだけど……」

「ははは……」

ぼくは顔が赤くなるのを感じながら、うつむいた。ぼくの後ろでは母が、「もうっ」とプンプン怒っている。

先生はさらに話を続けた。

「ただ、健君もわかると思うんだけど、病名が正確にわからないまま治療を始めるということは、ものすごく危険なことなんだよ。もし、ステロイドで治療を始めてから、仮にぼくらの診断が間違えていたら、とんでもないことになり兼ねないんだ。それこそ命にかかわることだってあるんだよ。だから健君の痛い検査を受けたくない気持ちもわかるんだけど、それで、じゃあ検査をせずに、すぐステロイドで治療を始めましょうというような無責任なことは、ぼくら医者には言えないんだ。わかってくれるよね」

ぼくは先生の顔をチラッと見ながら、「はい、わかりました」と消え入るような声で言った。

細谷先生のうまい説明もあって、ぼくは最終的に肝生検を受ける決心をした。二人の叔父の紹介もあって、岡山大学病院で検査を受けることに決まった。

大学病院への検査の依頼が決まって、母は急いでそれまでの検査のデータを叔父の同期の浮田先生に送った。

数日後、その返事も含めて浮田先生から電話があった。

何でも、浮田先生が言うには血液検査のデータから判断するに、ぼくの病気は自己免疫性肝炎という病気で間違いないだろうということだった。詳しく言えば、この病気には成年型と若年型があるのだが、ぼくは若年型に属し、その病気のことを正確には自己免疫性肝炎Ⅱ型というらしい。そして繰り返すようだが、肝生検をすることで最終的にそれが確認されるだろうということだった。そして喜ばしいことに、この病気は短期的にステロイドを大量投与することにより、完治するということだった。

それまでは自己免疫性の肝炎という広い枠の中での治るということだったが、どうやら病名もかなりの確率ではっきりとしたことがわかり、そしてそれが完治するというのだから、これほどうれしいことはない。ぼくはその場で小踊りしたい衝動にかられた。

『治るぞ、ぼくは治るんだ』

病気が見つかってから数週間に渡って続いていた不安が吹き飛んだ。未来には再び希望の光が灯されるものと信じた。

二章　大学病院での検査入院

入院する前日、ぼくと母は一足早く母の実家へ行き、翌日に備えて体を休めておくことになった。

駅に着くと、祖父の金じいちゃんが車で迎えにきてくれていた。

ぼくらが車に乗り込むと、金じいちゃんはぼくのほうに目をやりながら、笑顔で、「えーか、何も心配することなんか、ないからな。いまの医学の水準はすごいんだ。医者に任せておけば大丈夫。すぐに元気になるからな」と言った。

その一言で、それまでは、明日入院ということもあり、緊張していたけれど、ほっと楽な気持ちになった。

母の実家に到着すると、金じいちゃんはいつものように、クラクションを〝プー。〟と威勢よく鳴らした。もうこれは昔からの慣例となっているのだ。

すると、家の奥から、「はーい、いま行きまぁす」という、ちいばあちゃんの威勢のよい声が聞こえてきた。これも昔からの実家での慣例だ。

この〝ちいばあちゃん〟というのは、〝小さいばあちゃん〟の略称だ。別に体が小さいという意味ではない。実家では曾祖父、曾祖母が一〇〇歳を超えても元気に存命していたので、区別するために誰かがつけた名前なのだ。

ちいばあちゃんも若い頃、重い病で死にかけた経験があるので、ぼくが今回、肝臓を病んだことを人一倍心配してくれ、また気遣ってもくれた。

表に出てきたちいばあちゃんは、ぼくが明日入院することには触れず、「よう来た、よう来た。大きゅうなったな」とだけ言った。その心づかいはとてもうれしかった。前日に実家に来ておいてよかった。心からそう思った。

翌日、ぼくと母は、金じいちゃんが出勤するときに一緒に出て、岡山大学病院まで金じいちゃんの運転する車で連れて行ってもらうことになった。

大学病院の入口で、母とぼくが車から降りるとき、金じいちゃんが、「がんばれよ」と声をかけてきた。

ぼくは、緊張した面持ちで、「はい」と答えた。

『いよいよ、大学病院での生活が始まるんだ』

ぼくは、大きく深呼吸をすると外来棟玄関の戸をくぐっていった。

肝炎の権威、辻教授

岡山大学は、中国地方でトップクラスの大学ということもあり、その附属病院は想像していたよりも、はるかに巨大な施設だった。

というよりも、施設の規模が巨大すぎて、来たばかりのときには、どこからどこまでが病院施設なのかすら、わからなかったくらいだ。

ぼくは、その時、外来棟から入ったのだが、まだ建設されてまもないらしく、どこもかしこもピカピカだった。

ただ外来棟の奥に、怪しげにそびえ建つ入院病棟は、どうやら月日の劣化をもろに受けたらしく、ほとんど幽霊屋敷というべき代物だった。

母が入院病棟を見ながらゾッとした顔で、「あそこに入院するのよ……」と、かすれた声でつぶやいたときは、思わず逃げ出したくなった。

それからぼくと母は、入院する前に叔父の三角さんの紹介で辻教授の外来診察を受けることになっていたので、エスカレーターで外来棟の二階に向かった。

診察室付きの看護婦さんに入院前であることを告げたら、順番を飛び越してすぐに診察室に入れてもらうことができた。

診察室に入ると、辻教授は、部屋の中央にある大きな診察机の前の椅子に腰掛けていた。

周りの医師たちに厳しい顔つきで何やら指示を与えていた教授は、ぼくと目が合うとニッコリと微笑んで、「三宅健君だね。三角さんの甥子さんの」と、声をかけてきた。

「はっ、はい。そうです。今回はよろしくお願いします」

「よう来た、よう来た、さ、こっちへいらっしゃい」

教授は笑顔を保ったままだ。別に格別厳しそうな人というわけでもない。ぼくは少し安堵し、ホッと軽く深呼吸をした。

ぼくは医師たちの後ろを通り、辻教授の前にある椅子に腰掛けた。

「ちょっと、待っててな。いま聖路加国際病院から送られてきたデータを読んでしまうからな」

教授はそう言うと、視線をこれまでに調べてきた血液などの検査データに向かわせ、時折、カルテに何かを書き出していた。

五分ほどたったところで、教授は「フーッ」と軽く深呼吸をすると、再び視線をぼくに向けて言った。

「いや、待たせてすまんな。でも、君のいまの状態はしっかりとわかったからな」

「で、あのっ、聖路加ではぼくの病気は自己免疫性の肝疾患ということだったんですけど……」

ぼくは、少し前のめりになりながら尋ねた。

すると、辻教授は先ほど自ら書き出していたカルテをペンで指しながら、「それは、聖路加の先生がおっしゃる通り、自己免疫性の肝疾患であることは間違いないと思うよ。あとは、病名が何なのかということだが、これはおそらく自己免疫性肝炎ということになるとぼくは思う。ぼくが肝炎の研究班として作成した自己免疫性肝炎の診断基準にも君のデータは当てはまるんだ。本来ならこの時点でステロイドによる治療を開始してもいいのだけど、ただ、自己免疫性肝炎にしては胆道系酵素（ALP、γ－GTP、LAP〔ロイシンアミノペプチターゼ：LAPは肝臓からの胆汁となって胆嚢・総胆管を経て十二指腸に分泌される。肝臓の異常や胆汁の分泌異常（胆汁のうっ滞）があると、血液中のLAP数値が上昇する。LAPとALPが同時に高くなる場合には、胆道系の障害の疑いが濃くなる〕）がちょっと高いかな。まあ、何にしても一度、肝生検をしておく必要はあるね」

「はぁ」

『ああ、やっぱり肝生検は受けるのか』

ぼくはガクッと首をうなだれた。

「何も心配することはないからな。一年くらい学校を休学することになっても、ここでしっかりと治しておこうな」

辻教授が一年休学と言ったのにはショックを受けた。頭をガツンと叩かれたような気分だ。ぼくはありったけの低い声で、「はい」とだけ答えた。

その後、教授と何を話したかはあまり覚えていない。とにかくぼくは〝休学〟という言葉に打ちのめされて頭が真っ白になってしまったのだ。

「おい、休学とはどういうことなんだ。ぼくは聞いてないぞ。大学には一週間くらい、肝生検のために休学するだけじゃなかったのか？」

外来の診察室を出るとすぐ、ぼくは母に語気を強めて問いただした。

「知らないわよ、私だって。辻教授が何であんなこと言ったのか。休学なんてできるわけないわよ、ねぇ。勉強が遅れちゃうわ」

「本当に一週間で退院なんだろうね？」

ぼくは確認の意味で母に尋ねた。

「そうでしょう？　だってほかに何もすることないじゃない？」

そう答える母は、嘘をついているようには見えなかった。

「大学病院は何考えているのかよくわかんないな」

ぼくは母のほうを向いて言った。

「ほんと、そうね。もう、肝生検をすませたら、さっさと聖路加に戻りましょう」

大学病院のあり方に一抹の不安を感じつつぼくと母は入院棟に向かった。

肝硬変を疑う

入院してから数日で、肝生検の日取りは決まった。

しかし、それがなんと、入院してから検査が受けられるのが、およそ一カ月後だというのだ。うひゃ、なんだよ、それは。それを聞いたとき、ぼくは一瞬気が遠のいた。

『まったく、お話にならない。そんなことなら検査の前日に入院し直せばいいじゃないか！』

ぼくはすぐに主治医に不平を言った。

しかし、主治医の卜部医師は、すぐに切り返してきた。

「それはできない相談だよ。入院をしてないと、肝生検を受けられるのは早くても半年後、下手をすれば一年後だからね。これでも、君のために何とか早く検査がやれるようにと、できるかぎり努力したんだよ。君のおかげで検査が遅れる人だっているんだから、これくらい我慢してもらわなければ困るな」

「そうですか。それじゃあ、この病院では、いまにも死にそうな患者でも一カ月待ってくれって言うんですか？」

「別にそういうわけじゃないよ。第一、君はまだ全然元気じゃないか」

「どこから、そういうことが言えるのですかね。聖路加国際病院の先生は、一刻も早く肝生検を受けたほうがよいと言ってましたけど。現に、この病院に来てからも、肝機能は悪化を続けてるじゃないですか。ぼくは早く肝生検をして診断を確定し、治療を開始しなければならないんじゃないですかと言っているんです。一カ月後に検査とか言っているのでは、ここまで来た意味が何にもないじゃないですか」

卜部先生は、怒りと戸惑いの入り混じった表情を見せた。

「君の言いたいことはわかる、わかるよ。だけどね、検査をやる日取りとしては、これが限界なんだ。ただ、検査というものには、キャンセルというものが付き物だからね。キャンセルが出たら、すぐに君を入れるようにするから。ねっ、それでいいじゃないか。ひょっとしたら、来週にでもできるかもしれないだろ」

「わかりました。それじゃあ待ってみます」

これ以上、言い争っても得るものは少ない。そう察したぼくは、とりあえずキャンセル待ちに賭けてみることにした。

しかし結局キャンセルなんてものはなく、ぼくはブラブラと一カ月ものあいだ、病院に入院している羽目になった。

そしてぼくが入院した最たる目的は肝生検だけだったはずなのだが、その検査を腹腔鏡《ふくくうきょう》というお腹を切開して、その内部をじかに見る方法と並行して行うことになった。

何でも医師によると、肝生検というのは、肝臓に太い針を刺して肝細胞を少し採取する検査なのだが、肝臓はほとんど血の塊《かたまり》みたいなもので、そこに針を刺すのはかなりの危険を伴うらしいのだ。

そこで大学病院側が安全のために取り入れた手法というのが、お腹を一センチほど切って、そこから小型のカメラを挿入し、肝臓をじかに観察しながら、大きな血管などを傷つけないように肝生検の針を肝臓に刺すというものらしい。

それに肝生検というのは所詮、臓器の中で最も重量のある肝臓のごく一部の性質しか見られないのであって、診断を確定させるためにも腹腔鏡によって一度、肝臓の全体を見ておいたほうがよいと言うのだ。

当初、ぼくはお腹を切ることに抵抗を感じ、腹腔鏡をせずに肝生検だけにしたいと言ったのだが、医師の「それでは、安全面に責任が持てない」という一言で腹腔鏡も受けることを了承してしまった。

安全という言葉を持ち出されるとそれ以上、反論する言葉が見つからなかった。

〝一カ月後に手術〟

一カ月前には想像もしていなかったこの事態に、ぼくの心にはわずかな不安と、不思議なことだが、かなりの好奇心が湧き起こっていた。

大学病院に入院して一〇日目くらいのこと、その日は助教授の回診のある日だった。

ぼくは、いつものように外でブラブラしているわけにもいかず、病室でW・ハイゼンベルクの『現代物理学の思想』を寝転んで読んでいた。

『わかんないなあ、どうしてもう少しわかりやすく書いてくれないんだ。書き方が抽象的すぎるよ』

ぼくは、クシャクシャな髪をさらに手でクシャクシャにしながら、著者の思想を〝理解〟しようとしていた。

病室のほかの住人は、どうやらお昼寝タイムのようだ。「ガー、ガー」という大きないびきが聞こえてくる。

昼をわずかに過ぎ、次第に強い日差しが部屋に注ぐ。まもなくぼくのいるところにまで日差しの波が届きそうだ。

『暑いなあ、入院しているのに日焼けしちゃうよ』

ぼくは、左手で顔をパタパタと扇いだ。あまり涼しくない。ぼくは、窓が背になるようにゴロンと体を回転させた。

と、その時、誰かのバタバタと走る音が遠くのほうで聞こえる。

『むっ、誰かの急変かな？』

その音は次第に大きくなり、ぼくの部屋の近くで足音がゆるんだ。

ぼくはふと顔をあげた。するとそこにはカルテやその他もろもろの資料を携えた、ぼくの主治医で研修医の大西先生の姿があった。

「なんだ、先生ですか。病院内では、あまり走らないほうがいいですよ。当たると危ないから」

日頃、先生には小言ばかり言われていることもあり、ぼくは嫌味たっぷりに大西先生を注意した。

それに対して先生は表情を崩しもせず、荷物をぼくのベッドの前面にあるテーブルの上に置いた。ドスンと大きな音が部屋に響いた。

「どうかしたんですか、今日は何かいつもと違っておとなしいですね。ひょっとして緊張ってやつですか？　助教授回診があるから」

ぼくはニヤニヤしながら先生に言った。

すると大西先生は、小さな溜め息をつきながらぼくのほうに視線をゆっくりと移した。

「それもあるけど……いや、そうじゃなくて、この前、ＩＣＧ検査（インドシアニングリーンという試薬を用いた肝臓の解毒能力の検査）ってやったやん」

そう言う先生の声はいつもより暗い。

「ああ、あの何度も注射する検査ですよね。たしか、あれは肝臓の代謝機能を調べる検査でしたよね。あの検査がどうかしたんですか？」

大西先生のいつもと違う態度の原因が検査であるらしいということに、ぼくの心は一瞬ドキッと鳴った。

「うん、あの検査の結果が、どうもね、あまりよくなかったんだ」

「えっ、本当ですか。でも悪いってどういうことですか？　ぼくの肝臓の機能に何か問題でも？」

にわかに緊張が高まった。

「君の肝臓の働きがね、その……悪いみたいなんだ」

「悪い？　悪いってどれくらい悪いんですか？　はっきり言ってください」

先生はしばらく黙っていた。考えているようだった。ぼくは先生の目を見て、心の内で声をあげた。

『言ってくれ、真実を』

大西先生は口を開いた。

「ＩＣＧ検査では、肝硬変ぐらい悪いと出たんよ」

『肝硬変！』

肝硬変という言葉が意味することぐらいは当時のぼくでも知っていた。もう肝臓に回復機能がなく、あとは朽ち果てるのを待つばかり。

『そうか、肝硬変か。そうだったのか』

時の流れを、しばしの沈黙が覆った。

「そうですか」

ぼくは、うつむいたまま答えた。ぼくの両手は、無意識の内にシーツを握り締めていた。

いまは何も考えたくない。

いまは何もしゃべりたくない。

いまはただ沈黙の時……。

「まだＩＣＧ検査で、そういう結果が出ただけなんだからそんなに気を落とすなよ」

大西先生は、そう言うとぼくの肩をポンと叩いた。ぼくは何も答えなかった。先生は「ふぅっ」と軽く溜息をついた。

「上の先生方にも聞いてみるから。しょげていてはいかんよ、またあとでくるから」

先生はいったん病室をあとにした。担当の患者は何もぼくひとりではないのだ。

助教授回診での出来事

ぼくの頭の中は、混乱と不安でゴチャゴチャと渦を巻いているようだった。

『肝硬変……死、肝硬変……死、ぼくは死ぬのか？　嫌だ。こんなところで死にたくない』

ぼくは誰かにこのことを話さずにはいられなかった。ひとりで考え込んでいたら頭がおかしくなってしまいそうだ。

ぼくは、公衆電話に走った。小田原に帰っている母にかけるためだ。

テレフォンカードを機器に挿入する手がガタガタ震えた。

ダイヤルを押すときも何度も自宅の番号を押し間違え、その度にやり直す羽目になった。

「もしもし、あらどうしたの、元気でやってる？」

入院しているのに〝あら元気〟もないもんだ。母はいつも通り、お気楽モードで電話に出た。

母が電話に出ると、ぼくは冷静を装った口調で話し始めた。

「さっき大西先生が来てさ、この前やったＩＣＧ検査の結果について話してくれたんだけど。なんかぼくの肝臓の状態ってもうかなり悪いらしい」

「悪いってどういうことよ。先生、何て言ったの？」

受話器の向こう側の声は一気に真剣になった。

「なんか、もう肝硬変らしい。ぼくの肝臓」

そう言った瞬間、ぼくの感情はにわかに高ぶった。ぼくは頭を左右に振って、なんとか落ち着きを取り戻そうとした。

「えー、嘘でしょう、そんなことあるわけないじゃない。この前、病気が見つかったばかりなのに」

母の声色が変わった。ひどく驚いているようだ。

「だから、もう随分前から病気があって徐々に進行してたんじゃないの？　発見がちょっと遅れちゃったのかもな」

「でも、元気だったじゃない、テニス部なんか入ったりして。そんな前から病気だったなんて……信じられるわけないじゃない」

母は随分と感情的になっていた。母の感情の高ぶりとは逆にぼくの心は急速に平静を取り戻していった。

「まだ、ＩＣＧ検査でそういう結果が出ただけだから、いまの段階であんまり心配するなって大西先生も言ってた。上の先生にも相談してみるってさ」

「そうよ、まだ研修中の大西先生なんかに何がわかるのよ。検査の結果も読み違えてるに決まっているわ」

「まあ、このあとすぐ助教授回診があるから、そのときにまた聞いてみるよ」

そう言うと、ぼくは静かに受話器を置いた。電話をかける前と比べると随分、心は穏やかになっていた。

それからぼくは屋上に行き、大きく深呼吸をした。

雲は銀色に輝き、遠くに見える山々に徐々にその姿を隠した。

太陽は西の空に傾きかけ、昼間の熱気は涼しさへと変化を遂げていた。

やわらかい風がぼくをやさしく包み込む。

ぼくは屋上の手すりを両手で強く握り締めながら頭を後方にもたげ、天を仰いだ。

「まだそうと決まったわけではない」

小さくつぶやくと、ぼくはゆっくりと病室に戻っていった。助教授回診は、それからまもなく始まった。

やがて、ぼくの病室まで助教授回診が回ってきた。卜部先生たちもぼくのベッドの前でカルテを広げ、スタンバイしている。準備万端なようだ。

ぼくはいつもの回診より少々緊張してきた。

助教授が部屋のほかの人をまわっているあいだ、ぼくはベッドの上で、起き上がったり、また横になったりと落ちつかない動作を繰り返していた。

助教授がいよいよぼくの前の人までやってくると、ぼくは一転起き上がり、そのままの姿勢を保った。ゴクリとつばを呑み込んだ。そしていよいよぼくの番となった。

ぼくの右側には婦長が回りこみ、ぼくのシャツをめくって、助教授がいつでも診察できる態勢をとった。助教授がぼくの正面に現れる。その両脇には、主治医が三人、そして、その周りを数十人の医師たちが囲む。圧巻だ。

大西先生が助教授に説明を始めた。ぼくの胸が急速に高まる。ぼくは前屈みになって懸命にカルテを覗き込もうとした。婦長さんがぼくを制止し横に寝かせた。何人かの医師がぼくと婦長さんのやりとりを見て、くすくす笑った。

大西先生の説明は続き、いよいよ核心へ。ＩＣＧ検査の結果説明だ。

「……でして、ちょっとおかしい結果がでてしまったなと思っているんですが」

先生がそう言い放った瞬間、それまでおとなしく横になっていたぼくは、ガバッと起き上ががり、次の瞬間、「ぼくって肝硬変なんですか？」と助教授に言い放った。助教授は一瞬、押し黙った。

　ぼくはさらに助教授のほうを向いて言った。

「肝硬変だともう治らないんですよね。死ぬんですよね。ねえ、どうなんですか、ぼくはもう死ぬんですか」

　一気にまくしたてた。婦長は対処に困っているようだ。

　部屋の中に緊張が走った。外の鳥の鳴き声がいやに大きく聞こえてくる。助教授が口を開いた。

「大丈夫、大丈夫だ。君は肝硬変なんかじゃないからな。心配しなくてもいいよ」

　助教授はぼくの目を見ながらやさしくさとすように言った。

「ぼくは、肝硬変じゃないんですか？」

「ああ、多分、ＩＣＧ検査にたまたま適応《てきおう》しない特異体質なんだろう。よくいるんだ、そういう人が。血液検査を見るかぎり、肝硬変とはとても言えんね。大丈夫」

　助教授の説明を聞いてようやく安心したぼくは、婦長さんの勧めにしたがって横になった。それから助教授は、大西先生に向かって何か注意を与えていた。先生はそれを直立不動で聞いていた。

　何はともあれ、ようやく安堵の溜め息をつくことができた。

この回診で、ぼくは助教授に、肝硬変の疑いを〝特異体質〟で片付けられたわけだけど、本当のところはどうだったのか。

助教授の言ったとおり、ぼくはＩＣＧ検査に適応しない特異体質なのだろうか？

それとも本当は助教授の言った説明は嘘で、大西先生のあわてぶりこそ、真実だったのだろうか？

あれこれ心配するのに疲れベッドの上に寝転がると、祖父が買ってくれたテレビのスイッチを付けた。

果たして、自分の肝臓は大丈夫なんだろうか？

そんな不安を胸に抱えながらも、肝生検の予定日に近づいていった。

入院中のある日、お見舞いに来てくれたちいばあちゃんは、若いときに重い病に伏せった際につけていたという日記を見せてくれた。

そこには、当人以外誰にも経験できない、病を経験した者のみが知る、孤独、辛さなどが赤裸々に綴ってあった。

当時、ちいばあちゃんもなかなか医師の診断がつかず、いくつもの病院を渡り歩いていたのだ。そうこうするうちに、病状はどんどんと悪化していった。

ついにちいばあちゃんは歩くことすら困難になっていく。怖い、不安だ。この苦しみを誰かに理解してほしい。しかし彼女は一家を支えなければならなかった。めそめそと弱音を吐くわけにいかない。ひとり苦しみ、孤独に打ちひしがれ、日記に自らの気持ちを吐き出すことによってなんとか自分を保っていたのである。

『そうだったのか。ちいばあちゃんもぼくと一緒だったんだ』

ぼくはその日記を読んで、ちいばあちゃんの人となりを知り得た気がした。

ちいばあちゃんは、その後、大手術を受け、一年近くの療養生活もあって幸いに完治、今に至る。

「あんたも絶対大丈夫じゃからな、心配せんでぇぇよ。必ず元気になる」お見舞いの帰りには、いつもそう言ってくれたものだ。

医師と患者

肝生検の前日には、お腹の毛剃りをやった。

盲腸の手術では下腹部の毛を全部剃るという話を聞いていたので、ぼくはまた看護婦さんに生まれたままの姿にされて、カミソリで毛をゾリゾリ剃られるのかと勝手にドキドキしていたが、それは大きな誤算、もとい勘違いだった。

看護婦さんは、脱毛クリームを持ってきて使い方などを話したら、「じゃあ、あとで一応確認にくるから」と言い残し、さっさと行ってしまった。

別に開腹するわけではないので、おへソの周辺をクリームで脱毛しておくだけでいいらしい。

まったくとんだ勘違いだ！

しかしまあ、脱毛クリームなんて男のぼくは使ったためしがないので、結構楽しめた。クリームを塗って数分後に塗布した箇所をタオルでふき取ると、面白いように毛が取れた。

おへソの周辺というのがそもそもの注文だったが、そんなものは一回の塗布でやり終えてしまった。クリームは一杯残ってる。何だかぼくは物足りなさを感じた。

ちょっと腕に塗ってみた。やっぱりきれいにズルッという感じに毛が取れた。ちょっと足に塗ってみた。やっぱりきれいにズルッという感じに毛がなくなった。

『面白い！　なんて面白いんだ！』

ぼくは脱毛クリームの威力にすっかり魅了されてしまい、しばらくそれを使って遊んでいた。

その後、カーテンを閉めたまま、ベッドの周りの片付けをやっているとと部屋へ入ってくるいくつかの足音がした。母の声が聞こえた。見舞いか。

『しかし、よりによってこんな時に』

「健ちゃん、こんにちは！　お見舞いに来たよ」

『うわっ、倉敷のおばさんも来てる。どうすんだ、これ。まだ色々と片づけが！』

「ああ、どうも」

ぼくはとりあえず、カーテンの中からよそ行きの声で返事をした。

「健ちゃん、私も来たのよ」

『あっ、マミーも来たのか』

倉敷のおばさんとマミーは母の姉妹、つまりぼくの二人のおばさんだ。これで泣く子も黙る三宅家の三姉妹がそろった。

「まだ、終わってないの？」

なかなかカーテンから顔を出さないぼくにやきもきしたのか、母が声をかけてきた。

「ああ、あとちょっと」

「そう、でも急がなくていいのよ」

そう言うと、母ら三人は、カーテン越しにペチャペチャおしゃべりを始めた。

そのとき再び誰かのやってくる足音がした。靴の音からして今度は女性じゃない。母たちのおしゃべりが途切れた。

「あら、卜部先生」

母の声が聞こえた。足音の主は主治医の卜部先生だった。

「どうも。あっ、お見舞いですか？」

「ええ、私の姉妹が来てくれまして」

「そうですか」

おばさん二人が先生にぼくのことをよろしくと丁寧に挨拶していた。

「健君は、いまカーテンの中ですか？　えぇと、いまは何をしているのかな？」

「いま、明日のための腹部の除毛をしていて、もうそろそろ終わると思うんですけど」

母が答えた。

「そうですか。じゃぁ出直したほうがいいですね」

そうすると、卜部先生の立ち去ろうとする足音がした。

「あ、なんか話ですか。大丈夫ですよ。もうホントにあとちょっとだし。入ってもらって」

ぼくは慌てて言った。

「本当にいいの？　あとにしてもらったほうがいいんじゃない？」

母だ。

「いいんだよ、大丈夫」

「そう、それならいいんだけど」

母はカーテン越しに心配そうな口調で答えた。

卜部先生は少し遠慮がちにカーテンを開け、ぼくのそばまできた。

「何でしょう。診察ですか？」

ぼくは先生に尋ねた。

「いや、診察をしに来たわけじゃあないんだ」

ぼくの心の中で、警戒信号が鳴った。

「ここ一カ月ほど君のいままでの血液データをみていて、どうも胆道系酵素の値が異常に高いんだ。それで、君の病気の原因が肝臓本体にあるのではなく、胆道系に異常をきたしていて、その結果、ＧＯＴ、ＧＰＴなどの肝機能に異常をきたしていることが考えられてね。それで、肝生検が終わってしばらくしたら、ＥＲＣＰ（内《ない》視《し》鏡《きょう》的《てき》逆《ぎゃっ》行《こう》性《せい》胆《たん》道《どう》膵《すい》管《かん》造《ぞう》影《えい》）という検査を行いたいと思うんだ」

「何ですか？　そのＥＲＣＰっていうのは」

ぼくは思わず口を挟んだ。

「胃カメラみたいなものなんだけどね。胃よりもずっと奥までカメラを挿入していって、総胆《そうたん》管《かん》という箇所までカメラを入れるんだ。そして、胆管の組織を採取して調べるという検査なんだけど」

「嫌ですよ。ぼくは肝生検を受ければ、病名も治療の方針も含めてすべてわかるということで、ここに来てるんですから」

「いや、そういうわけにはいかない。受けてもらわなきゃ病気の原因がはっきりわからないかもしれないからね」

「明日の検査で自己免疫性肝炎ってはっきりしたらどうなんですか？」

「そうしたら受けなくてよくなるかもしれないけど、ただ、現状ではそうなる可能性はあまりないと思う」

卜部先生の口調は次第に刺々《とげとげ》しくなっていった。なんかぼくは何もかもが嫌になった。

「とにかく嫌ですから。そんな検査は絶対に受けません」

「でもね、三宅君……」

先生はしつこく食い下がった。

先生との押し問答がしばらく続いたあと、おばさんの一人がカーテンを開けた。

「先生、ちょっと、すみません。こっちへ」

おばさんは、卜部先生をカーテンの外に促した。これから話すことをぼくにじかに聞いてほしくないかのように。かなりきつい顔だ。その後ろには母ともうひとりのおばさんの姿もあるが、揃って怖いくらいの真顔だ。ぼくの経験では女の真顔には何かがある。

先生は何かを察したかのように何も言わず、カーテンの外に出た。先生がカーテンの外まで行くと、おばさんはカーテンをピシャッと閉めた。そして、閉めるなり三人の怒鳴り声が病室にこだました。

「健ちゃんが明日肝生検を受けるの、先生はご存じないんですか？」

「いや、知ってます」

「知ってるなら、よりによって、何でいまそんな次の検査のことなんか。健ちゃん、明日検査があるからって、すごく緊張しているんですよ。お腹切るのなんて初めてなんですから」

「そうですか。そんな緊張しているふうには見えませんでしたけど」
「そんなこともわからなくて、よく主治医なんか務まりますね」
「すみません、一生懸命やっているつもりなんですが」
「先生が一生懸命やってくださっていることはわかるんですよ。ただ患者の気持ちを何にもわかってくれてないと言ってるんです」

泣く子も黙る三宅家の三人娘に囲まれて、次第に卜部先生はただ平謝りするのみとなっていった。

しばらくその話し合い（？）は続き、先生は最後に、「検査の話はまた後日ということで」と母たちに言うと、ぼくに挨拶もなくコツコツとむなしい足音を響かせて病室から立ち去って行った。

あとには何とも言えないむなしさだけが残った。

時に医師は患者の気持ちを理解すべきと言われる。一体これは、医師は患者の気持ちが理解可能であるとした上でのことだろうか。だとしたらそれは誤りである。医師はたとえ自らが闘病体験を抱えていたとしても、患者の気持ちを理解することなどできはしない。

そもそも人が他者の気持ちを理解できるなどということ自体、大きな自惚れにちがいない。その人の気持ちがわかるのは、自身（本人）と神だけだ。

医師がするべきこととは、患者の気持ちに立ち入ることなどではない。いついかなるときも、患者を一個の尊い命を有する者として尊敬する気持ちを忘れないことである。このことを知らずに医師が患者の気持ちに立ち入ろうとすれば、自らを自惚れの殻の中に閉じ込め、患者を自身の自己満足の対象としか見られなくなってしまうだろう。

緊張の肝生検

肝生検当日の朝、ぼくは看護婦さんに、「三宅君、三宅君」と肩を叩かれ、ようやく目を覚ました。

「ふあ、おはようございます」

ぼくはゆっくり起き上がるそぶりを見せると、目を虚ろにしばたたかせながら、か細い声で答えた。

「あれから眠れたみたいね、よかったわ」

中三にもなりながら、手術の前日というくらいで夜も眠れず、吐き気まで催し、同部屋の患者さんや看護婦さんに迷惑をかけてしまうとは。日頃、偉そうなことを言っていただけに、次第に目が覚めてくると、恥ずかしくていたたまれない気持ちになった。穴があったら入りたいとはまさにこのことだ。

ぼくは看護婦さんと目を合わせずに、窓の外に目をやりながら、「いやあ、いよいよ手術だなあ」と独り言のように言った。

八時ちょっと前に、ようやく母が息を切らせてやってきた。一見するにどうも走ってきたようではある。しかし母のことだからわざとかもしれない。ぼくはブスッとした顔のまま、「やあ」と声をかけた。

「お父ちゃんが会社に行くとき、一緒に乗せてもらってきたんだけど道がすごく混んでたのよ。まったく、やんなっちゃうわ」

「ああ、そう」

ぼくの返事は相変わらずそっけない。

「点滴付けたのね。じゃあ、あとは行くだけ？　先生はもう来たの？」

「点滴だけじゃあないよ。導尿《どうにょう》も付けた。大西先生が来てね」

「あら、もう付けたの？　やっぱり痛かった？」

「いや、そんなでもなかった。でも点滴のほうはほらっ」

ガーゼが止められている左右二箇所の傷あとを母に見せた。点滴の針がうまく入らずついたものだ。

「あら、やだ。これ失敗したの？　先生が」

「そう、針を一応刺したんだけど、二回とも点滴の液が流れなかったんだ」

「まあ、もっとうまい人がやってくれなきゃ困るじゃない。ねえ」

「でも二回失敗したら、大西先生、すぐに上の人を呼んで来たよ。それで、その人はすぐに成功したんだ。失敗されたのは正直嫌だったけど、でもまあ、これが大学病院ってところなんじゃないかな。大学病院が持つメリットとデメリットの部分のデメリットの部分さ」

ぼくの言っていることがわかってか、そうではないのか、母は溜め息まじりに、「そうねえ」と言い、「でも、これから点滴をするときがあったらうまい人にやってもらったほうがいいわよ」と付け加えた。

「大西先生、さっき点滴失敗したとき、随分と低姿勢で平謝りだった。あんな先生は初めて見るね。先生の人間っぽい一面が垣間見れたよ」

「あら、そうなの、ホホホ」

母がホホホと高笑いしているまさにその時に看護婦さんが部屋のドアを開け広げて入口を広くし、ストレッチャーを運び込んできた。遂にそのときがやって来たのだ。

「いよいよですか」

ぼくは看護婦さんに確認の意味を込めて尋ねた。

「そう、いよいよね」

看護婦さんがそう言うと、部屋の温度がまるで何度か上がったかのようだった。ぼくだけではなく、同部屋の仲間たちも、「いよいよだなあ、三宅君」なんて言ってにわかに活気づいている。大部屋では、皆が家族なのだ。

ストレッチャーの台の高さを上げながら看護婦さんが声をかけてきた。

「それじゃあ、三宅君。ゆっくりでいいから、こっちに移って来てくれる」

「は、はい」

ぼくは若干、上ずった声で答えると、ゆっくりとベッドの右脇に置いてあるサンダルを履き、部屋の出口近くに置いてあるストレッチャーに移動した。そのあいだ看護婦さんが導尿の先の尿を溜めておく袋と、点滴の台を注意深く持っていてくれた。部屋の皆がぼくのほうを向いて笑顔で見ている。

『いよいよだ、いよいよなんだ』

ぼくは微かな笑みを浮かべながら、ストレッチャーに横になった。なんだか顔が熱い。

「それじゃあ、緊張を沈めて、痛みをとる注射を打つわね」

ぼくは少し震える左手で右手の服をめくった。

「これは、筋肉に注射するから少し血液検査のときの注射よりは痛いんだけど、一瞬だけだから」

そう言いながら看護婦さんは上腕に針を刺した。はじめは、ほとんど痛みは感じなかったが、一瞬あとにズキンと鋭い痛みがした。

「はい、もう終わりよ。痛かった？」

「はい。少し」

看護婦さんは針を刺した部位をマッサージしている。薬をよく行き渡らせるためらしい。

「あ、ぼく、自分でやりますよ」

とぼくはすぐに言った。忙しい看護婦さんにマッサージをさせるのは少し申し訳ない気がしたからだ。

「そう、じゃあ、五分くらい軽くマッサージしてね。薬が肩に残っていると、あとで痛みが残っちゃったりするから」

それは大変！　ぼくは一生懸命、痛いくらいに腕を揉みほぐした。

「それじゃあ、出発するわね」

ぼくに薄手の毛布をかけながら看護婦さんが言った。ストレッチャーを止めておく安全装置が外された。ストレッチャーが動き出す。出発のときだ。次にこの部屋に戻ってくるときはもう肝生検を終えている。部屋の皆が「それじゃあ、がんばって来いよぉ」と声をかけてくれる。ぼくは緊張して返事ができなかった。ストレッチャーが廊下に出る。

「お母さんも、途中まで来ますか」

看護婦んが振り向いて母に声をかけた。

「えっ、あ、付いていって構わないんですか。それじゃあ、ちょっと行こうかしら」

そう言って、母がぼくの真横を付いてきた。ぼくはストレッチャーに横になりながら顔をあげて前を見た。毎日、目にする光景のはずなのに、まるで別の場所のようだった。静けさを保った病棟にストレッチャーのガラガラという音が響く。

『ああ、昼過ぎにはもう終わってるんだ。緊張していた今を一体、どんなふうに思い起こすのだろう』

母とは肝生検の検査室のある階で別れた。検査室の前まで付いていってもよかったようだが、母は「じゃあ、ここで」と言ってエレベーターから降りようとはしなかった。

「じゃあ、健、しっかりね」

エレベーターが閉まる直前、母がぼくに声をかけた。しっかりやらねばならないのは、ぼくよりむしろ医師なのだけど。

効かない麻酔

エレベーターを降りてしばらく進み、その階の奥まった場所に検査室はあった。検査室はかなり広い場所で、ぼくが入ったときはもう医師が随分大勢いて忙しく動き回っていた。ぼく以外にも患者が運ばれていた。どうやらぼくと同じ日に肝生検を受ける患者はまだほかにもいたらしい。

ぼくは部屋の端に運ばれた。医師が何人か話しかけてきたのだが、マスクで顔の全面を覆い隠していたので、誰が誰だかわからなかった。大西先生や卜部先生もいるはずなのだが、誰がそうなのかわからない。大勢の医師がさまざまな怪しげな器具をガチャガチャとぼくの近くの台に置いている。なんだかぼくは不安になった。まるで小学生のときにひとり迷子になったときのような気分になった。

誰かがぼくの肩をポンッと叩いて、「三宅君、がんばろうなぁ」と言った。声の方言がかかったイントネーションから大西先生だとわかった。ぼくは知り合いに会えて少しうれしくなった。

それからしばらくして、指やら何やらに器具を装着された。術中の心拍や血圧を測るものだと医師から説明を受けた。直後に何やら点滴の管を通して薬が注入された。同時に薬を注入した腕にビリリッと鋭い痛みが走った。

『何だ、どうしたんだ』

途端、ぼくはビックリして医師に言った。

「すいません、腕が痛いんですけど」

「いまボーッとする薬を入れたからね。ちょっと、血管痛があるかもしれないけど問題ないから」

『いよいよ、ぼくのお腹が切られるのだ』

ぼくは忙しく準備に追われる人の中からそばにいた誰かを呼び止めた。

「卜部先生、いますか」

すぐに顔面を術着で覆った先生がやってきた。

「どうしたん、三宅君」

ちょっと声が怪訝《けげん》そうだ。

「あの、昨日は母と叔母がとんだ失礼なことを先生に言ってしまってすみませんでした。もしあのことで気を悪くされたようでしたら、謝ります」

先生はぼくの突然の謝罪に少し驚いたようだったが、「そんなこと気にしなくていいよ」と言った。

検査室に入って小一時間ほどたった頃、ぼくの周りに五、六人ほどの人が集まり、それまでのざわざわした雰囲気も収まりかけていた。

「それじゃあ、三宅君、はじめるからね」

知らない声だ。その日の検査の執刀は、浮田先生がやってくれると言ってくれていたのだが。

「あの、浮田先生がやってくれるのではないのですか」

「えっ、聞いてないな。先生はもうこんな検査はやられる人ではないよ。何かの間違いじゃないのかな」

『嘘だ、浮田先生は先日の母と一緒に受けた面接で確かに「ぼくがやるから心配いらないよ」

と言ってくれたんだ。母だって、そのことを聞いて安心していたんだ』

随分と丁寧に説明してくれる先生で、ぼくは心の底から信頼していたのに。その信頼はもろくも一瞬でぼくの心の中で音を立てて崩れ落ちた。

誰かがぼくの顔にガーゼを置いた。

「それじゃあ、お腹を少し切っていくからね。まずは麻酔の注射をお腹にしていくからね。頭のほうも随分、ボーッとしてきただろ」

「いいえ、全然、ボーッとしてないんですが」

「そうかい、まあ、あんまり効いていないようだったら、検査の途中でも追加するからね、心配しなくていいよ」

その直後、腹部にズキンと鋭い痛みが走った。麻酔の注射だろう、痛みはすぐになくなるはずだ。我慢だ。

「それじゃあ、お腹を少し切っていくからね」

直後にぼくは激しい痛みに叫んだ。

「痛い、痛い、麻酔が効いてない」

あまりの痛みに体が飛び上がった。激しい嘔吐感《おうとかん》が生じ、ぼくはたまらず嘔吐した。ガーゼが体から外れた。目の前が眩《まぶ》しくて何も見えない。瞬時に体は汗にまみれ、体が破裂しそうな感覚を覚えた。

「ああ、腹部に吐いちゃ駄目だ」

誰かが慌てた声でそう言い、むりやり押さえつけるようにぼくはベッドに押し付けられた。両肩が押さえ付けられて動けない。ぼくは叫びながら体をよじった。そうしようと思わなくても体が反射的にそう動いてしまった。

「ちょっと、こっち手を貸して」

誰かが大声で言った。その直後にぼくはより強い力で押さえつけられた。手も足も顔も。

「痛みが、痛みがすごくて、痛み止めを」

喉がかすれるほどの大声で叫んだ。誰も答えてはくれない。医師は、ぼくの叫びなどないかのごとく検査を続けた。ズブズブとお腹のよじれる音と痛みが続いた。ぼくは痛み止めをしてくれと、そのあとも懇願し続けた。しかし医師は冷静に検査の話などを続け、もっとも注意をおくべき患者の声にまるで答えてはくれなかった。

一体、ぼくという存在は何なのか。医師にとって、ぼくと実験動物の違いとは何なのか。痛みに悶えながら痛切に感じた。ぼくは人間だぞ、お前たちのモルモットではない。尊厳ある人間だ。

お腹の痛みが少し和らいだかと思いきや、すぐに今度は新たな痛みに襲われた。ブチッ、ブチッ、ゴリゴリという音とともに右腹部が鋭く痛んだ。肝生検で針を刺しているのだろう。

「もっと、グリグリと力を入れて捻じ込んでいいんだよ」

指導する声が聞こえる。どうやらぼくに検査をしている人は、当初、やってくれるはずだった浮田先生でもなければ、ベテランの医師でもない。肝生検の研修を受けている医師らしい。ぼくは数秒ごとに訪れる痛みと闘っていた。

そのときだ。「三宅君、もうすぐ終わるからな。がんばれよ」と、絶望と痛みに打ちひしがれたぼくを励ます声が微かに聞こえた。声の聞こえるほうの手が、その声に呼応するように強く握られた。その聞き覚えのある声の主は……。大西先生だ。普段は何かとぼくを叱責するばかりの先生だが、そのときはぼくのそばで、ただひとりの味方となって、ぼくを励ましてくれた。毎日のように顔を合わせ、先ほども会ったばかりなのだが、なんだかとても懐かしい気持ちになり、そして、とても心強く思えた。何よりも効く痛み止めだった。

検査が終わり病室に戻ると、大西先生はその日の夜中に何度も診に来てくれた。「ありがとうございます」と言ったら、先生は、「いやあ、いいんよ。こんなことくらい」と珍しく笑みを浮かべていた。

検査結果

肝生検を受けた数日後に父が会社の夏休みをとって、姉を伴い岡山にやってきた。ぼくは肝生検の翌日から元気に歩きはじめ、もうすっかり肝生検のときの嫌な記憶は頭の隅に追いやられていた。ところでぼくは手術のときにはフンドシを着けて臨んだのだが、すっかりこのフンドシってやつが気にいってしまい、手術から数日を経て、普段のパジャマに着替えてからも相変わらず下着はフンドシを着用していた。

『いやあ、いいねえ、この何とも解放感というか、なんというか』

ぼくはひとり、悦に入っていた。

「フンドシ、はん！　馬鹿なんじゃないの。まあ、健坊は考え方がオヤジだからちょうどいいのかもね」

そんな姉の軽蔑した視線もおかまいなしだった。姉はそのとき高校三年で、受験準備で忙しいはずなのだが、まあ、本人は気楽なものだ、相変わらず髪は茶髪で、母にジロジロ見られながら、イチャモンをつけられている。

「ちょっと、由美子、髪がまた茶色くなったんじゃないの。いい加減にしなさいよ。こんな不良みたいにして」

「不良？　茶髪が？　馬鹿なんじゃないの。髪の色なんか私の勝手じゃない」

挙句に病室で口論をはじめる始末だ。なぜもっとぼくのように穏やかに生きられないのか不思議でならない。

「ちょっと、パパ、あなたからも由美子に何か言ってよ」

「えー……」

父は相変わらず何も言わない。

「由美子、勉強はちゃんとやってるんでしょうねえ。もう試験まで半年もないのよ」

「ええ、もういいよ。大学なんか、勉強嫌いだし、私」

姉はそっぽを向きながら答えた。

「何言ってんの、大学に行かないでどうするのよ、何もすることないくせに。そんなこと許さないんだから」

母は病室ということも忘れて顔を真っ赤にして怒鳴りだした。

「うるさいなぁ、そんなこと、私の勝手でしょ、そうだ。ヨシキを追っかけてロスでも行こうかしら」

中学の頃から姉は〝X JAPAN〟というバンドに熱中していた。学校のバックには蛍光のマジックで〝YOSHIKI 命〟と書いたり、〝X〟と書かれたバッジを何十個も付けたりして毎日のように高校の生活指導の先生に捕まっていた。

反抗的な姉は『うるせえなあ』という表情で無視して通り過ぎようとして、教師とケンカになったりしていた。品行方正なぼくと同じDNAを持っているとはとても思えない人だ。学校のバックに落書きするなんて！

「ちょっとあなた。由美子、ちゃんと勉強していたんでしょうね」

「ええ、そんなこと俺知らないよ。やってるんだろ。毎晩遅くまで、起きていたみたいだったけど」

「そんなんじゃ勉強しているかわからないじゃない。もうだからあれほど、ちゃんと勉強させなさいよと言っておいたのに」

口論は延々と続いた。退院して家に帰ると、また毎日この口論を聞かされることになる。ぼくは意味のない怒鳴りあいを聞くのが嫌いだった。姉が大学に行くの行かないのなんか、別にどうでもいいことだ。本人が行きたければ行けばいいし、行きたくなければ行かなければいい。毎晩大声で怒鳴りあうほどのことではないと思えた。

肝生検の結果は検査から一〇日で出ると言われた。そのあいだ、卜部先生が再びＥＲＣＰに関して口にすることはなかった。母たちにうるさく言われたことが余程堪えたのだろう。もはや母は内科病棟で婦長さんの次に恐れられる、一目置かれた存在となっていた。

『とにかくこの入院も、あとちょっとの辛抱だ』

組織検査の結果、自己免疫性肝炎と断定されれば、ステロイドを一時的に大量に使ってそれで終わりだ。

季節は夏まっさかり。昼間の病室はクーラーが寒いくらいに効いていて、窓を閉め切った外の景色からはかすかにセミの鳴き声が漏れ聞こえてくる。

『退院したら、この夏休みのあいだにしっかり勉強の遅れを取り戻そう』

そんな退院したあとのことをもう考え出していた。

肝生検の結果が出る予定の日は、朝早くから父が来ていた。母は、午前中は実家の手伝いをして、午後になってから姉と一緒に病院に来ることになっていた。ぼくはベッドにジッと座り、緊張した面持ちで主治医の誰かが結果を伝えに病室に入ってくるのをいまや遅しと待ち構えていた。父もまたベッド脇に置いてある椅子に腰掛けて窓の外をただ眺めていた。時折、思い出したかのように交わす会話は、常に「検査の結果はまだか」ということだった。

何事も起こらぬまま、昼になった。ぼくは少しおかしいと思いだした。検査の結果はその日の午前中には出るからと、前日に卜部先生に言われていたからだ。検査の結果が出るのが遅れているのだろうか。それとも結果は出たのだが、伝えにくるのを忘れているのか。

「遅いな、何してるんだろ」

ベッドのテーブルにはだいぶ前に昼食が運び込まれてきていたが、まだまったく手をつけていなかった。

〝嫌な予感〟……というわけではないが、あまりよくはない気配を感じとった。

「ちょっと、詰所にどうなっているのか聞きに行ってみようか」

最初に沈黙を破ったのはぼくだった。

「そうだな、報告にくるのを忘れているのかもしれないから、ちょっと行ってみようか」

努めて冷静な感じを装っていたものの、二人とも心中は穏やかではなかった。ぼくたちはあわただしく詰所に向かった。受付で卜部先生を呼んでもらった。待つあいだ緊張で汗がにじんだ。

「どうかしましたか」

『どうかしましたかもないだろう』とぼくは思ったが、そんなことはおくびにも出さず、単刀直入に検査の結果を尋ねることにした。

「えっと、肝生検の結果って、今日の午前中にわかるはずでしたね。ちょっとその結果を早く知りたいなと思いまして。やっぱり自己免疫性肝炎でしたか」

先生は不機嫌そうに、

「そんな簡単な病気ではなさそうだということがわかりましてね。検査の確かな結果がわかり次第、伝えに行きますから病室で待っていてください」と言うとそれ以上何も言わず足早に詰所の奥に引き上げていった。引き止めるまもない早業だった。

詰所で呼び出したことが気に障ったのだろうか。しかし、「自己免疫性肝炎みたいに簡単な病気ではなさそうだ」とは一体どういうことなのだ。自己免疫性肝炎だって充分怖い病気だろう。もしやがんでも見つかったのか。

病室に入るまで黙りこくっていたぼくは、部屋に入った途端、堰《せき》を切ったように話し始めた。

「自己免疫性肝炎でなかったら一体ぼくの病気は何なんだよ。辻教授は彼の作成した自己免疫性肝炎の診断基準も当てはまるって言ってた。浮田先生も自己免疫性肝炎II型だって言ってたし。いまさら違うなんておかしいじゃんさぁ」

父は黙ったまま俯いて何も言わなかった。詰所に行く前より老け込んだように見えた。

「ちょっと……ちょっとママに電話してくるよ」

「そ、そう」

父はゆっくりと立ち上がると、そのままスローモーションのようにゆっくりと、何となくぎこちない足取りで部屋をあとにした。ぼくは父の態度にわずかに不審を抱いた。少しのあいだ、部屋でじっとしていたものの、そのうち居ても立ってもいられなくなった。ぼくはひらりとベッドから降りると、電話ボックスがある談話室のほうへ急ぎ足で向かった。そして詰所の前で驚くべきものを見た。父は電話ボックスなどには、いなかった。主治医の卜部先生と立ち話をしていたのだ。

瞬時に顔がかっと熱くなった。心臓の動きが一気に加速した。このままその場にいると口から心臓が飛び出してしまいそうだ。耐えられない。ぼくはすぐさま、いま来た道を走って引き返した。

ぼくはベッドの上に何事もなかったかのように腰を下ろした。まだ興奮が冷めず、息が苦しい。呆然としつつ、このたかだか数十分のあいだに起きた出来事を整理しきれない自分がいた。一体、何がどうしたというのだ。これは夢ではないのだろうか。いや、夢であってくれ。目が覚めるものならすぐに覚めてぼくを救ってくれ。

一〇分ほどたつと、父が戻ってきた。顔は心なしいつもより重々しく暗い。父が再びぼくの傍らに腰を下ろすと、ぼくは自分で思っても見なかったことを口に出した。

「やあ、電話したらなんだって」

「ん、ああ、もうすぐ出るってさ」

父はいつもと変わらぬ表情で答えた。ぼくは卜部先生と何を話したのか詰問しようとした。しかし…できなかった。その結果、自分が知ることになるだろう、何かが怖かったのだ。ぼくはもうそれ以上、何も言わなかった。沈黙が流れた。

昼食が手をつけられぬまま、冷え切っていた。

母も病室に到着し、夕方頃、大西先生が病室にやってきた。検査の結果は翌日、浮田先生が家族に説明してくれることになったことを知らせにきたのだ。

「ぼくは自己免疫性肝炎ではなかったのですか」

「うん、まあ、ちょっと違うタイプの病気だろうということがわかったんだ。でもまあ、治療法としては同じになるだろうから。それほど、心配しなくてもいいんじゃないかな」

「そうですか。卜部先生にさっき聞きに行ったら、自己免疫性肝炎みたいに簡単な病気ではないことがわかったって言ってましたけど」

ぼくは自分が出せるありったけの低い声で批判がましく言った。

「えっ、そう。自己免疫性肝炎も充分難しい病気だと思うけどな。何かの誤解じゃないかい」

「そんなことありませんよ。確かにそう言いました。父だって一緒にいて聞いていたんですから」

大西先生は一呼吸置いた。

「まあ、明日、浮田先生がきちんと説明してくれるだろうから」

「別にいま、明日話すことを先生が話してくれたっていいんじゃないですか」

大西先生は苦笑いを浮かべた。

「ほら、健、先生も困ってるじゃないの。明日、浮田先生がお話ししてくれるって言ってくれているんだから。先生みたいに偉い人が話してくれるなんて、そうそうあることじゃないのよ。きっと」

母は何とかぼくをなだめようとした。

「まあ、そうでもないんだけど」

先生は再び苦笑いを浮かべた。このまま問い続けても大西先生は何も話してくれそうになかったので、ぼくは諦めることにした。

先生が部屋を出ていったあと、ぼくは何か納得いかない消化不良のような気分に陥っていた。いったい、父は卜部先生と何を話していたのだという疑問が再び頭をかすめた。

『明日だ。明日すべてがはっきりするのだ』

不安な日々

検査の結果が出た日の翌日は、さまざまな人が訪れた。

まず、両親が姉を実家に預けて二人でやってきた。少したつと三角さんもやってきた。最初は『なんで？』と思ったが、検査の結果が今日、話されるということを聞きつけて心配になって来てくれたらしい。大学も夏休みに入っていて暇なのだそうだ。

午後に入って清音のおじいちゃんも親戚のおじさんに連れられて見舞いにきてくれた。ちなみに清音のおじいちゃんは父方の祖父だ。別に検査の結果を聞きにきたわけではなく、ただの見舞いだということだ。しばらくのあいだ、団らんの時を過ごしたが、病室に箱田先生と大西先生が入ってきた途端、一気に空気に緊張が張り詰めた。

「それでは、浮田先生の説明が行われますので。お聞きになられる方は向こうの会議室の方へお越し願えますか」

先生二人が三角さんに気付いて挨拶をしていた。法学部の教授なのに医学部にも顔が売れているとはすごいことだ。まあ、三角さんも第一内科の患者だから当たり前か。そんなことを思いながらぼくも移動しようとベッドを降りてサンダルに履き替えようとした。すると大西先生が声をかけてきた。

「健君は聞かないほうがいいんじゃないかな」

瞬時にぼくは瞬間湯沸かし器のごとく憤った。

「なぜですか。ぼくの体のことをぼくが知ることがおかしいのですか」

「いや、今回の説明は健君への説明というより親御さんへの説明なので。健君はお父さんたちが説明を受けられたあとで、ご両親から説明を受ければいいんじゃないかと思うのだけど……」

「嫌ですよ。そんなこと。ぼくは聞きます」

ぼくは先生の進言を突っぱねた。そのとき意外な人が、ぼくが聞くことに反対してきた。三角さんだ。

「健ちゃんは今回は聞かんほうがええわ。ぼくらがちゃんと聞いてきて、あとで正確に伝えるから、な」

ぼくは返答に窮した。

「そうよ、健は聞かなくていいわよ。ここでおじいちゃんと待ってなさい。そんなこだわることないじゃないの。誰も隠したりなんかしないわよ」

父のまゆがぴくりと動いた。

皆があまりにも反対するので、さすがにぼくも諦めた。話が終わったらすべてをきちんと伝えるという条件が守られることを信じて。

ぼくと清音のじいちゃんたちを除いた全員が病室を出ようとしたとき、箱田先生が言った。

「お母様も行かれないほうがいいのでは」

母の顔がわずかにひきつった。しかし母はまだ何とか笑みを見せようと健闘している。

「なぜですか」

箱田先生はあくまで冷静に応対する。

「お母様はすぐに感情的になられることがあるので、行かないほうがいいのではと思うのですが」

母の顔がさらにひきつった。もはや笑みはない。顔を真っ赤にした姿は、まるで鬼の形相である。

「なに馬鹿なこと言ってんのよ。いつ私が感情的になったっていうのよ。ふざけたこと言わないでくださいよ」

『いまだけど』

部屋にいた誰もがそう思ったにちがいない。

結局、母は皆と一緒に病室を出ていった。

『公子強し！　公子敵なし！　公子傍若無人！』

部屋に残されたぼくは、会議が終わるのをいまや遅しと待ち構えていた。時計の針の進むのが遅く感じられた。

『ああ、時間はかくも相対的である』

待っているあいだ、清音のおじいちゃんとも会話を交わすが、いかんせん年が違いすぎる。会話が続かない、一言で終わってしまう。

「今日はいい天気ですね」とぼくが言えば、「そうじゃな……」とおじいちゃんが答え、「調子はどうかな」とおじいちゃんに聞かれれば、「ぼちぼちです……」とぼくが答える。そんな風だ……。

時計を見ると三〇分以上が経過していた。

『長いな、一体何を話しているんだ。もしかしてぼくに隠す算段でも医師とつけているんじゃないだろうな』

「長いですね」

ぼくはじいちゃんに声をかけた。

「まあ、慌てんで待ってりゃええわ」

やっと会話らしい会話ができた！

そのとき廊下から何人もの声が聞こえてきた。主に母の声だ。長かった説明会もようやく終わりを告げたようだ。

「終わったわよ」

一番、最初に部屋に入ってきたのは母だった。次いで三角さん、次いで父だった。

「ど、どうだった」

「別に肝臓自体はそんなに悪くはないそうよ。別に肝硬変になっているとかそんなことは全然ないみたい。ただやっぱり胆管にちょっと炎症が見られるんですって。ほら。辻教授の外来を受けたときにも胆道系の酵素が高いなって言ってたでしょ。あれ、やっぱり当たっていたみたい。肝臓じゃなくて胆管の炎症で肝臓が少し痛んでいるんですって。だから胆管の治療をこれからどう進めていくか考えるんですって」

「治療って、何するの」

「基本的には自己免疫性肝炎と一緒でステロイドを使うことになるだろうって言ってたわよ。ただ、胆管の狭窄の具合をよく調べておくためにＥＲＣＰだけはやっぱ、やらせてほしいって言ってたわよ」

「やだよ、そんなの。ぼくは肝生検だけやるってことでここに来たんだから。もう退院させてもらうよ。ＥＲＣＰだって聖路加国際病院でやればいいじゃん。病気がはっきりしたら聖路加でも対処できるって細谷先生、言ってくれていたんだから」

「健、そんなこと言って、ちゃんと必要な検査はやっておかなきゃ。退院だってさせてもらえないわよ。聖路加に行ったってＥＲＣＰなんかできるかわからないんだから」

「もう胆管が悪いってはっきりしたんだから、これ以上、検査なんか必要ないだろ。ＥＲＣＰをそんなに受けさせたいのなら、自分が受ければいいじゃんか」

「まあ、そのことはまた先生が話しにくるから。言いたいことをちゃんと言いなさい」

ぼくはふてくされて下を向いた。

「まあ、よかったわ、肝臓がそんなに悪くなくて。ぼくはまた肝硬変とか言われたらどうしょう思って、健ちゃんには一緒に行ってほしくなかったんよ」

そう言うのは三角さんだ。同じ肝臓を病む者同士、どこか心通じ合うものがあるのだ。三角さんにはぼくが心配していることが痛いほどにわかったのだろう。

その後、ぼくは主治医と散々言いあったものの、ERCPをしなければ退院はさせられないということを言われ、検査を受けることを了承せざるを得ない状況に追い込まれた。医師と言い争うあいだ、両親はぼくの側に付くと思いきや、彼らは医師の側に付いた。

主治医が病室を出て行ったあとで、母はぼくに「言ったって無駄なんだから、こんな検査さっさと受けて退院しましょうよ。細谷先生の言ったこと本当だったわね。大学病院なんて最低だわ。今度、検査受けてそのうえまだ何か検査やるって言ったら今度は私も反対するから。ねっ、それでいいでしょ」と言って説得しようとした。

何がいいものか。検査を受けなければ退院させないというやり方は、患者の人間性を否定しているのも同然だ。こんなことを言われて検査を受けましょうなどとよく言えたものだと思った。

でも、ぼくは何も言わなかった。あまりにたくさんのことが一日のあいだに起きて、何が何だか頭の中が混乱していた。混沌の中で、医師という存在に絶望する自分がいた。

『畜生め』

しばらくして気分もいくぶん落ち着くと、ぼくは窓の外を眺めた。日はすっかり暮れていた。

『きれいな夜空だ』

ＥＲＣＰの施行日を待つあいだに病棟の知り合いがひとり亡くなった。以前、三角さんが第一内科に入院したときに知り合った病友で、入院してしばらくたった頃に紹介してもらっていたのだ。

最近、見ないから退院したのだろうと三角さんと話していたら、亡くなったのだということを、ぼくらの会話を聞いていた人から教えてもらった。その人とは一度しか会ったことがなかったから別段親しい間柄ではなかったが、知っている人が病棟で死んだという事実に、さすがに結構なショックを受けた。肝炎だった。

肝炎とあえて言わずとも、病棟にいる患者のほとんどが肝炎患者だということは入院してすぐにわかった。どす黒い顔の色、異常に赤い手の平、肝臓内科と言われるゆえんがそこにはあった。

病棟の周りには個室があり、ところどころ赤いマークが貼ってあった。入院当初は何のマークなのかわからなかったのだが、ほどなくして重症、それも危篤同然の患者が入っていることの印であることがわかった。

医局の医師が全員、個室の前にごった返すときがあった。しばらくすると医師が全員、廊下の両側に整列する。と同時に人のすすり泣きがぼくの病室にまで漏れ伝わってくる。そう、大勢の医師が個室にごった返すときは入院患者が死んだ合図なのだ。それがぼくの入院していた病棟では毎日のようにあった。

『なぜ、こんなに人が死んでいくんだ。肝炎って何なんだよ。救ってやれよ。あんまりじゃないか』

次は自分の番ではないかと一瞬、思ってしまったらもう駄目だ。不安の濁流が心の中まで押し寄せてくる。そして死ぬのが怖くてたまらなくなる。

『死にたくない』

次第にその一言に支配されていくようになる。いつまで入院していても、ちっとも原因がわからない。医師の言うことは検査、検査だけ。ぼくは一体どうなってしまうのか。学校での生活がまるで遠い夢物語のように思えた。もう二度とやってこない夢物語のように……。

医学書にない病名

ERCPの検査の当日は朝から絶食だった。検査室に着くと、麻酔作用のある少しドロドロした液体を喉にふくんで一〇分ほど、上を向いてじっとさせられた。次第に口の中全体が痺れてものを言いづらくなったように感じる（実際はそれほどでもなかったのだが）。やがて口に残っている液体を飲み込んでいいと言われた。気持ち悪さを覚えつつ全部飲み込んだ。それが済んでしばらくすると、検査室に案内された。細長い部屋で中ほどに小さいベッドが置いてあった。周りには不気味な機器が置かれ、ウィーンとやはり不気味な音を奏でていた。

「じゃあ、こっちを頭にして横になろうか」

マスクをした医師が声をかけてくる。ぼくは心臓をバクバクさせながら横になった。

「ぼく、痛み止めがかなり効きにくいみたいなので、麻酔は強めにしてください。できれば眠ってやりたいんですけど」

「ああ、うん、それじゃあ、少し大目に使ってみようかな。ただね、頭はボーッとさせるんだけど、完全に眠らせちゃうわけにはいかないんだよ。検査の途中で息を止めてもらったりするからね」

また苦しむのかと、ぼくは憂鬱になりながら溜め息をついた。肝生検の時と同じように指先にゴムバンドのような機器が取り付けられ、次いで、横に置いてある心拍計の機械らしきものがピッ、ピッ、ピッと音を出しはじめた。頭の背後にはモニターみたいなものが置いてある。これをみながら管を挿入していくわけか。医師が真っ黒のホースのようなものを手にしている。太さは大人の人差し指くらいか。ゾクッと背筋が凍りついた。先には銀色の物体が取り付けられていて、先端は透明になっていた。きっとカメラのレンズなのだろう。朝から付けている点滴から薬剤を注入された。ほんの少し頭がボーッとしてきた。今回もほんの少しだ。ちゃんと麻酔を多めにと言っておいたのに！

「頭がボーッとしてきません」

ぼくは医師に進言した。

「本当？　これでも多めに使ってみたんだけどな。まあ、これでちょっとやってみようよ。駄目だったらあとで増やすからさ」

『口に管が入っているのに、どうやって駄目だってわかるんだよ』

そんなことを思っているあいだに口が閉じないようにできているマウスピースを噛まされた。

「それじゃあ、ちょっと苦しいよ」

管がマウスピースの穴から口に入って来た。管の先が喉に入ってつっかかる。次いで喉にものすごい圧痛が起きた。ゴボッ、ゴボッと、喉の異物に対する激しい反射が起きた。

『ちょっと待ってくれ』

あまりの苦しさで反射的にぼくは管を手で持って引き抜こうとした。

「ああ、そんなことしちゃ駄目だ」

周りにいた医師数人がぼくを押さえた。ぼくは体を思い切りよじらせた。

「いまが一番、苦しいときだからがんばって。食道を通り越したら楽になるから。飲んで。自分の力で飲み込まなきゃなかなか入っていかないから」

ぼくは一〇人くらいに体を押さえつけられて、ゴバッ、ゴバッと喉の反射を覚えながら、なんとか飲み込もうと努力した。

「よし、そうだ。いいぞ。通り抜けた。どうだい。少しは楽になっただろ」

喉の反射は収まったが、喉の圧痛は続く。腹部の激しく張るような痛みも新たに加わった。

ぼくはもうヘトヘトになった。

しばらくすると、検査台の上で右、左へと動かされる。その度にお腹の奥でズーンという痛みが広がった。

およそ二時間、ぼくは検査室でもみくちゃにされた。検査が終了したときはもはや疲れ果てて動けなかった。行きこそ歩きだったが、帰りはストレッチャーで病室まで送り届けられることになった。出かけるときはそれじゃあ行ってきますねーとニコニコしながら行ったのに、帰りはストレッチャーの上で息も絶え絶えの始末だ。病室の人たちはその差の激しさに皆一様に驚いていた。

「だ、大丈夫だったの」

病室で待っていた母が不安そうに声をかけてきた。

「最悪だ。肝生検より苦しいよ」

とんでもない一日となったのだった。

ERCPの結果は検査から数日後に、再び浮田先生から説明を受けることになった。

今回はぼくも何があろうと絶対に聞くと主張した。あれほど、苦しい検査を受けたのに、検査の結果を知ることができないなんて耐えられなかった。両親は今回も難色を示したが、浮田先生がよいと言ってくれたので、晴れて聞けるようになった。

安ホテルのシングルルームのような部屋に通されると、浮田先生がぼくら親子の向かいに腰を下ろしていた。ぼくらの側には両親とともに三人の主治医もいた。

浮田先生は一枚の写真をぼくらに見せた。ＥＲＣＰのときに造影剤を使用して撮影した総胆管の写真だという。そこに映し出されていた画像にぼくは目を見張った。一本のホースのようにあるべきはずの胆管が、あちらこちら不自然に細かったり太かったりしていた。

「見てください。この太い線が総胆管なんですが、所々細かったり太かったりしているでしょう。総胆管に炎症が起きて狭窄が生じているのです」

浮田先生は画像を指し示しながら異常が現われている部位を丁寧に説明した。

「何という病気なんですか」

ぼくは病名を尋ねた。

「自己免疫性胆管炎、この病気は非常に珍しい病気で医学書には記載されていません。専門の論文などでのみ使われる呼び名です」

「そうですか」

「残念ながらこの病気には根本的な治療法が確立されていません。しかし、症状が短期間にどんどんと進み、死に至るような病気でもないのです。一生涯、何十年にもわたって、ゆっくりと進行していく病気です。症状を抑えるために胆汁を流れやすくするウルソ（ウルソデオキシコール酸：肝臓からの胆汁分泌を促進して、胆のう内の胆汁の流れをよくする薬剤。胆汁うっ滞や、C型慢性肝炎などの「慢性肝炎」に有効性が認められている）という薬を服用して長期に診ていきます。そんなに心配する必要はありません。医学の進歩は日進月歩ですから、そう遠くない将来に根本的な治療法が確立するでしょう」

浮田先生の説明を受けた翌日に、ぼくはパジャマのまま病院を出たところにある医学書専門の本屋に行った。その本屋は医学部に隣接しているだけあって、白衣を着たままの客が常に何

中3の夏休みに検査入院した岡山大学病院の門の前で

人もいた。白衣がよいのだから、パジャマだっていいだろうと、ぼくは特段気にすることもなく、しょっちゅうその本屋に足を踏み入れていたが、いまから考えると少し変な気がしなくもない。

　それまでは医学書の肝臓病の項を読んでいたのだが、その日は胆管炎の項を読んだ。冒頭には細菌性の胆管炎とか、結構発生頻度が高い病名の解説が載っていた。さらにページをめくってみた。確かに前日、浮田先生が言っていたように、自己免疫性胆管炎なんて病気はどこにも載っていなかった。数ある病名の中には随分怖い病気も書いてあった。治療法はなくわずかな期間で死んでしまう病気などもあった。ぼくは身震いする心境で本を閉じた。

『うっあー、よかった。こんなヤバイ病気じゃなくて』

　自己免疫性胆管炎という病気でよかったと、ぼくは心底安堵した。


　……しかしその頃、浮田先生と主治医を前にした父の姿が、別の薄暗い部屋にあった。

「健君の本当の病名は原発性硬化性胆肝炎《げんぱつせいこうかせいたんかんえん》という病気です。非常に深刻な病気です。すでに胆管の狭窄が肝内胆管にまで広がっていて肝臓自体もかなり痛んでいます。これからは病気の進行の度合いが徐々に加速していくでしょう。残念ながら健君は高校卒業までは生きられません。奇跡的にそこまでもったとしても、健君はもう寝たきりになっていて日常の生活は送れなくなっているでしょう」

　医師たちはぼくに真実を隠すことを決めた。何も知らずに死ぬのがぼくのためであると一方的に決定したのだ。

未来に暗雲が立ち込めてきた。死の影が刻一刻と近づいてきていた。本人の知らぬ間に。

その後、ぼくはすぐに退院するはずが、便の検査で潜血反応が出たとかで、大腸ファイバーの検査もさせられた。医師が言うには自己免疫性胆管炎には大腸の病気が合併することがあるので心配だというのだ。だけど、そんなことはぼくの知ったことじゃない。少なくともそのとき大腸の症状などこれっぽっちもなかったのだから。

ぼくは退院させてくれと頑強に抵抗した。しかし今度も検査を受けるまで退院はさせないと言われてしまった。しかも今度は親戚の医師が説得役にまわったのだ。結局、ぼくはその検査を受ける羽目になった。そして当然、何も異常は出なかったのだ。

大腸検査も終わり、ようやく退院のゴー・サインが出された。

退院が決まると、それまでの医師たちの退院引き延ばし作戦はどこへやら、あっという間に退院許可が下りて、その日のうちに退院となった。

「辻教授に挨拶してないんですけど」

とぼくがいうと、教授に挨拶すると退院がますます遅くなるかもよと主治医に脅かされ断念した。とにかく一カ月後に浮田先生の外来を訪れるとの約束で、半ば追い立てられるようにして病院をあとにした。

時期はもう八月半ばを過ぎ、まもなく夏休みを終えようとしていた。ぼくと母はすぐに小田原に戻らず、数日間を母の実家で過ごすことにした。

患者を治すための医療

大学病院をおよそ二カ月に及ぶ長期の入院の末にようやく退院したぼくは、まもなく始まる学校の新学期に向けて、母の実家で一時の休息を満喫していた。

退院から数日後の真っ昼間、叔父の三角さんから実家に電話がかかってきた。内容は辻教授が母に話があるから大学の医学部へすぐに来るようにということだった。教授ははじめ入院時の記入欄に記載されていた小田原の家に電話をかけたのだが、誰も出なかったため、大学の同僚で、自分の患者でもある三角さんに連絡をとったということだった。

『何だ、何があったんだ』

まったく予期しない連絡に、母は電話を受話器に置くと、取るものもとらぬまま、つい数日前にあとにしたばかりの大学病院に隣接する医学部校舎へタクシーで向かった。

連絡をしてきた人が辻教授で、その上、母だけに来るようにと言ったことがぼくには気になった。

『また、何か悪い検査の結果でも出たのだろうか』

ぼくは応接間の長椅子に深々と腰を下ろし、天井のあたりをボンヤリと眺めていた。ちいばあちゃんが時々応接間の入口に顔を出して、「何も心配する必要はねえ。偉いお医者様がちゃんと治してくれる。何も心配する必要はねえ」と声をかけてくれた。

約三〇分ほどで医学部に到着した母は、教授室に通された。部屋に通された母に辻教授はまず謝罪した。ぼくが数日前に退院させられたのは、浮田先生と主治医らの独断で、教授のまったく預かり知らぬことだったらしいのだ。

教授は母に言った。

「お母さん、いま健君はウルソのみで治療を受けています。しかし、それでは健君の病気を治すことはできないし、このまま徐々に悪化していくことが考えられるのです。だけどぼくはそんなことにさせたくない。いま、ここで何が何でもしっかりと治しておかねば。ぼくは健君に元気な姿で未来を生きてもらいたいのです。ウルソだけでは健君は大学に入る頃には寝たきりになってしまうかもしれないのです」

教授は、ぼくのような症例にはステロイドによる治療が有効なことを告げた。

「必ず、この方法で健君を治してみせます」

母は医学部の教授が一介の患者の母に頭をたれて謝罪し、さらに必ずぼくを治してみせると言い切ったことに感銘を受け、その申し出を受け入れた。実は両親はウルソのみを服用して様子をみるという浮田先生の治療方針に、当初から疑問を感じていたらしい。

一方、ぼくの退院と同時期に、第一内科ではぼくの治療方針を決定する会議が開かれていた。治療方針はウルソのみの様子見療法とステロイドを用いた積極的治療の二つに分かれた。そのとき医局の浮田先生を中心とする大半の者は、ウルソのみの療法を支持したらしい。

原発性硬化性胆管炎では一般的に、ステロイドを含めたすべての薬物療法が無効であるとされている。だから何の副作用もなく胆汁を流しやすくする薬であるウルソを使用するだけでいい、強い副作用を有するステロイドによる治療をあえて行う必要は（その効果からしても考えられ）ないというわけだ。

しかし辻教授は、所詮は医学論文の蓄積に過ぎない学会の常識よりも、長年培ってきた内科医としての自身の経験と直感を信じた。統計的事実よりも一人ひとりの患者をしっかりと診ることを重んじた。そして、教授はステロイドは必ずぼくの症例に有効であることを確信した。

「なぜ、諦める。われわれが諦めれば彼の命運は断たれるのだ。そんなに簡単に諦めがつくほど人の命とは軽いものか。そうではないはずだ。一%の可能性があれば、そこに賭けるのがわれわれ医師だろう。われわれは何のためにあるのか。患者に死の烙印を押すためか。違う。われわれはどこまでも患者を治すためにあるのだ」

教授は何十人という医局員を前に咆《ほ》えた。医局の医師たちがあまりに簡単に命を救うことを諦めてしまうことが哀しかったのだ。

辻教授との話を終えた母は、三角さんと合流して実家に戻って、教授が話した内容をぼくに説明した。

「……これこれこういうわけで辻教授、とても健のことを心配してくださっているのよ。ねえ、それでいいでしょ。浮田先生のやり方ではのちのち、もしかしたら肝臓が悪くなっていっちゃうかもしれないんだから。教授が必ず治すって言ったのよ。大学の教授室に呼んで、そうまで言ってくださる医者なんてそうそういないわよ」

「そうじゃ、健ちゃん、辻教授はすごいのよぉ。ぼくのC型肝炎も、ちゃんと完治させてくれたんだから」と、三角さんも母を援護した。

母と三角さんの熱心な説得に、ぼくは教授のいうステロイドを用いた治療方針に同意した。ここで治せるものなら治しておきたいと思ったのだ。

『でも何で皆ここまで大袈裟になるのだろうか。所詮、一生つきあっていく鼻炎程度の病気だろう。それなのに、母を教授室にまで呼んで、完全に治してみせるなんてどう考えたって大袈裟じゃないか』

小さな疑念が芽生えた。

ぼくはそれからの一年間、その疑念と向き合いながら生きていくことになる。

『一〇年後、ぼくは何をしているのだろう。元気にやっているだろうか』

再び天井をボンヤリ見ながら、ふとそんなことを考えた。

三章　移植拒否

岡山大学での長期にわたる入院から一年が過ぎていた。中学三年のときは成績も出席日数も目も当てられないものだったが、ぼくは中高一貫教育の学校に通っていたので何とかどさくさに紛れ、そのまま高校に進学させてもらえた。あまり大きな声では言えないが、このときほど一貫制の学校に進んでおいてよかったと思ったことはない。

中学三年の退院時から、辻教授のもとでステロイドを中心とした自己免疫性胆管炎の治療を行った。毎月、学校を二日ほど休んでは、教授に診てもらうため遠距離を通った。教授の言った通り、ぼくの場合にはステロイドは有効なようで、毎月の検査の度に肝臓の数値は大幅な改善をしていった。

しかし毎月辻教授のところへ通うのは、経済的にも生活の面においてもかなりの負担になる。そこで小田原市内の浜町小児科に月一回通って血液検査を行い、その結果を教授のところへFAXで送付して指示を仰ぐ、というやり方に変更してもらった。

このような方法は、じかに診ないと判断できないと言って嫌悪感を示す医師もいるのだが、辻教授は快く承諾してくださった。それだけ調子がよくなっていたということなのだろう。

実際、高校に入る頃にはGOT、GPTなどは正常値になり、ALP、GGTP（γ－GTP）などの胆道系酵素の値にも劇的な改善が見られるようになっていた。

その年（一九九四年）の夏休みには大学病院で二回目の腹腔鏡下肝生検を行った。去年の肝生検が大変で困ったと辻教授に話したら、「そりゃいかん」と医局で一番のベテランにやるよう教授直々の指示をしてくださった。教授はほかの医局員のようにぼくに嘘をついたことは一度もなかった。そんなこともあって、ぼくは教授を全面的に信頼するようになっていった。長い闘病生活の中でぼくは何百人もの医師に出会ったが、そこまで全面的な信頼を寄せた医師はごくわずかしかいない。

二度目の肝生検の結果では、全般的な改善が見られるということだった。ぼくはとても喜んだ。自分を突如襲った嵐は、確かに過ぎ去ったかに思えた。しかしぼくは気付かなかった。肝生検の結果を知らされたとき、それが肝組織に関する結果だけだったことに。胆管の狭窄に関しては、何ら言われなかったことに。

本当の病名

その日が何曜日だったかは覚えていない。ただその日は学校が何かの行事で休みだったことを記憶している。ぼくは早朝、混み始める前に浜町小児科に定期検査を受けに母の運転で向かった。いつもと同じように調子を聞かれ、いつもと同じようにお腹と胸の音を確認してもらい、最後に血液検査を受けて終わる。ただそれだけのはずだった。それが浜町先生のあの一言で変わってしまった。

「原発性硬化性胆管炎には普通、ステロイドは効かないことになっているのだけど、君の場合は効いているみたいだよね」

一瞬、意味がわからなかった。

『原発性硬化性胆管炎？ なんだ、それは。聞いたことがない』

ぼくはすぐに浜町先生に尋ねた。

「えっ、ぼくの病気は自己免疫性胆管炎じゃないんですか？」

いつも無表情で、時々笑顔を見せる先生の頬が一瞬歪んだ。

「いや、まあ、どっちの名前でもいいんだけど、自己免疫性胆管炎の別名として原発性硬化性胆管炎という呼び方がなされることがある。治療法はどっちでも同じだ。同じこと」

そう言うと、先生はカルテに目を落とし何かを書き込み始めた。ぼくは隣にいた母を見た。母は蒼白な顔をしていた。

「いままで医学書で自己免疫性胆管炎を調べても載っていなかったのですが、その原発性硬化性胆管炎という病名は載っているのですか」

浜町先生はカルテに向かって熱心に動かしていた手を休めると、ぼくのほうを見た。

「あまり自分の病気について調べたりしないほうがいい。根本的な治療法がない病気であることは君も知っているだろう」

それにはぼくは何も答えず、拳をぎゅっと握り締めた。

帰りの車内でぼくは母を糾弾した。

「病名を隠していたな、そうだろ」

母は運転しながらも応戦してきた。

「知らないわよ、私は。原発性硬化性胆管炎なんて。私だってさっき聞いて、びっくりしたんだから」

「なら、なんであのとき何も言わなかった。黙ってたろ。隠していたことがばれたので、まずいって思ったんだろう」

「そんなことないわよ。私だって先生、何言っているんだろうって思ったわよ。でもあの時、そんなこと先生に言ったってしょうがなかったでしょう。病名を自己免疫性胆管炎ってはじめに言ったのは浮田先生なんだから。帰ったら自分で大学に電話して聞いてみなさいよ。私は何にも知らないんだから」

「このクソババア！」

ぼくは後部座席に乗っていたが、前の座席に乗り出さんばかりになりながら母を怒鳴り続けた。病名を隠されていた。信じてたのに。浜町先生も、辻教授も。そして両親も。『騙されているとは露知らず、相変わらず能天気なぼくを彼らはきっと笑っていたにちがいない』

周りの世界がガラガラと崩れ落ちていった。車内から見える景色が来たときとはまったく別物のように映った。いや、違う、変わり果ててしまったのはぼくの心だ。

運転席の母の隣に置いてあったバッグをぼくは手繰り寄せ、財布からお金を抜いた。

「ちょっと、健、何してるの」

母が怒鳴った。しかしぼくの耳には微かにしか聞こえなかった。車が赤信号で止まると、ぼくは車外へ飛び出した。知らなければ。一年前にぼくが知らねばならなかったことを。今日知るんだ。ぼくは最寄の駅の鴨宮駅に走った。

『東京だ。東京駅の八重洲口にあるブックセンターに行こう』

当時、ぼくが知っていた大型書店といえば、ブックセンターと新宿の紀伊國屋書店くらいのものだった。その中で、東海道本線一本で行けるブックセンターに行こうと決めたのだ。ぼくは東海道本線上りの最後尾に乗り込み、東京駅へ向かった。

座席はそれほど混み合っていなかった。ぼくはおよそ一時間のあいだ、ずっと立ち通し景色を眺めていた。手の平には汗がにじみ、何度も持っていたハンカチで汗を拭った。

東京駅に着くと、人をかき分けながら、八重洲のブックセンターに向かって息を切らし走った。

医学書がどこにあるかは知っていた。いままで何度か父に連れられてきたとき、ぼくは理工学書のところでわからないなりに立ち読みをしていたものだった。医学書はそれと同じ階にあったことを記憶していた。エスカレーターに乗り、人をかき分けながら医学書の棚の前にくると、ぼくは肝・胆・膵のコーナーを注視した。そしてその中から肝臓病学の分厚い医学書を一冊、棚から抜き出した。汗ばんだ手でページをめくった。心臓が高鳴った。

『あった。原発性硬化性胆管炎』

ぼくはいったん深呼吸をして気持ちを落ち着け、再びページに目を落とした。そこには、次のように書かれていた。

【原発性硬化性胆管炎】

……治療法はなく、慢性進行性の疾患。肝外・肝内胆管の数珠状《じゅずじょう》の狭窄が主な症状であり、狭窄が肝内胆管にまで浸潤《しんじゅん》すると、症状は電撃的に悪化の一途を辿り、半年から数年で死に至る。……

読んでいるうちに頭の中がカッと熱くなり、本を持つ手がワナワナと震え出した。本がぼくの手を離れ、平積みされている台の上にドサッと音を立てて落ちた。

『何なんだ。何なんだ、これは……』

しばらくその場に呆然と立ち尽くした。周りの音は何も聞こえない。ぼくは周囲からひとり取り残され、誰かがそこから助け出してくれることを願った。もちろん、助けなどなかった。

ぼくは我に返ると、本を棚に戻し他の本を開いた。どこかに治療法が書いていないか、どこかに。

探せども、探せども、ぼくが求めるものはなかった。書いてあることは皆、絶望的な内容ばかりだった。ありったけの本を読み終わるとぼくは本屋を出た。来るときは猛然とダッシュしてきたが、帰るときは打って変わってヨボヨボの老人のような足取りだった。

ぼくはそのまま駅のほうへは向かわず、誰もいない路地を求めてさまよった。

『フフフ、笑っちゃうよ。何が一生つきあっていく病気だ。あと一〇年も生きられない病気なのに』

ぼくは壁に寄りかかり、地べたに座り込んでしまった。目の前にいつもと変わらぬ空が見えた。ぼくは空の向こう側にあるものに対して叫んだ。

「畜生、畜生、未来を返せ。ぼくはまだ死にたくないんだ」

潰瘍性大腸炎の発症

主治医の些細なミスから真実を知ってしまったぼくは、苦悶した。一体、自分は何を目標にして生きればよいのか、その答えが出せずにいた。大学に向けた勉強など何の意味も持たないように思えた。

自分がごく近い将来にこの世を去らねばならないとしたら、そんなことにどれほどの意味があるというのか、自問した。苦しい、苦しい、この世はまるで焼けつく地獄のようだ。

学校の帰り道、ぼくは毎日まっすぐ自宅に向かわず、自宅近くの河川敷に横たわり、日が暮れるまで雲の動きを見ていた。空を見ているあいだがぼくの慰めの時だった。ぼくはそれまで存在を否定していたものに祈った。自分をこの窮地から救い出してくれることを。何も起きはしなかった。

時の経過とともに、ぼくにとって、生きることそのものが薄っぺらなものに思えてきた。何も面白くないこの生を果たして続けることに意味があるのか。死そのものにこそ解放が待っているのではないのか。

何ということか、次第に死が忌むべきものではなく、求めるものに取って代わっていった。『この川に飛び込めば、ぼくは楽になるだろう』悪魔からの囁きが聞こえた。

黄昏が近づき、久野山にかかった太陽が空を真っ赤に輝かせていた。ぼくは河岸にまで歩みを進めていた。川は勢いよく流れる。

ぼくは足元の石ころを拾い、放り投げた。石は向こう岸にまでは届かず途中で水面に落ちた。川は相変わらず勢いよく流れている。

時間の狭間に起こった出来事は、その瞬間にのみ足音を残して去っていく。

わかっているが、哀しいと感じる。

しかしそのときのぼくはそれを哀しいとは思わなかった。

時間の存在そのものが哀しく思えた。

ぼくは再び小さめの石を拾い上げた。少しのあいだ、その石の形を眺めた。当たり前の形だが、この世界で唯一無二の存在である石よ、いまのお前はぼくよりも価値がある……。ぼくはその美しい石を元の場所に戻した。ぼくは顔を上げた。その瞬間、ただある目の前の世界がぼくを圧倒した。

ぼくは顔を上げたまま、膝をついた。

『ああ、神様、ぼくに勇気を。たとえどんなに苦しくとも、この世界を去るその瞬間までこの世界は素晴らしいと言える勇気を、ぼくに……』

ぼくは両手で頭を抱えた。涙が頬を濡らした。

やがて立ち上がったぼくは、くるりと身を翻し、その場を立ち去った。後ろは振り返らなかった。

高校一年の終わり頃に一時、肝機能が増悪した。辻教授の外来に行ったところ、教授は症状から判断して自己免疫性肝炎だろうと言った。原発性硬化性胆管炎への自己免疫性肝炎の合併の疑いが医師によって投げかけられたのは、このときが最初だった。すぐにステロイドの増量が行われた。効果はすぐにあらわれ、まもなく肝機能は落ち着いた。

しかし、高校二年の四月頃から、腸の調子が崩れだした。症状は激しい下痢と腹痛だった。はじめは回数も少なく、特に気にしていなかったのだが、症状はいつまでたっても収まらず、悪化の一途を辿った。辻教授は当時流行していた腸炎だろうと診断した。浜町先生も同じ意見で、同じような症状の子どもが何人も受診していると言った。下痢止めを処方されたが、効き目はなかった。

一日に一〇回以上の激しい下痢に襲われるようになって、学校にいても休み時間の度に体育館裏の薄暗いトイレに走っていっていた。また、授業中も一〇分ほどたった頃から鈍い痛みがぶり返した。ぼくは教室近くのトイレには行かなかった。そばのトイレに駆け込んで、ウンコマンの称号を付けられるくらいなら、死んだほしがましだと思った。

何かを食べたらその度に激しい激痛に襲われ、下痢をするようになり、次第に何も食べられなくなっていった。明らかに異常な症状だと思うようになってから数日後の早朝、激しい下痢でトイレに駆け込むと出たものは真っ赤な液体、潜血《せんけつ》だった。ぼくは激しい腹痛とともに吐き気を催し、救急車で近くの病院に運ばれ、そこから東京の聖路加国際病院に搬送された。

聖路加ですぐに大腸ファイバーが行われた。結果、重度の潰瘍性《かいようせい》大腸炎（大腸の粘膜《ねんまく》に炎症が起こる病気で、下痢や粘血便《ねんけつべん》を繰り返す。厚生（労働）省が指定する特定疾患・難病の一つ）と診断された。ぼくは驚いた。原発性硬化性胆管炎に潰瘍性大腸炎が高頻度に合併するのはよく知っていた。だから中学三年の投薬開始時から、潰瘍性大腸炎の治療薬であるサラゾピリンも（発病していないにもかかわらず）多めに服用していたのだ。それなのに発病してしまった。

もし、サラゾピリンを服用していなかったら、下痢症状が発現した時点で医師もぼくも潰瘍性大腸炎を疑ったと思う。ぼくたちは大きな先入観を持ってしまっていた。治療薬を飲んでいるのだから発病はあり得ないと。ぼくは自らの愚かさを悔いた。

これはその後のぼくの闘病にとって、大きな教訓になった。すぐにステロイドと免疫抑制剤のイムラン、そして特効薬とされるサラゾピリンの増量が行われた。思わずぼくは失笑した。なぜなら、必要な薬はすでに何もかも飲んでいたのだから。

薬を増量したものの、症状がかなり進んで発見されたために、なかなか快復しなかった。腹痛は軽減したものの、下痢の症状と回数は減らない。おかげで休み時間の度に、体育館の裏やそのほか誰も来そうもないトイレまで走った。

当時のぼくにとって、腸の疾患に冒されたことは、どんなに親しい友人にも話せない、極めて重大な秘密だった。恥ずかしい、屈辱的、色々な言葉が当てはまった。いまはもう、そんなこと、どうでもよくなってしまったが。

定期検査を受ける病院は、細谷先生の紹介で、浜町小児科から横田小児科に移っていた。横田先生は開業する前に、潰瘍性大腸炎の患者を何人も診てきたということだった。

聖路加国際病院でもすでに言われたことだったが、横田先生にも、この潰瘍性大腸炎という病気は難病で治療法がないのだと言われた。まったくもってぼくは治療法が存在しない病気に好かれたものだ。しかしまあ、この世の中、治らないと言われる病気ばかりで世界の医学者たちは一体何をやっているのだと憤慨したりもした。

ぼくは、医師の〝治らない〟という意見には一度も賛同したことがない。病気のありさまは人それぞれである。ある人は治らない治療法でも、別の人は治ってしまう場合もあるではないか。それなのに過度に一般化して、これは治る、これは治らないと決めつけるべきではないと思っている。

「ぼくはこの難病というものを抱えて生きていくつもりはありません、必ず治してみせる」と医師に告げた。

とはいったものの、それは巨大な風車に立ち向かうドンキ・ホーテのごとき悲哀を体現することとなるのだが。

しかしそれでもぼくは断固として言おう。

「自分を苦しめる病と共存していくつもりはない」と。

いつまでたっても腸の下痢と回数が収まらないことで、ぼくは主治医に抗生剤のエリスロマイシンと整腸剤のビオフェルミンを新たに投与することを提案した。それまでの薬の投与と、それに対する反応を分析することによって、それらが有効であると確信したからだ。この判断は正しかった。まもなく下痢は収まり、一日の便の回数も正常範囲にまで減少したのだから。

名医とは

腸の状態が日常生活に差し障りのない程度にまで快復した頃に、新たなトラブルがぼくを襲った。

高校二年の三学期も半ばを過ぎた三月のある深夜、ぼくは机の椅子にもたれて何か考え事をしていた。そして深く椅子に体を預けた瞬間、左胸に激痛が走った。息が少ししかできない。ぼくは痛みに耐え兼ねて床に前屈みに倒れこんだ。はじめは神経か何かの痛みだと思った。

『冷静に少しずつでも息を続けるんだ』

ぼくは左胸を右手で押さえながら、浅く、早い呼吸を繰り返した。深く呼吸をしようとすると激痛が走った。ひとまず勉強を中断してベッドに横になろうとした。ところが痛みで横になれない。ぼくは自室のドアを開けて助けを呼ぼうとした。しかし時間は深夜だ。断念した。

再び椅子に座ると、両手を机の上に組んで枕にしてうつぶせになった。なんとかそれでしばらくしのぐことにした。明け方になった。息は相変わらず深くは吸えなかったが、発作的な強い痛みはいくぶん落ち着いてきたように思われた。ぼくはベッドの上にマットを何枚も高く重ね、さらにその上に枕を置いてもたれ休んだ。

翌朝、痛みはまだひかない。その日、学校に行くのは厳しいかと思ったが、休むほどではないかもしれないと思い直した。発熱や嘔吐などの症状があれば別だが、胸痛だけで学校を休めない。そうでなくても、ぼくは色々と問題があり、欠席が多かったからだ。

学校にいるあいだ四六時中痛みに苦しんだ。体育の授業にも参加したが、走ると胸に強い痛みがした。どうしても呼吸が激しくなるからだ。帰宅時になっても痛みは引きそうになかった。相変わらず、浅く、早い呼吸を繰り返していた。深く呼吸をしようとすると胸に激痛が走った。ぼくは症状から見て自然気胸《ききょう》と判断した。

家に帰ると、母に連れられ横田小児科を受診した。ぼくは横田先生に、症状を説明し自然気胸だと思うと告げた。先生は聴診器で呼吸音などを聴くと、肋間《ろっかん》神経痛だと言った。ぼくは、神経痛は何度も経験があるが、今回のような痛みは経験したことのないもので、絶対に呼吸器系に問題があるはずだと食い下がった。横田先生は診断を覆すことはなかった。そこでぼくは、一応の確認としてレントゲンを撮りに行きたいと先生に頼んだ。

横田先生は名医だった。普通の医師だったら、ぼくみたいな生意気なことを言う患者の意見は取り合わなかったにちがいない。しかし、先生はいつもぼくなんかの意見にも真摯に耳を傾けてくれたのだ。

横田先生は快く……でもなかったかもしれないが、すぐにレントゲンを撮れる施設を紹介してくれた。まったくぼくは主治医に恵まれたものだ。

母は、「でも、健、横田先生に肺に異常はないって言われたんでしょう。先生に逆らったりして……診てもらえなくなっちゃうわよ」とぼくの身勝手な振る舞いに不満そうだった。

しかしぼくは常に自分自身で納得して病気と闘っていきたかった。妥協して何になるだろう、自分は命を賭して病と闘っているのだ、後悔したくない。そのためには言いたいことははっきりと、家族に対しても、医師に対してでも言う必要があったのだ。

「この痛みはぼくがいままでに経験したことのない痛みなんだ。この痛みのせいで、いま深呼吸すら満足にできない。これは明らかに肺に異常があるとしか思えないんだ。

確かに横田先生の言う通り、肋間神経痛かもしれない。でも一パーセントの疑いがあるなら、ぼくはその疑いを消しておきたいんだ。それで何ともないってことになったら、それはそれでいいだろう。病院の検査なんてものは、本来、安心を買うものなんだから」

向かった近所の中規模病院で、すぐにレントゲンを撮ってもらい、それからおよそ一〇分後に、その病院の医師の診察を受けることになった。診察室に入って、ぎこちなく椅子に座ったぼくに、医師がレントゲン画像を見ながら言った。

「ああ、君、肺が潰《つぶ》れちゃってるよ」

「やはり、そうでしたか……」

思っていた通り、自然気胸だったのだ。

原因がはっきりしたことで、少し気が楽になった。〝原因不明〟この言葉はそれだけで症状を悪化させてしまう。症状があったとき、たとえそれが絶望的な事実であっても、その事実を患者は知ったほうがよいと思う。絶望的なことは知ら（せ）ないほうがいいというのは、周りにいる人たちの勝手な言い分であると、ぼくは思う。

すべてを知って、苦しんで、思う存分泣いて……。その段階を乗り越えて人ははじめて、自分を苦しめるものと対峙《たいじ》することができるのだ。周りにいる人たちがその人のことを本当に思うのなら、すべてを知らせてあげてほしい。そして支えてあげてほしいのだ。

その後、ぼくは聖路加国際病院の細谷先生に連絡して、そこの胸部外科で気胸の手術を受けることになった。ぼくの年頃で自然気胸になった場合、再発する可能性が非常に高いので、ここでしっかりと根治させておいたほうが得策だと先生に言われたからだ。

はじめは手術を受けることをためらった。しかし、治せるものはしっかりと治しておいたほうがよいと次第に思うようになっていった。それまでは何もかもが、うやむやにならざるを得ないようなことばかりだったので、その分、〝しっかりと根治させる〟ということに強く惹かれたのだ。

結局、ぼくは手術を受けることにした。手術といっても胸腔鏡手術という腹腔鏡の胸版みたいなもので、患者の負担が極力少ない術式が採用された。自然気胸で胸を開けるのは、その効果に比べて患者側に負担が大き過ぎるからだ。

実際、受けた手術自体は大したものではなかった。ただ、ステロイドの長期投与による副作用によって、ぼくは傷が塞がりにくくなっていた。高校二年生の春に受けたこの手術の傷が完全に塞がったのは、なんと高校三年生の夏になってからのことだった。

高校三年になって、GOT、GPTなどの肝臓の炎症の度合いを示す値が再び増悪した。ぼくは自身の経験から、GOT、GPTなどの異常の原因は自己免疫性肝炎にあるものと判断した。横田先生にステロイドの一時的増量をお願いしたが、先生は渋った。

ぼくの原病は原発性硬化性胆管炎だから、ステロイドは基本的に無効とされている。効かない可能性が高いのに、副作用の強いステロイド剤を使うのは、ぼくのためにならない。自然によくなることを期待して様子をみていたほうがよい。もし、このまま増悪し続けるようだったら、一度、ステロイドを使ってみるのもよいだろう——。それが先生の意見だった。

ぼくの意見は違った。いままでの推移からみて、悪くなりはじめた肝機能が自然に改善することはない。すぐにステロイドを増やさないと、のちのち大量にステロイドを使わなければならなくなるのだと横田先生に進言した。しかし聞き入れられなかった。

それも当然だった。ぼくの言っていることは、あくまでもぼくの経験に基づいているのに過ぎない。対して、横田先生の意見は、現代医学の一般論に拠っていた。世界中のどの医師に聞いても、先生の意見が正しいと言われただろう。

翌週、再び血液検査を受けたところ、肝機能はさらに悪化していた。ぼくは一週間前に言ったことを、再び先生に繰り返した。その時は一週間前とは違い、横田先生は、ぼくの意見に理解を示してくれた。いや、理解したというのは、語弊があるかもしれない。それしか方法が残されてなかったのだ。先生にとっては最後の賭け、一方ぼくにとっては確信をもった療法として、ステロイドが増量された。

結果はどうだったか？　肝機能は改善した。ぼくの意見は正しかったのだ。

ステロイドの増量とともに肝機能が改善したことは、横田先生にとっても驚きだったようだ。なぜなら、教科書に書いてあることが外れたのだから。

「君の言う通り、今回は自己免疫性肝炎が原因だったのかもしれないね」

ぼくはニコリと微笑んで「そうですね」と答えた。うれしくもあり、また、誇らしくもあった。だってそうだろう。患者の言い分が正しかったと医師が認めてくれるなんてことは、そうあるものではないのだから。

ただその時、心の深いところでは溜め息をついていた。

『治ったわけではない……決して楽観できる状況ではない』と。

人生の意味

その後、ぼくは高校を三年で何とか卒業できたものの、浪人することが決まった。実は一校だけ合格していた。しかしそれまでまともに受験勉強をした覚えがないこともあって、一年浪人して真面目に受験勉強をして、自分の可能性を試してみたくなったのだ。

浪人したからにはとりあえず予備校に通ってみようと、ぼくは藤沢にある予備校に入った。誰もが予想していた通り、あまり長く通えなかった。肝機能がたびたび増悪の気配を示して、自宅で安静にしなければならなかったからだ。

それに加えて、初夏の頃から、原因不明の吐き気が起こり、ほとんど何も食べられなくなってしまった。毎日、横田小児科に通って点滴を受けた。一度にたくさん食べると吐き気でどうしようもなくなるので、少量ずつ食べて飢えをしのいだ。聖路加国際病院にも何度も入院し、その度に胃カメラをした。結果はいずれも異常なしだった。

異常がなくても症状はある。医師は症状の原因を浪人生活による心因性のものと結論づけた。そこで、病院から出されたのは精神安定剤の部類の薬だった。ぼくはそれで治るならと毎日欠かさず飲んでみた。当然ながら、吐き気を抑制するような効果は精神安定剤にはなかった。ぼくは絶え間ない吐き気に苦しみ、自宅で寝込み、そして病院で連日のように点滴を受けた。予備校にも行こうとしたが、途中のホームで嘔吐したりして、時々行っては予備校のチューターと進学相談をする程度の利用となった。予備校の授業は頻繁に休んではついていけない。その効果を最大限に得るためには、最低条件として無遅刻、無欠席が求められる。その最低条件をクリアするだけの力は、ぼくにはもう残されていなかった。

受験勉強に嫌気が差し、空いた時間で藤沢駅の周辺をひとり散歩などして過ごした。かなりの数の映画も観た。藤沢駅の周辺だけで映画館が三カ所もあり、観る映画に事欠かなかった。映画を観ているあいだ、自分の悲惨な現状を忘れられた。何も考えずただ藤沢の街を散歩したり、映画を観たりするなかで、ぼくは自分が約三年にも及ぶ絶え間ない闘病によって、身も心も疲れ果てていることに気付いた。

——楽しいんだ！
ただ蒼空を見ながら歩くことが！
ただ何も考えずに映画を観ることが！

ぼくは長く続く闘病のせいで、生きることは苦しいと知らぬ間に思ってしまっていた。違うんだよ、人生は楽しいんだ。生きることはとても楽しいんだということを、何気ない日常が思い出させてくれた。そう、ぼくには心身のリフレッシュが必要だったのだ。

その意味で、浪人生活はぼくに必要なものだった。もし浪人することなく、大学に現役で入っていたら、ぼくは人生を振り返ることもなく苦しみ続けていただろう。こんなことを書いていると、これを読んでいる人には、浪人したことへのとんだ言い訳だと言われるかもしれない。

そんな人に、ぼくは言おう。「そうだ、これはぼくの言い訳だよ。だからって、何が悪いって言うんだい。物事にはすべて二面性があるだろ。よい面と悪い面だ。人生で起こる出来事にしても同じ、いい面と悪い面がある。ならば起こった出来事の悪い面ばかりをみてもいいことなどありはしない。起こったことには意味があるし、悪いことばかりでもない。いい面もあるにちがいないと考えたほうがよくないか。そう思ったほうが幸せだろう。ぼくは幸せでありたいから、これでいいんだよ」と。

時は閃光のごとく過ぎ去っていく。夏が過ぎ、次第に現実に引き戻されたぼくに、再び不安がのしかかった。

『ぼくは一体どうすればいい。何をすればいいんだ』

何度も空に尋ねた。

この吐き気を何としても止めなければ、自分に未来はない。そう思ったぼくは、吐き気の原因を探るべく、それまでの全検査データ、投薬した薬、そしてそれによって起こったデータ上の反応を調べた。

まず、胃カメラで異常がないのならば、吐き気の原因は病気ではないと結論した。では一体、なぜ吐き気が起こるのか。医師たちの言う通り精神的なものか。いや、違う。ぼくは浪人生活からそれほどストレスは受けていない。むしろ、ぼくは楽しんでいる。原因はまったく別のものだ。では一体何か。

ぼくは考えた。病気ではないのに、病気と思わせる症状が出ている。これは……副作用だ。薬の副作用だ。ぼくは確信した。次に、どの薬の副作用かと考えた。が、この答えは簡単だった。以前、辻教授のもとで薬の服用を開始した際、主治医の浮田先生から抗生剤は副作用が出ることもあるので気を付けるよう言われたことを思い出したのだ。

そのとき、ぼくは抗生剤を服用していた。それは皮肉にもぼくが潰瘍性大腸炎の治療薬として、使用を医師に進言した薬だった。その日のうちに医師の許可を得ぬまま抗生剤の服用を中止した。自分で使用を進言した薬なのだから、飲むのを止めるのも自己責任だろうと思ったからだ。効果は薬を中止した直後にあらわれた。およそ半年間にわたって苦しんだ吐き気は見事消え去った。

その後、ぼくはセンター試験の直後にインフルエンザ、次いで腸閉塞《ちょうへいそく》に見舞われたものの、何とか東京の目白にある学習院大学の数学科に入学することができた。一年前に浪人を決意した時に希望していた大学ではなかったかもしれない。でも、ぼくは満足だった。大学の偏差値など意味のないことだった。ここで一生懸命にやろうと決心し、思いを新たにした。

一九九八年四月、大学に入ったぼくはサークルには入らなかった。どうせ入るならスポーツをやりたかったが、はっきり言って、そのときのぼくには、どのスポーツのサークル活動もこなせそうになかった。

文化系のサークルには入る気がしなかった。そもそも数学科がぼくにとって文系のサークルみたいなものなのに、新たに入る必要性はないと思った。それにいつまた体調を崩すともかぎらないので、体が動くうちに、数学をしっかり学んだほうが得策だと思った。

楽しかった。さまざまな講義を聴くのもそうだったし、数学の演習で色々な問題に挑戦することなど、大学で学ぶ何もかもが。そういえば、数学のことだけを考えて数学だけに熱中できるのはほんとうに久しぶりな感じがした。

中学のとき、平面幾何の魅力に取り付かれた頃の心躍る気持ちが戻ってきた。これでこのまま病気が落ち着いて、数学を続けていればそれに越したことはなかった。同級生は皆、サークルとか恋人とかに大忙しだったが、ぼくはそこまで望むべくもなかった。充分だった。わずかな健康と学問できる時間と空間。幸せだった、本当に……。

目白の下宿で姉由美子と

大学一年からは、通いやすいよう大学の近くに下宿することになった。そこで、定期検査は、それまで入院などで大変お世話になってきた、聖路加国際病院の細谷先生にかかることになった。

二週間に一回のペースで血液検査、その結果を考慮して薬の調節。ここ数年間、ひたすらにこの繰り返しだ。途切れることはない。途切れるときはぼくが死んだ時だ。肝機能は一年のあいだに何度か増悪した。その度にぼくはステロイドの即時増量を進言したが、やはり横田先生のときと一緒で、細谷先生も一感覚置いてしまう。それでは肝機能の安定はなかなか得られないとぼくは感じていた。

辻教授のもとに行ければよかった。教授の考えはほとんどぼくと同じだったから。

しかしぼくは大学を休みたくなかったし、大学生活に慣れるにしたがって、次第に病気のことはあまり考えなくなっていた。大丈夫だと思っていた。これまで何とかなってきた、これからも同じだ、何とかなるだろう。

ちょっとした心の油断。いま思うと、それが病気に付け入る隙を与えてしまった。横田先生や細谷先生を責めるわけにもいかなかった。もとよりお二人とも肝臓病の専門家ではない。ぼくが頼むので、仕方なく診てくれていたのだ。両先生ともぼくの意見をよく聞いてくれた。お二人以上の主治医など望むべくもなかった。

おかげでぼくはわずかな時間、まるで普通の学生のように生活することができた。最高の主治医だったと思う。

祈り

大学一年の冬場に細谷先生は〝肝移植〟という言葉を口に出した。この頃、日本でも脳死移植が合法的にできるようになっていたが、ぼくは、いくらなんでもそれが自分に関わることになろうとは夢にも思っていなかった。

そろそろ肝移植を視野に入れておいたほうがよいと言う先生に対して、半ば冗談を聞き流すかのように微笑混じりに「はい、はい」といった調子で軽く返事をしていた。そのとき、細谷

大学入学の年、家族で訪れた安芸の宮島

先生はそれ以上なにか言うこともなかったが、もちろん冗談で言ったのではない。ごく近い将来に必ず必要になるのを見越して、ぼくに考えるよう勧めたのだ。同時期に両親も、電話で話している最中に肝移植のことに触れるようになった。

「いま受けろってわけじゃないのよ。まだ健の肝臓はそんなに悪くないんだから。でも将来的にね、健の病気は治療法がないわけでしょう。だから将来、何十年かたって肝臓が悪くなってしまったときのためにね、保険のつもりで肝移植を受けることを考えておいてほしいの」

ぼくは怒りを感じ、また失笑もしながら母の意見を突っぱねた。

「フン、肝移植？　そんなことまでして生きたいとは、ぼくは思わないな。第一、生体肝移植だったら、誰の肝臓をもらうんだ。ぼくは親の肝臓をもらってまで生きたいとは思わないね。そんな大恩に応えられるほど、ぼくはいい息子じゃないからな」

「最近、脳死移植も日本でできるようになったじゃない。海外で移植を受けることも場合によってはは考えなければならないわけだし」

「そんなこと知ったことじゃない。ぼくは移植なんか受けるつもりは、さらさらないんだ。まったく馬鹿馬鹿しいよ」

ぼくはガチャンと音を立てて電話を切った。移植の話を両親のどちらかがすれば、当時のぼくは必ず拒否反応を起こした。

『一体全体、皆、どうしたって言うんだ。確かに肝機能の数値は徐々に平均値が上がってきているようだけど、それほど高すぎることはない。肝移植なんて大袈裟だよ。あんなものは今にも死にそうな人が受けるんだろう』

ぼくは平静を装った。

『もう病気と付き合うことは真っ平だよ。いままでどれだけ苦しんできていると思うんだ。このうえ移植なんて、ハハハ、まったく笑っちゃうよ』

ぼくは病気と真正面に向き合うことを徐々に拒否しはじめていた。これまで、いくらがんばって治療を考えてみても、一向に病気はなくなりはしなかった。それどころか病気は着々とぼくの肝臓を蝕《むしば》んできている。

大きな壁が人生の行く末に立ち塞がっている。その壁は崩しても、崩しても、なお厚い層を保っていた。

その頃、ぼくは外来で聖路加国際病院に行く際に、病院の小児科外来のそばにある教会に時折、足を運ぶようになった。木製の少し古びた趣のある椅子に腰掛けると、不思議と気分が落ち着いた。正面には白い十字架が掲げられ、天井はとても高く感じた。

ぼくはキリスト教徒ではなかった。しかし、ぼくは祈ってみた。宗教に属していなくても、教会で祈ることは許されると思った。そしてもし、本当に神がいるのならば、祈れば、ひょっとしたら病に蝕まれた体を癒してくれるかもしれないと思った。

ぼくは元来、信心深い性質ではない。むしろ、どちらかというと、神の存在などまったく信じたことのない人間だった。

『われわれには人類の栄光の象徴たる科学がある。それなのに神など、どうして信じられようか』常々そう思っていた。

だけどその頃のぼくは、盲目的にすがるものを求めていた。ひとりで悩み、闘い続けることに、もはや疲れ果てていたのだ。だから〝もし神がいたら……〟という〝もし〟にぼくは頼り、神を信じたのではなく、神を信じている自分がいることを半ば盲目的に信じようとしたのだ。強いていえば、信じたいと思ったのだ。

誰もいない教会の席の最前列に座り、ぼくは教会の最後尾の戸棚にある聖書を取り出して読んでみたりした。しかし、そのときのぼくに、その内容はまったく理解できなかった。教会の席に腰を落ち着かせて、聖書を開いているうちに、次第に新約聖書の主人公たるイエス＝キリストに対して信じる気持ちが少しだけ湧いてきた。

神の子として周囲から奇跡を期待されるイエス。そして、ひとりの人間として苦しむイエス。ぼくはイエスに求めた。それは当時、イエスの周りにいた者たちが求めたものと同じだった。それは神の子たるイエス＝キリストに対する奇跡の切望であった。もしもイエスが本当に神の子ならば、祈れば願いは叶えられるだろう。また、叶えられなければおかしいのだと、そのときのぼくは思った。

かくして救いはなかった。

そして苦しみはそのまま残り、絶望はその深みを増していった。

余名半年

大学二年の七月、それまでは、何かと理由をつけて移植を渋っていたぼくだったが、母と主治医の相当に強い勧めもあり、都内の大学病院の小児が専門の移植外科医に、それまでの血液検査のデータを持って、話を聞きに行くことになった。

そのときのぼくは、自分の体に関して、まだいくぶんかの余裕を持っていた。まだ自分の意思で、歩いたり、走ったりすることができる。体育の授業だって、きちんと毎回出席できていたのだ。

ぼくは、「まだまだ大丈夫です。移植？　そんなもの必要ありませんよ。そんなこと誰が言ったんです」と言われるだろうと、診察の結果を楽観視していた。ところが実際に移植外科医に言われたことは、ぼくの予想とは大きくかけ離れたものになった。

「もう肝硬変の末期ですね。肝移植を受けなければ、もってあと半年。大学卒業までなんて、とてももたない」

ぼくは愕然としてなんて言い返せばいいかわからなかった。

「ええっと、なんか血液型が両親とは不適合で、生体肝移植には向かないらしいんですけど」

なぜそんなことを言ったのか思い出せない。気付いたらぼくはそう医師に告げていた。

「そうですか。じゃあ、脳死移植ですね」

「日本でも合法的に脳死移植ができるようになったみたいですけど」

ぼくがそう言うと、医師はプッと噴き出した。

「日本で、いやあ、ハハハ、君が日本で脳死肝移植を受けられるには、あと二〇年くらい待たなくちゃ駄目だなあ。残念ながら君の肝臓はそんなにもたないからね。海外へ行くしかないんだけど」

医師はオーストラリアのブリスベンの病院なら紹介できると言った。いま電話するからと受話器を取ったところでぼくが慌てて、「まっ、待ってください。大学もあるので両親とも相談して考えてみます」と制止した。いくらなんでも、これからすぐに脳死移植を受けに渡航するのは考えられなかった。

医師はそう言った。

「そうかい。でも急がなければならないよ」

病院を出て、上野で立ち食い蕎麦を食べたあと、呆然と帰路についた。いつもはどこかへ出かけたりすると、たいていは最寄の大型書店に寄り道したりするのだけど、その日はそんな気も起こらず、ただ真っ直ぐ帰ることにした。

電車の窓から外の風景を見ていた。耳には乗客の楽しげな話し声がする。ぼくとは別の時間が流れていた。ぼくの時間？　なんだろう、もうその問いに意味があるとすら思えなかった。絶望と困惑に押し潰されてしまいそうだった。目白に戻ったぼくは下宿には向かわず、大学に行った。ひとりきりで下宿にこもっていたら頭がどうにかなってしまいそうだった。

『余命半年？　なんだよ、そりゃ。ぼくがいまから半年後には死んでいるっていうのか。そんなことがあってたまるかよ、ここまで来たんだ。散々苦しんできて大学にも何とか入ることができて、ようやく落ち着いてきたと思っていたのに。ふざけるなよ、畜生。お終いだよ。何もかもお終いだ』

ぼくはピラミッド校舎の脇のベンチに腰掛けて、空を虚しく見上げた。生ぬるい風が頬を撫でていく。空虚さはぼくの心で、生ぬるさはぼくの気持ちだ。にわかに幻滅の感情が湧き起こった。

次の外来で聖路加国際病院に行ったときに、ぼくは教会に足を向けた。その日はいつものように聖書を手に取ったりはしなかった。椅子にも座らず、正面に掲げられた十字架の前に立った。立ち続けた。

『なぜ、これほど苦しめるんだ。ぼくが何をしたというんだ。目立って悪事を働いたわけでもない、普通の生活を送っていただけだ。それなのに、なぜ？　なぜこんなにも苦しまなければならない。ナザレのイエスよ。救世主であられるイエス＝キリストよ。あなたは本当にいたのか、そしていまもなお在《あ》るのか。在るのならぼくを助けてくれ、救ってくれ、何もできないのなら何が神なのか、キリストなのか』

すべてを心の内でまくし立てたあと、ぼくは「イエスよ」と小さくつぶき教会をあとにした。

ぼくはいまだかつてないほど絶望の淵にいた。苦しかった。息さえするのが苦しかった。生きるのが苦しかった。ぼくはよれよれと老人のように歩いて生きた。活力は感じられず、あとには絶望の足跡だけが残った。

……そんなある日のこと。ぼくはどこかに出かけようと下宿を出た。目白通りから少し離れた、広々とした道を歩いていた。人通りは皆無だった。時折さらさらと木々をわたる風の音以外は何も聞こえなかった。

突然、ぼくは斜め後ろの壁際に人の気配を感じ、驚いて振り返った。そこには見たこともない男がいた。その男は日本人では珍しいくらい口の周りにいっぱいの髭を生やしていた。男はぼくが振り向くや声をかけてきた。その声は野太く貫禄《かんろく》があった。

「大丈夫か」

ぼくは意味がわからず、ただ「はい？」と答えた。その男はさらに言った。

「君はなぜ下を向いて生きるのか。前を向いて生きなさい」

不意を衝かれたぼくは返す言葉をすぐに思いつかなかった。

「君はなぜ、何も知らない者の言葉に耳を傾け、すべてを知る者を疑い、そのことにより苦しむのか」

男は、ぼくの目を見ながら淡々と語った。

「君はこのあと、巨大な苦しみの岩に置かれる。しかしくれぐれも言っておく。それが君の命を奪うことはない」

男は最後に次のように言うと、ぼくの前から去っていった。

「自らのためにすべきことをなしなさい」

ぼくは数秒間、体が硬直して動けなかった。衝撃が体を突き抜け、思わずぼくは空を仰ぎみた。

『イエス＝キリスト』

ぼくは何秒か前に男が曲がった角に走った。だが、そこにはもう男の姿はなかった。以来、その男を一度でも見かけたことはない。

それから数日後の外来日、ぼくは再び病院の教会に立ち寄った。誰もいない、静寂に包まれた教会の最前列に腰掛けて、しばらく正面に見える白い十字架を眺めていた。じっとしていると、首の後ろから足のつま先にかけて鈍い倦怠感に襲われ続ける。体に重しでも載せられたかのように。

「主よ、あなたの愛が重い。……私に勇気を」

祈り、ぼくは立ち上がった。

『苦しいが生きなければならない。これもまた神の愛なのだ』

ぼくは静かに教会を去った。

その年の一〇月、ビリルビン値の上昇によって聖路加国際病院に入院した。治療法は安静。ぼくはそんなことは意味がないから、ステロイドを増量してくれと医師に言った。しかし聞き入れられなかった。

細谷先生にとって、ぼくの病気はあくまでも治療法が皆無の病気なのだ。すでにかなりのステロイドを長期にわたって使用してもいる。これ以上、体に負担をかけてどうする、肝移植という医療に思考を転換していくべきだと言うのだ。両親もその考えだった。

ぼくはその考えを拒絶した。移植なんか受けると言ったってどうやって受けられるというのだ。両親と血液型不適合で生体肝移植はできないし、脳死移植は日本でできそうもない。海外での移植といえば、アメリカはほかの国に比べて相当高額らしい。アメリカ以外の国では、母国人以外の受け入れを年々削減しているのが現状だ。そんなところに行っても、いつ移植を受けられるのかわからない。ナンセンスだ。

いまはとにかく内科的治療で持ち堪えられるよう尽力すべきなんだ。少なくとも日本人にはそれしか道がないじゃないか。ぼくは懸命に主張した。

ぼくの意見はあまり顧みられなかった。細谷先生が耳を傾けないので、ぼくも先生の意見を適当に聞き流すようになっていった。次第に、細谷先生と両親、そしてぼくとのあいだで話が噛み合わなくなっていった。

一体、どうするのが最善なのか。ぼくにはわからなかった。正直言って、誰にもわからなかったのだと思う。だから意見が衝突し、互いの信頼関係も少しずつ壊れていったのだ。

ぼくは結局、二週間ほどで退院した。データ上の改善はほとんどなかった。入院している理由がなくなり退院となっただけだ。

両親の思い

入院中も、ぼくは大学に毎日通った。それが当時のぼくにとって、でき得るかぎりの病気に対する抵抗だったからだ。

一二月、ビリルビン値がさらに上昇、再び入院となった。ぼくは脳死移植の方向へ少しも話を進めようとしなかったし、病状はみるみるうちに悪化の一途を辿っていた。ぼくは自分の考えをありのまま細谷先生に伝えた。

「いつかは肝移植を考えるときがくるかもしれません。が、いまは内科的治療を続けるべきだと思います。いまはまだ肝機能の数値は下げられると思います」

ぼくは細谷先生にステロイドの増量と、ペニシリン系の抗生剤を処方してもらえるようお願いした。これで効果がなかったら、脳死移植を考えますと言い添えて。先生は了承してくれた。

結果は……肝機能は治療開始からまもなく改善しはじめた。GOT、GPTなどの肝機能は正常値に近いところまで改善した。一方、GGTPやALPなどの胆道系酵素の値については、目立った改善は見られなかった。

治療から数日、先生は顔に安堵の笑みを浮かべながら、「今回は君が正しかったようだ」と言った。

それから、真剣な表情で先生はこうも言った。「それでも、もうそろそろ次の段階の治療を考えなくてはいけないよ。この薬を使ってみたら、効果があったというような治療の段階は、過ぎてしまっているのだから。残念なことだけど、移植を受けないと、もう君はこの先、何年も生きてはゆけないんだよ」と。

ぼくは何も答えずに押し黙っていた。胸の中が萎《しぼ》み、次いで哀しみが喉元まで込み上げてきた。

『もっと早く、高校の頃からステロイドをきちんと使っていたら……こんなことにならずに済んだのかもしれない』

何も答えられずにいるぼくに、先生はなおも優しく語りかけた。

「ぼくは、肝臓の専門医ではないからね。血液の病気だったら専門だから、しっかりと診てあげられるんだけど……これからは専門医を探して診てもらったほうがいいよ」

「わかりました……」

ぼくはうつむいて、静かに言った。


その後、肝機能はかなり高い値だけれども安定を保った。けれど大学に普通に通う体力は残されていなかった。大学三年になると、ぼくは日常の多くを下宿のベッドの上で過ごした。授業にはほとんど出席できなかった。試験前に友人から試験の範囲を教えてもらい、その分野を自習して試験に臨んだ。

　もちろん数学科の学生の勉強態度としては最低だが、ほかにどうすることもできなかった。体がいうことを利かなくなってきていた。動こうとして動ける時期はとうに過ぎていたのだ。両親は移植を受けるよう熱心に勧めてきた。母は毎日のように電話口で泣いていた。

「大学なんてもうどうでもいいじゃない。死んだら元も子もないのよ」

　それでもぼくは移植を受けることを拒絶した。いま大学生活を途中で投げ出して移植を決断しても、その先が見えない。ただ生きるためだけに移植を決断することができなかった。移植を決断するには、強い動機をぼくは必要とした。それはある意味、死の受容といえるものだった。

「男には決して譲れないものがある」

　ぼくは、そう両親に言った。

　ぼくが一向に移植に向けて何もしようとしないので、父はある日の朝、電話口で苛立ちを爆発させた。

「お前はわかっているのか！　そんなことじゃあ、お前はもう死ぬしか道は残されていないんだよ」

　父はふだんはおとなしく、母の尻にしかれて満足しているような男で、怒鳴るような気概は持ち合わせていないと思っていた。しかし、そのときは大声で怒鳴った。ぼくは、怒鳴られたこと自体にも、言われた内容にも言いようのない怒りを覚え、「バカヤロウ！」と叫ぶと、受話器を床に叩き付け電話を切った。

その後、母が電話をかけてきたときに、ぼくは父の悪口を言い続けた。とにかくありったけの悪口を。その間、母は静かに聞いていた。何十分も思いつくかぎりのことを言い終えたあと、ぼくはやり場のない虚しさを感じ、母に「それじゃあ」と小さな声で言うと、静かに受話器を置いた。

それから少したち、父が会社から直接ＦＡＸを送ってきた。父のことだから、電話では言えなかったのだろう。そのとき送られてきたＦＡＸの用紙はいまも大事にとってある。

健くんへ

パパは健に必要な治療は、どんなことでもさせたい。

お金がどんなにかかろうとも。

しかし、パパにできることの限界を考えると、どうすればよいか、心配しているのです。

健はパパにとって最も大事です。

お金について健のためにおしがるものではありません。

将来、移植が必要になったとき、心配させないためのことをいま考えているのです。

パパの願いは移植の登録を「保険」としてくれること、
そして可能な限りの治療をすること。
このためのお金をおしがったりしません。
ママやパパの親としての苦しみも理解してください。

周作

読んでいるあいだ、紙を持っている手が震えていた。

移植へ

体が朽ち果てるような激しい倦怠感が続いた。もうあまり肝機能の推移と体調は呼応しなくなっていた。常に体が押し潰されるような感覚が続く。息をすることすら、生きることすら苦しい。尿は濃い色というより血尿と見間違えるような色になっていった。トイレに行くと、便器の中が醬油のような色に染め抜かれた。

ぼくは混乱した。母に電話口でぼくのことはもう忘れろと度々怒鳴った。死の足音がひたひたと聞こえてきた。その音は少しずつだが確実に大きくなっていった。一方、それでもまだぼくは移植を受けることなしに何とかなるのではないかという希望も持っていた。

未来が見えない、明日が見えない。下宿のベッドに横たわり、ぼくは時々涙した。死ぬのが怖かった。怖くてたまらなかった。

大学三年の春にビリルビンが大幅に上昇し、再び入院した。細谷先生からは、もう小児科では診られないと言われていた。そこでぼくは肝臓の専門家のいる内科でお世話になることになった。

入院中、医師のひとりに風邪をうつされて、そこから腸閉塞になった。過度の免疫抑制によって、ぼくは目の前でゴホンとひとつ咳をされただけでも感染するようになっていたのだ。腸閉塞の症状が落ち着いた頃に、内科の藤田先生が小児科病棟に入院するぼくのもとへやって来た。先生はベッド脇にある椅子に腰掛けて話し始めた。

「君のいまの状況は、末期肝硬変。これ以上の内科的治療は意味がないと思う。方針を転換する時期だと思うよ。移植を受けるか、それとも死を選ぶか。後者を選択するなら、最期まで苦しまないようにしてあげる。ただ…君の若さでそれは少しもったいないと思うよ」

ぼくは少し考える仕草をした。考えてなどいないのに。

「移植は考えようとは思いますよ。でも生体肝移植は両親と血液型不適合だし、脳死移植を日本で受けられる可能性はほとんどないですから。海外に行かなくちゃならないんですよ、生きるためにはね。

米国はものすごく医療費が高いらしいんです。オーストラリアは比較的安価とはいうものの、最近は外国からの患者を受け入れていないという話です。行ったとしても移植手術に呼ばれるまでに一～二年はかかるらしいんですよ。そして呼ばれる順序は、人種で分けられていましてね、日本人は最下位らしいんです。もらえる臓器も母国人にはとても使われないようなものまで日本人には使うらしいんですよ。

そんなの、ぼくには受け入れられません。だから移植を決意しても受けられるかは微妙だと考えています。でも考えていくので、それまで藤田先生に診ていただければと思います。できればぼくは、大学を卒業してから移植に行きたいと思っています。それまで何とかこの体をもたせてください。お願いです」

藤田先生は快くではないが了承してくれた。

ぼくはまず都内の大学病院の移植外科を通じて、日本臓器移植ネットワークへの登録を行った。宝くじに当たるより可能性は低いものの、脳死移植を考える場合にはネットワークへの登録は不可欠だった。

ただ登録後、臓器移植法の立案に携わった移植外科医から、ぼくが日本で呼ばれる可能性はないときっぱり言われた。日本の脳死移植は失敗ができないために、比較的余力がある患者を選ぶらしい。ぼくのような末期患者は手術に失敗する可能性もあるから選ばれることはないというのだ。オーストラリアに行く線も再び考慮されたが、オーストラリアは自国民への脳死移植を行うだけで手一杯で、いま行ったとしてもいつ呼ばれるかわからないと言われ、断念するに至った。

『結局、脳死移植なんて端から無理だったんだよ。だからぼくは内科的治療でなんとかしようと思ったのに』

移植外科を通した海外とのコンタクトに限界を感じ出した頃、知り合いからある移植者支援組織の存在を聞かされた。さらに最近その組織の支援を受けて米国で脳死肝移植を受けた人が都内の大学で院生をしていて、移植者支援にも携わっている。連絡を取るよう勧められた。

その人の原疾患はぼくと同じ原発性硬化性胆管炎だった。ぼくはすぐに連絡をとることを躊躇した。いま連絡をとれば、間違いなく移植に向けた話が進むだろう。

『でも、ぼくは……大学を卒業したいんだ』

周囲の勧めも虚しく、ぼくは相変わらず移植に対して後ろ向きだった。ぼくは怖かった。この生活が、自分の人生がすっかり変わってしまうような気がした。移植者支援組織と連絡をとることは、そのときのぼくにとって開けてはならないパンドラの箱だったのだ。

症状は刻一刻と進行した。大学四年に進級した頃から、歩くときにふらつくようになった。体の倦怠感が激しすぎて、絶えず頭がぼーっとしている。しかし苦痛だけは眠りに落ちていても感じる。夢の中でも体が苦しい。歩行に不安を感じたぼくは杖を購入した。はじめは家の中だけで使用し、次第に外でも使うようになった。それでも通学には、最後の最後まで杖は使わ

大学4年の黒田ゼミでの発表の様子（2011年）

なかった。自分の置かれている状況を同級生に知られたくなかったから。

　大学の授業は週に一度の卒業ゼミだけとなった。それ以外は、家で横たわり続けた。胆管炎による腹痛もあらわれて、度々夜中にタクシーを拾って聖路加国際病院の救急に駆け込んだ。大抵は薬も処方されずに帰ることになるのだが。肝臓の代謝能力がほとんどなくなり、痛み止めを安易に服用できなくなっていた。

　検査をして入院するほどでなければ、再びタクシーで下宿に引き上げた。痛みがなくなるわけじゃない。すべての薬物治療は肝臓に負担がかかる。医師にもどうすることもできない。長く苦しい一年だった。

　大学は何とか卒業できた。卒業式には杖

をついて行った。うれしかった。

『ぼくは何とかここまで来たんだ。きっとこれからも何とかなるさ』

とそう思った。

卒業後、ぼくは小田原の実家へ引き上げたが、すぐに急性胆管炎で聖路加国際病院に緊急入院となった。鼻から胆管まで管を通して数週間を過ごした。そのあいだ、三度にわたってERCPを受けた。

ある晩、藤田先生がぼくのもとを訪れた。ERCPで採取した総胆管の組織検査の結果を知らせるためだ。彼の表情はいつにも増して固かった。

「検査の結果だけどね。腫瘍マーカーが四だった。まだ詳しく調べないとわからないけれど、がんがあるかもしれない」

ぼくは冷静を装ってはいたものの、内心は頭が真っ白になり、心臓の鼓動がバクバクと爆発しそうなくらいに耳に鳴り響いた。

「胆管がんだと移植はしてもらえないそうなんですけど」

「そうだね。ただ、腫瘍マーカーが四というのは、がんになりかけてはいるけど、まだがんとは言えない状態なんだ。ERCPで一番危なそうな所を採取したから、たぶんまだがんにはなっていないと思う。ただ、がんになりかけていることは確かなんだ」

「じゃあ、いますぐ移植に行けば間に合うんですね。すぐに移植者支援団体の人と連絡をとります」

藤田先生が病室を引き上げると、ぼくはすぐに部屋に置いてあった携帯電話で自宅に連絡し事情を話した。がんかもしれないということで慌てふためいている母に、移植者支援団体に連絡をとってくれるように頼んだ。母はすぐに段取りをつけてくれた。そして病院を退院する日に、その団体から以前紹介されていた大学院生の若林さんという人が病院を訪ねてくれることになった。

家族を交えて若林さんと話し合った結果、米国マイアミ大学に紹介してもらうことになった。渡米が決まった直後に大学院にも合格することができ、米国で脳死肝移植を受けて、来年（二〇〇三年）の四月に大学院に入学する段取りもついた。運命はぼくに味方しているように感じられた。

すべての準備が整って、あとは渡米の日を待つのみとなり、ぼくは聖路加国際病院に藤田先生に渡米の挨拶とお礼を言いに病院を訪ねた。

「先生、いままで本当にありがとうございました」

するといつもは無表情で淡々と患者の対応をする藤田先生が椅子から立ち上がった。

「本当によかったね。がんばって来いよ。元気になって報告にくる日を楽しみに待ってるよ」

先生とはがっちりと握手して別れた。

『よし、生きるんだ。脳死移植を受けて』

その帰り道、ぼくは心を新たにした。
そして舞台は米国に移った。

四章　いのちを求めて

脳死肝移植を受けるため、ぼくは二〇〇二年の九月に両親と連れ立って渡米した。受け入れ先のマイアミ大学病院にほど近い、マイアミビーチのとあるコンドミニアムで、ぼくに適合する移植ドナーが出たことを知らせる緊急電話が鳴るのをいまや遅しと待ち構えていた。父は仕事の都合ですでに帰国し、ぼくは母と二人で待機していた。

忘れもしない、日本を出発してからおよそ一カ月後の一〇月一八日のこと。午前二時頃に、通訳や観光など、慣れない異国での生活をサポートしてくださっていた平木さんから一本の電話がかかってきた。

移植待機用の携帯電話も所持していたが、かかってきたのは部屋の電話だった。ジリジリジリという電話のベルが深夜の物音ひとつしないコンドミニアムの一室に鳴り響いた。ぼくはワンコールでベッドから飛び起きた。

『いよいよか』

緊張で手の平に汗を感じた。ぼくが部屋を出ようとしたとき、電話近くに毎晩寝ていた母がいち早く電話に出た。

「はい、はい」

母が日本語で応対している。そのことでぼくは電話の相手が平木さんであることを察した。

「もう呼ばれたんですか。えぇ、早すぎますよぉ」

母の声が狭い部屋にこだました。

『呼ばれたんだ』

ぼくはベッドルームのドアに身を隠しながら、母が電話に応対している様子を見ていた。

「はい、はい、じゃあ、よろしくお願いします」

そう言うと母は静かに受話器を置いた。ぼくは何も言わず、無表情のまま部屋の出口に立った。

「もう呼ばれたんですって。早すぎるじゃない。この前、来たばかりなのにねぇ」

母はむせび泣きながらぼくのほうを向いて言った。渡米から一カ月、短い待機期間で移植の順番が回ってきたことに悲しみを見せる母に、ぼくは憤りを交えた声で言った。

「なぜ泣くんだ。何が悲しい。移植の順番が回ってきたんだ。うれしいことじゃないか。これを悲しいと思うなら一体、ぼくらは何のためにこんなアメリカくんだりまで、わざわざ来たんだ。観光に来たわけじゃないだろ」

するとお母は鼻をすすりながらぼくに言った。

「あなたは手術を受けるのが怖くないの」

ぼくはフンッと鼻を鳴らした。

「怖くも何ともないね。ぼくにとって怖いのは、このままいつまでたっても呼ばれないことだ。悲しんだり、恐れたり、そんな感情を抱くことはドナー（臓器提供者）に対して失礼だよ。ドナーとその家族はぼくらに悲しみをもたらすために善意をみせたわけではない。ぼくらに笑顔をもたらすために、至上の善意を見せたんだ、そのことを忘れてはいけない」

母は、ぼくの一言で冷静さを取り戻したのか、「そうね」と答えると、それまで暗かった部屋に電気を灯した。そして、母から平木さんと電話で話した内容を正確に聞いた。

平木さんの話によると、まだ正式に病院から呼ばれたわけではなく、その一段階前の〝呼ばれそうだ〟ということらしい。『なんだ、まだ呼ばれたわけじゃないのか、それなのに赤子のごとく取り乱して……』とぼくは思った。

それからぼくは日本の姉などに、「呼ばれた。ついに呼ばれちゃった」と電話を掛かけた。

「ええ、もう呼ばれたの。この前、行ったばかりじゃん」

「うん、まあ、それがアメリカのいいところだな」

「健坊、怖くないの」

「全然、怖くないよ。最近は待ちくたびれて退屈してたからなぁ、楽しみだよ」

まったく怖くないといえば、嘘になるかもしれない。しかし、人の感情とは不思議なものでいったん怖いことを認めれば、その感情は倍加して人に襲いかかってくる。自分が恐れていることを安易に認めるのではなく、恐れを抱く自分を客観的に眺めることが大事だ。それに何があろうと「怖いよー、ぼく、怖いよー」と泣きじゃくるのは、日本男児がとるべき行いではないと思う。

午前四時過ぎに平木さんから再び電話がかかってきた。

「正式に呼ばれました。これから迎えに行きます。三〇分ほどでそちらに着くと思います。準備しておいてください」

用意と言ってもこれといって新たに用意するものはなかった。ぼくは移植レシピエント（移植の受容者）が書いておくべき書類だけを持つと、さっと着替えて母とともに足早に一階に下りていった。

書類は、レシピエントに対するアンケートのようなものだった。手術中に死んだ場合、臓器を提供するか、解剖を許可するかとか、さすがに司法大国だけあって、事前に書き込んでおく内容も縁起がいいものから悪いものまで多岐にわたっていた。その中に、移植を受けたあと、将来何がしたいかという項目があった。ぼくは躊躇せず、必ずノーベル賞をとってみせると書いた。

外に出ると、午前四時なのでまだ辺りは暗く、昼間は四〇度近い猛暑が続くマイアミにしては、少し涼しかった。

平木さんは、空いている道路を飛ばしてきたらしく、いつもは四〇分くらいかかってもおかしくない道のりを、二〇分足らずでやってきた。

「こっちに来るあいだにも、病院から何度も早くこいと催促の電話がかかってきまして。到着とともにすぐ手術ということになるのかもしれません」

前日の昼間、平木さんの車で病院に行ったばかりだった。そのときプリ移植コーディネーターのビビンが、「なんか今日、三例もドナーが出ているから、ひょっとしたら呼ばれるかもしれないわよ」なんて冗談交じりに言っていたが本当になった。

病院が終わったあとも、ぼくら親子は平木さんの運転でドルフィンモールなどを夕方まで観光していたので、平木さんと会うのはほんの数時間ぶりのことだった。平木さんは、彼の会社でレストランも経営していて、深夜までその後片付けに追われていたので、ほんの二〜三時間の睡眠だと言っていた。運転、大丈夫かとぼくは少し不安になった。

マイアミ大学病院に向かっているあいだに朝日が昇ってきた。道路はまだ空いていて、何車線もの幅広いハイウェイを独り占めだった。

『新しい日の出だ。これからぼくは新たな人生を歩むことになる。これはぼくにとっての第二の誕生だ』

海が、道が、空が、空気が、何気ないこの星の隅々までぼくにとって新鮮に映った。これで苦しかった闘病の日々も終わりを迎えるのだ。

手術の成功

病院に着くと、一階の救急と一緒の場所にある受付に行った。平木さんが受付の人に事情を話すと、部屋の奥、仕切りがあるスペースに通された。数分、そこで待っていると、受付の？人がたくさんの書類を持ってあらわれた。

ぼくは平木さんの説明を聞きながら、すべての書類にサインをした。自分で持ってきた書類の中にも、意味がわからなくて、記載していない項目があった。それらも平木さんに訳してもらってサインをすませた。

手続きがすべて済むと、ぼくは手術前の準備で病院の上階にある移植外科病棟に向かった。外科病棟の詰所に立ち寄り、移植レシピエントであることを告げると、白人のナースが病室に案内してくれた。病室は二人用だったが、空っぽだったので、広い室内をひとりで使うことができた。

しばらくして、手術の説明をしに医師がやってきた。移植手術の内容はすでに知ったものだったので、これと言って目新しいことはなく、「はい、はい」と単調に答えるだけだった。唯一、移植直後に使用する薬については聞いたことのないものだった。

医師は最近、マイアミ大学で使い始めている〝キャンパス〟という免疫を抑える薬を使いたいから同意書にサインしてくれとぼくに言った。要は実験台になってくれというわけだ。ぼくは少し逡巡《しゅんじゅん》したが、この期に及んで拒否したりすれば、移植手術をスムーズに受けることに支障が出かねないと考え、書類にサインした。

少したって執刀医の加藤友朗先生が医局まで電話してきて、ぼくにその新薬の説明をしてくれた。何でもキャンパスという薬は、マイアミ大学の移植外科が世界ではじめて移植直後の患者に使いはじめているものだという。

これを使えば、移植直後の患者に大量のステロイドを使わずに済む。そのうえ移植者が生涯、服用し続けなければならないとされている免疫抑制剤のプログラフを初めから少量の服用で始めることができて、将来的には早期に中止することも可能になるかもしれない夢の薬なのだと説明してくれた。

加藤先生にそこまで言わしめる薬なのなら心配はないだろう。ぼくは、わざわざ電話をしてきてくれたことに礼を言い、薬の同意書にはすでにサインを済ませた旨を話した。

その後、加藤先生が病室を訪れた。先生はぼくを少し診察してから、「少し、ドナーの肝臓が大きめかな」と言った。

マイアミで初めて加藤先生と会ったときは、ぼくの体がアメリカでは成人男性としては小柄な部類に属するので、ドナーの肝臓を丸々一個もらうやり方ではなく、二人の小柄なレシピレントで一個の大きな肝臓を分け合う〝スプリット〟方式の移植になるかもしれないとの話だった。大きめかなということは、一個丸々もらえることになったのか。

「今回の手術はスプリットではないのですか」

「ひとつ全部もらえますよ」

ぼくと母はそれを聞いて喜んだ。スプリットだと生体肝移植と同じになるわけで、耐久性などで一個丸まるもらう方式よりも不安要因が増加するのではないかと思っていたからだ。先生も、「いやあ、それは一個丸ごと、もらえるほうがいいですからね。スプリットとは術後の快復の早さなどが全然、違いますからよかったですよ」と言った。

加藤先生によると、ここまで準備していても手術が行われるかは、まだまだ未知数なのだそうだ。

「ここまできても、手術が中止になることは頻繁にあります。実際は手術室まで行って、そこで移植が中止になることもありますから。手術室でお腹を開けるまで、移植を本当に受けられるのかはわかりません。あまり期待しないで気長に待っていてください」

そう言うと、先生は部屋を出ていった。あとは、ひたすら待つ時間となった。平木さんは病室で立ったままウトウトとし始めたので、礼を言って帰ってもらった。英会話は不安だったが、平木さんが自宅まで無事に運転して帰れるかがもっと不安だった。昼過ぎ、若い医師が部屋に来た。

「ケン、出発だ」

息を呑んだ。この瞬間がぼくの終わりでぼくの始まりとなる。意識が固まった。

『生きて帰りたい』

凍りつく思考の狭間で、ぼくは何者でもない者に頼んだ。

ぼくは軽く微笑んだ。そして母に、「それじゃあ、行ってくるよ」と声をかけた。

「がんばってね、がんばって」

母は少し悲しそうな顔を見せたが、すぐに笑顔を見せた。

ぼくはストレッチャーに乗り込むと、何も言わずに前を見据えた。下を向いてはいけない。上を向いて生きるのだ。

母とは手術室のある階のエレベーターの出口で別れた。そういえば肝生検のときもそうだった。もうあれから九年か。人生の中の大きな出来事が次から次へとフラッシュバックした。

思えば、短いが波乱に富んでいた。悔いはあるがそれが人生というものだろう。まったく悔いのない人生のどこに意味があるというのだ。いま、これまでの困難や苦しみを呑み込み、すべてが新しくなる。

ぼくを乗せたストレッチャーが静かに手術室に吸い込まれていった。

記憶は、誰かが何かを話しかけているところからつながる。ぼくは何かを見ようとしたが、頭がぼーっとしていて目を開けることができない。また、何かをしゃべろうとするのだが、どうしてもしゃべられなかった。次の瞬間、息を自分でしていないことに気付いた。

「三宅君、手術は無事に終わったから。いまは気管挿管《きかんそうかん》をしていてしゃべることができないけど、すぐに外されるだろうから」

加藤先生の声が聞こえた。

『そうか、手術は終わったのか』

うれしさが胸に込み上げてきた。これでぼくは生きる。安堵し、しばし眠りについた。

どれほどの時間が経過したのか。次に目が覚めたとき、ぼくの耳に再び日本語が入ってきた。

「三宅さん、お母さんが来てくれましたよ」

ぼくは目を開けた。頭も首も手も足も動かなかったので、声の聞こえる方角に眼球を一生懸命に動かした。途端、意識が少しはっきりしてそれまで感じなかった痛みに顔をしかめた。首から下が燃えさかる炎に入れられているような感じがした。重々しい痛みだ。

平木さんの後ろに、母そして加藤先生の顔が見えた。母は寝起きのような顔をしていた。

「こんなになって……よくがんばってきたわね、いままで」

母は顔をクシャクシャにしながら涙を流した。なんとなく縁起が悪い物言いだとぼくは思った。

「いやあ、でも顔色は手術前よりも、ぐっといいですね」

そう言ってくれるのは、笑顔の平木さんだ。日本人移植者の支援をずっと任されているので、このような状況はもう慣れっこなのだろう。母はぼくが置かれている状況を直視できないようだった。気管挿管され、体中がチューブだらけな姿。日本で手術を受けたときはせいぜい、点滴が一本付けられているくらいだった。

気管挿管をしているため、声を出せないので、ぼくは誰かにペンを握らされた。首が動かないので、それを確認することはできなかったが。

「健、いまペンを持っているのよ。紙を下に置いたから何か書いていいわよ」

ぼくは意識的に指を動かそうとした。少し動かすたびに腕が千切れそうに痛んだ。

『手が痛い』

ぼくは時間をかけて書いた。

「手術中、邪魔になるので、手はずっと台の端から下ろしておくんだよ。それで少し痛むのだろうけどじきよくなるよ」

加藤先生だ。ぼくはゆっくりとペンを続けた。

『もう二度とこんなことはごめんだ』

皆の笑い声が聞こえた。

「そうよ、これで治ったんだから。もう受ける必要ないのよ」

『数学の本を持ってきてくれ』

再び皆の笑い声が聞こえた。

「もうそんなこと言って、ここはＩＣＵなのよ。まだ本なんか読めるわけないでしょう」

母が笑顔で答えた。

「いいですよ、持ってきても。伝説になるんじゃないですか。肝移植直後に数学の本をＩＣＵで読むなんて」

そう言うのは加藤先生だ。

「本当に、いいんですか？　じゃあ、明日持ってきてやります」

皆が話しているのはそんなに聞こえなかったけれど、皆が喜んでいたので、ぼくもうれしかった。しばらくして皆が帰るとぼくは再び眠りに落ちていった。

夜中に何度か目を覚ました。

その度に、頭の中が訳がわからないくらい、グアングアンと回って、気がおかしくなりそうだった。そして、激しく叫びたい衝動にかられた。加藤先生が、脳死移植者は術後に皆なぜか一時的に頭がおかしくなる、と言っていたのを思い出した。

『なるほどね、こりゃおかしくなるはずだわ』

ぼくはとにかく正気を保とうと頭の中を空っぽにする努力した。何も考えなければ、おかしくなるものがないから大丈夫だろうというわけだ。この馬鹿みたいな方針は功を奏した。ぼくは、脳死移植後正気を保ったおかしな患者となった。

夜中のあいだに気管に入れられた管が抜かれた。抜く間際、「いまから管を抜くから自分で息をするんだ。しないと死んじゃうぞ」と耳元で言われた。

管が抜かれると、ぼくはとにかく必死に深呼吸をする格好をした。次の瞬間、酸素が肺に入り込んできたのを感じた。呼吸を実感したのはこのときがはじめてのことだ。当初はなかなか呼吸って面倒くさいと感じた。

陰口

ＩＣＵでは、昼夜の判断がつかなかった。部屋に入ってくる人が口々に「おはよう！　元気かい」と言い合っているので朝が来たのだとわかった。朝になるとナースの当番が変わった。

ぼくの当番になった人は、いかつい顔をした太っちょのおばさんだった。

「いつまで寝てるんだい。さっさと起きるんだよ、この怠け者が」

怒鳴られながら無理やりに起こされた。ぼくは全身を走る激痛に身もだえした。

「何するんだ、一体」

「そんなことはこっちの台詞だよ、このスットコドッコイ！」

ぼくは何も答えずに再びベッドに横になった。ナースは何人かでひそひそ話をしていた。

「……日本人……」

「フフンッ……」

どうやら彼らは日本人が脳死移植を受けにくることを喜んでいないらしい。米国人に行き渡るべき大切な臓器を黄色いモンキーが金に物を言わせて奪い取ったくらいに思っているのだろう。

日本人で脳死移植を受けることを望む人はまったくもって悲惨だ。祖国では、脳死は人の死ではない、なぜ受けるのかと陰口を叩かれ、海外では外国人がなぜ来るのかと陰口を叩かれる。ぼくはそんな脳死移植者たちの気持ちを代弁したい。

『われわれは生きたいのだ。だから生き残るために最善の努力をする。それがわれわれの場合、脳死移植であるだけなのだ。それが罪なのか。生きようとすることが罪なのか。だとしたら、こんな世界はクソ食らえだ』

ぼくを受け持っていたナースは、ぼくの前では悪口雑言をぶちまけ、日本人の医師や家族がいる前では、笑顔でやさしい言葉をかけてくれた。

あるとき、担当のナースが首の動脈に付いているチューブを外しにかかった。それがなぜか失敗した。数秒後、ぼくの目の前は首の動脈から吹き出した真っ赤な血の海と化した。ナースの反応が一瞬遅れた。

ぼくはベッドに倒れこんでピクリとも動けなくなった。ほかのナースも飛んできたようだった。ひとりのナースがぼくの首を力一杯押さえた。取り付けられていた機器がピーコン、ピーコンと甲高いサイレンのような音を出しはじめた。目の前が暗くなった。

誰かが、「加藤先生を早く呼んで来い」と叫んだ。

すぐに、「加藤先生はいま手術中だ」という声が上がった。

担当のナースが泣きながら、「何でこんなことに！」と叫んでいた。

別の何人ものナースがぼくの体を持ち上げて、「ケン、起きろ、目を覚ませ。起きるんだ。寝るな」とぼくの耳元で叫び続けた。相変わらず機械は緊急音を発し続けていた。

なんだかぼくは、自分の意識が縮まっていくのを感じた。存在そのものが目をつぶるみたいな感じだ。

『これが死なのか』

ぼくはぼんやりと考えた。目の前には暗闇が徐々に広がってきた。

『死ぬってこんなものなのか。死？　死ぬのか？　ぼくは、それもこんなところで』

そう思うと体中が熱くなってきた。全身の血液が沸騰しているかのようだ。

『ふざけるな、こんなところで死んでたまるか。ぼくは生きるんだ』

ぼくは目を開けた。何人ものナースの顔が目の前にあった。

「よーし、よくがんばったぞ、ケン」

ぼくは起こされ、ベッドの隣にあった椅子に移された。

ぼーっとするのがしばらく続いた。ぼくがそれまで寝ていたベッドを、ナースたちが片付けていた。

辺り一面、血、血、血……。

ビニール製のベッドの土台に至るまでのいく層もの分厚いシーツが血で真っ赤に染まっていた。その惨状に、背筋の凍りつく思いがした。

拒絶反応

歩行訓練は手術の翌日から開始された。そのほかにもぼくは毎晩、それこそ一晩中、屈伸や、呼吸器官を回復させる道具を使ったリハビリをしていた。なぜ一晩中かというと、寝ようにも痛みが激しくて一睡もできなかったからだ。

ナースに痛み止めを打ってくれと言ってもほとんど打ってもらえなかったし、打っても痛みのほうが強すぎて効きはしなかった。おまけにICUでの担当のナースは医師たちにこの患者は頭がおかしくなっているから、話しかけてはいけないと言い含めていた。おかげで、ぼくの前を通る医師は、ぼくがお腹が痛くてたまらないんだとどんなに訴えようと、振り返ることすらないまま素通りしていった。

そんなわけで、とにかくこのICUを出ないことには何も始まらないと思い、ひたすらにリハビリをがんばった。そして移植後から三日目にぼくは一般病棟に移された。

ICUを出るとき、ぼくは担当のナースに声をかけた。

「お世話になったね、ありがとう」。ナースは不思議そうな顔をしていた。

ＩＣＵを出て一般病棟に移ると、何もかもが普通の患者と同じになった。食事はいきなりステーキみたいなものが出てきたし、トイレにも（導尿が外れたので）自分で部屋の隅にあるトイレまで歩いていかなければならなくなった。重い点滴の台を転がしながらトイレまで歩くのは移植直後の患者にとっては至難の業だった。前屈みになって、そろそろと這うように進まなければ、腹部に激痛が走った。

厄介なのは一晩中、点滴を流し続けているので、夜中に何度もトイレに起きなければならなかったことだ。起きる度にベッドの柱につかまり、五分くらいかけて起き上がらなければならなかった。腹筋は使えたものではなかったので、腕の力だけでベッドから起き上がらなければならない。

普通の寝方をしようとすると腹部に激痛が走って我慢できなかったので、ぼくはベッドをあらかじめ四五度ほど起こして、ベッドの柱に腕を絡ませて横になっていた。移植を受けてから数日間は、一分一秒が痛みとの闘いといった感じで、睡眠をとるような余裕はなかった。

一般病棟に移った翌日の朝に、退院の見通しが立った。移植後としては順調に推移していたからだ。その日の午前中、三九度程度の発熱があったものの、医師からは今回使用したキャンパスの副作用だろうと言われた。解熱剤の使用ですぐに収まったので、ぼくもそれを疑いはしなかった。しかしその晩に再び発熱した。正確には、ぼく自身が発熱を体感したのだ。

ナースは検温の時間がまだなことを理由に、熱を測ろうとしない。ナースはぼくの病室にいた。病室は二人部屋だったのだが、そのナースはもうひとりの腎移植を受けた患者とテレビを見ながらお菓子をほおばり、雑談に興じていたのだ。

体感される熱は徐々に上昇していった。体がだるくなり、寒くなっていった。ぼくがブルブル震えながら、熱を測ってくれと言ってもナースは笑いながら無視していた。隣の患者が「彼は大丈夫なのか」と心配してくれた。

「いいの、いいの、うるさいだけなんだから」

とテレビから視線を移すこともなく、相変わらずお菓子をバリバリやりながら雑談に興じた。

徐々に寒さは暑さに変わり、やがて意識が薄らぎ、視界も判然としなくなっていった。何時間かたったあと、ナースが舌打ちしながら体温を測りにきた。測定結果を見た途端、ナースは叫んだ。

「ああ、なんてこと！」

体温は優に四〇度を超えていた。すぐにＩＣＵから医師が飛んできた。診察の結果、外科的な緊急のトラブルではなさそうだということになり、その晩はとにかく熱を冷ますことになった。解熱剤が投与された。ナースが氷を運んできて全身氷付けにされた。頭から腹部、足の先まで氷、氷、氷だ。

普通なら冷たくて我慢できないはずだが、それでも熱くて体が燃えるようだった。ナースがもうひとりの患者の毛布を増やして、クーラーの温度も下げた。ぼくはナースに「迷惑をかけてすまない」と何度も何度も謝った。そのナースは何も答えなかった。朝方になり、ようやく熱が平熱近くまで下がった。

その日のうちに担当ナースが替わった。それまではゴミのような扱いだったのが、突然皆やさしくなった。それまでの呼び方は、「ヘイ、ケン!」だったのが、急に「ハイ、子犬ちゃん!」になった。さすがに少し気味が悪かった。

午前中から入れ替わり立ち替わり医師が入ってきて、超音波やX線の検査を行った。何かが起こっているようだった。移植後、薄くなってきていた尿の色が著しく濃くなった。体の倦怠感もひどくなり吐き気もあらわれてきた。

『肝臓の数値がひどく悪い』

ぼくはわざわざ血液検査など受けなくとも、尿の色をみれば±0・5くらいの正確さでビリルビンの値を推測できる。ぼくは自分のビリルビンが五をはるかに超えていると判断した。一日に何度も血液検査を行ったが、結果は怖くて聞けなかった。悪くてもぼくにはどうすることもできない。何もかもがこれまでの原発性硬化性胆管炎の治療とは異なっているからだ。

夜からプログラフが増量された。医師が来て、肝動脈に問題が起っているようだから、明朝、場合によっては手術もあり得ると告げた。

その後、ぼくは電話で加藤先生と話した。手術になるかもしれないと言われたことを伝えると、先生は手術になどならないと言った。急性拒絶になったようだから、ステロイドのパルス療法（大量のステロイドを短期間内に点滴で投与、治療効果を見ながら徐々に減量していく治療法）を翌日から行うと言った。ぼくが考えるに、一〇年にわたって服用し続けたステロイドを今回の移植で突然中止したから、強度のステロイドショックではないかと言った。加藤先生はそうかもしれないと答えた。そして、その夜の時点でGOT、GPTが数千にまで上がった。

翌日からステロイドのパルス療法が始まった。

『体がだるい』

手術後になくなるはずだった症状に、ぼくは襲われていた。悔しかった。この程度のことは起り得ると想定して米国に来たはずだったのに、いざその時がくると、悲しくて悔しくてどうしようもなくなってしまった。つくづく弱い男だと思った。それでもぼくはリハビリを続けようと、移植病棟の廊下を点滴の台を押しながら歩いた。途中でナースに話しかけられた。

「ハイ、ケン、ご機嫌はどう？」

ぼくは声を震わせながらそのナースに言った。

「拒絶が起こってしまった。がんばってきたのに。自分にできるかぎりのことをしてきたのに。辛い、辛いな。もうぼくにはどうすればいいかわからない」

するとナースはぼくの肩に手をのせて言った。

「大丈夫よ、ケン、絶対大丈夫だから。何も心配しなくていいのよ。加藤先生がすぐによくしてくれるわよ」

ぼくはナースに「そうだね」と言って別れた。点滴の台がそれまでより軽く感じられた。そこから何メートルも行かないうちに急に喉に熱いものが込み上げてきた。ぼくは病棟の隅の、誰もいない場所に急いだ。涙が溢れてきた。歓喜の涙か、絶望の涙か、ぼくにはわからなかった。ただ涙は頬をつたい、止めどなく流れた。

『嗚呼、神よ、どうか私を救いたまえ』

退院から2カ月、2002年の年の瀬をアメリカで迎えた健

その後、加藤先生の予測通り、ステロイドのパルス療法は著しい効き目を発揮した。やはり拒絶反応だったのだ。

結局、脳死移植を受けてからおよそ二週間後に、ぼくは先生の許可のもと、マイアミ大学病院を退院した。

あとは何カ月かをマイアミで過ごし、予後良好と判断されればいよいよ帰国だ。四月の大学院の入学には余裕で間に合うだろう。誰もがそう思った。

気になる腹部の痛み

マイアミで肝移植を受けたぼくは、その約半年後の二月末日、主治医の加藤先生から帰国の許可をもらい、ニューヨーク経由で帰国の途につくことになった。帰国前日の挨拶のときに、これからの生活のこと、そして日本で普段お世話になる病院などについて話をする時間を設けていただいた。

日本でかかる病院については、渡米前にかかっていた聖路加国際病院の藤田先生に引き続き、お願いすることで一致した。マイアミから日本にいる藤田先生に脳死移植を受けた報告をした折、帰国後も引き続き診てもらえませんかとお願いしたら、快く承諾してくださったのだ。

ぼくは話し合いの席で、帰国してからかかるのは移植外科でなくとも大丈夫なのかを加藤先生に尋ねた。

「健君は帰国後も引き続き、マイアミ大学を中心にしてフォローさせてもらいたいのでね。この場合、日本で移植外科にかかると何かと治療方針などで、もめたりしてややこしくなってしまうことが往々にしてあるものですから。

一応、国際的に移植の世界では、一度目の移植を行った施設が仮に二度目以降の移植を受けた場合にも、その後の治療方針を決める権利を有することになっているのですが、実際はやっぱり、もめますからね。どうせもめるなら初めから内科にかかっておいたほうが、問題が起きた場合にもスムーズにことが運ぶでしょう」

「内科にかかっていて問題が起きたときに、ちゃんと対処できるものでしょうか」

「大丈夫ですよ。健君はもう移植を受けてから半年くらいたっていますから、外科的な問題が起きる恐れは、まったくゼロというわけではないけれど、ほとんど皆無と言っていいんですよ。健君にこれから必要になってくるのは、外科的な処置ではなく、メドロール（ステロイドの製品名）を増やしたり、プログラフを減らしたりということです。

これは別に移植外科である必要はありません。むしろ、内科のほうがこまめに診てくれていいんじゃないですか。問題が起きると言ったら拒絶などですけど、その場合も全般的な指示はこちらからできますし、まあ、拒絶にしても移植から半年たっていますから、もうあまり心配はないんじゃないかな」

「もしですよ、本当に〝もしも〟の話になるのですが、めったにないことが実際に起きてしまい、外科的な処置を必要とする事態になったら、どうすればいいですかね。聖路加の外科で大丈夫ですか」

加藤先生は顔にわずかな笑みを浮かべた。

「まあ、そんなことが起これば、移植外科にかかる必要があるだろうけど……」

先生は一呼吸置いてさらに話を続けた。

「それでは、その〝もしも〟のときのために、健君が四月から通うことになる慶應大学の、移植外科に一回、挨拶に行っておいたらどうかな。調子が悪くなったときにいきなり診てくれといっても向こうも困るだろうから。慶應大学の移植外科の先生なら知っているから、ぼくが連絡しておきますよ」

自分が通うことになる大学の附属病院で診てもらうのはよい。ぼくはその提案に全面的に同意した。日本に帰ってからかかる病院の話が一段落すると、加藤先生は、今度は移植医療との関わりについて話した。

先生は、肝移植を米国で受けたことについて、移植にかかった費用が高額であることに大きな意義があると思ってはいけないと言った。そうではなく、脳死に至った人の生前の善意にこそ移植医療のかぎりない価値が冠せられるのだと言った。ぼくを救ったのは、莫大な金銭でも

帰国を前に、主治医の加藤先生（右）とツザッキス教授（2003年2月26日）

なく、はたまた外科医の能力でもない。何よりもぼくを救い、ぼくを生かしているのは、ドナーのかぎりない生命への愛であり、善意の結晶なのだと言われた。そのことを決して忘れないでほしい。そしてもし機会があれば、何らかの形で移植医療の推進に貢献してもらいたい、と。

先生と一通り話が済むと、ぼくは最近、気になっていることを口にした。

「時々、お腹の右腹部が痛いんですけど。なんか最近は脂っこいものも食べられなくて困っていまして。症状からして胆管炎みたいな感じなんですけど」

「胆管炎じゃあないと思うよ。まだ胆管には神経が通ってないからね。脂っこいものが食べられない。うーん、それはちょっとおかしいけど、今日の血液検査でも特に異常はないからね。パーフェクトなんだよ。まあ、ぼくは大丈夫だと思うけどな」

ぼくは「そうですか」と言い、それ以上は聞かなかった。血液検査がパーフェクトならこれ以上、聞くべきことは見当たらなかった。でも確かにおかしかったのだ。この数カ月、毎日のように右腹部に鈍痛が続く。決まって食後に。何も問題ないというのはあり得ないんだ。絶対、どこかがおかしい。

しかし、もう帰国なのだ。日本に帰れば落ち着くだろうか。もしかしたらストレスによる胃潰瘍でもできているのかもしれない。ぼくはそう自分に言い聞かせた。

加藤先生や移植外科の教授、そして移植外科外来のナース、そしてコーディネーターのディビーに別れの挨拶をしたあと、ぼくと両親は、色々な人へのお土産を購入すべくリンカーンロードに行った。いままでの苦しみも痛みもすべてを忘れ、楽しい時間を過ごした。その合間に一つ不思議な出来事があった。

ぼくが両親と離れて、アイスクリーム店で、アイスを注文していると、見知らぬひとりの男が話しかけてきた。そんなことはマイアミにいたおよそ半年間のあいだではじめてのことだった。見知らぬ人に不意に話しかけられたのは、あの大学二年の七月頃に目白で謎の髭の男に話しかけられて以来だ。

男は「これを君に」とぼくに一枚の絵を差し出すと、それ以上、何も言わず立ち去っていこうとした。絵にはなぜか、そのときのぼくの姿が描かれていた。ぼくは慌てて店の外にいた両親を呼び止め、その絵を見せた。

ぼくらは三人でその男に話しかけてみた。

「どうしてこれを」

男は少しニッコリして、「いいんだ、これは君にあげる」と言った。

それまでは気付かなかったのだが、その男はどうやら、店の近くで似顔絵描きの商売をしている人らしかった。確かにその場所には、絵描きの道具一式が置いてあった。

「お金はいいんですか」

母がそう言うと、その男はやはりニッコリして、「いいんだ」と言った。

すると、ずうずうしい母は自分も描いてくれるよう頼んだ。その人は母の似顔絵を描いた。しかし、ぼくのときと異なり、母はお金を請求された。

それ以上、そのことを気に留めることはなかったのだが、その夜、住居のコンドミニアムに戻って一息ついたところで、少し気になることを思い出した。あのとき目白で言われたことを。

「……この先、君は大きな苦しみを味わうことになる……」

いやいや、大きな苦しみはもう充分味わい尽くした。もうぼくが前みたいな肉体的な苦しみを味わうことは断じてない。すべては終わったんだと、そのことを頭から追い払おうとした。

帰国中止

次の日、ぼくたち親子はまず乗り換え先のニューヨークに向かった。そのまま日本行きの飛行機に乗り換えられればよいのだが、日本行きの飛行機は午前出発便しかなく、ぼくたちは空港のそばのホテルで一泊することになった。

その夜、ホテルでとった夕食が非常に脂っこく、食後もかなり胃のもたれを感じ、家族が寝静まったあともぼくはずっと苦しさにもだえながら横になっていた。

そして深夜、もたれは激痛となり、ぼくはにわかに気が遠くなるのを感じた。次第に我慢できないほどになり、横でいびきをかいて寝ている母を起こした。すぐにマイアミの移植コーディネーターに連絡、コーディネーターから即座に加藤先生のもとへ連絡がいった。加藤先生からかかってきた電話で、ぼくは症状を説明した。

「食後にお腹が少しもたれているなと思っていたら、段々ひどくなってきまして、いまはもうお腹が痛くて、痛くて、気が遠くなりそうな激しい痛みです」

「そうか、昨日言っていた右腹部の痛みなのかい？」

「はい」

「そうか……。まあ、その症状だとすぐに救急に行ったほうがいいな」

「わかりました」

ぼくは、白タクと呼ばれる個人タクシーに乗り込み、母の知り合いの家族が勤務するニューヨーク市内の病院の救急に向かった。

病院に着くと、その知り合いの医師や、加藤先生、移植コーディネーターから、必要な指示がすべて伝えられていた。行った先の病院は移植施設ではなく、移植者への対応がわからない。そのため、マイアミから指示してもらう必要があったのだ。

アメリカでも日本でも実情は同じだが、移植者が移植関連施設以外にいきなり行くと、たいていは診療を拒否されることになるようだ。

ぼくの経験では、ごく一般の町医者と言われる人たちの移植医療に対する知識は、一般人のそれとほぼ変わらないように思う。要するに、臓器移植のことをとんでもない医療だと思っていて、端っから自分たちに扱える症例ではないと思い込んでしまっているのだ。

緊急の血液検査の結果、アミラーゼ（デンプンを分解する酵素で、主に膵臓や唾液腺《すいえきせん》から分泌される。膵炎や膵臓の腫瘍マーカーとして用いられる）が五〇〇以上で急性の膵炎《すいえん》と診断された。てっきり急性胆管炎と思っていたので意外だった。しかし、おそらく、ぼく以上に意外に思ったのは、マイアミの移植チームだったと思う。なんせ前日の血液検査で〝パーフェクト〟と言って、ぼくを送り出してしまったのだから。世界最高の頭脳を持っている人たちでもミスをすることがあることの好例といえる。

聞いた話では、帰国前の検査では、肝機能中心の検査となっていて、アミラーゼまでは調べていなかったらしい。確かに、肝機能は完璧な数値だった。〝パーフェクト〟だったよ。ぼくは消化器官のほとんどの臓器に○○炎を経験したことがあるのだが——それでも生きているのはなかなかしぶといと正直思う——膵炎は経験したことがなかった。

お腹の中身がギューと押し潰されるような痛みだ。急性胆管炎と同じくらいに痛い。聞くと、急性膵炎はすぐに痛み止めを使用しないとその激しい痛みにショックを起こしてしまう場合があるらしい。

運よくショックを起こさなかったのは、痛みの経験が多彩だからだろう。それにしても、よりによって帰国途上で病気になるとは。とんだ災難である。帰れなかったことの悔しさがより倍増した。

急性膵炎と判明したので、マイアミの指示によって、モルヒネが投与された。かなり大量だったのか、意識が遠のくのを感じた。病院の医師から、急性膵炎の治療は基本的に絶食、重症の場合は手術になると聞かされた。

翌日の朝、帰国は絶望的に思えたが、父はひとり午前の飛行機に乗ることを主張した。

「いくら金を使えば気が済むんだ。もう充分だろう。いま帰国できなかったら一体いつ帰国できると言うんだ。一二時間だ。たったの一二時間飛行機の中で寝てさえすれば日本に着いちゃうんだよ」

それが父の言い分だった。その意見も、もっともといえばもっともなのかもしれない。米国で救急にかかれば一〇〇万円、入院すれば一日あたり一五〇万円、そのうえ飛行機をキャンセルすればまた一〇〇万円。日本では考えられないような多額のお金が鼻紙のごとく消し飛んでいく。そんな現実に一般の庶民が陥れば、誰だってそんな気持ちになるだろう。

移植を受けるだけで家の金はほとんど底をついた状況で、父の言い分は正しかったのかもしれない。しかし、ぼくは腹が立った。どうしようもなく腹が立った。「ぼくの気持ちになってみろ。死ぬかもしれない人間の気持ちになってみろ。命と金を天秤にかけてみろ」とぼくは叫んだ。

それでも父は午前のフライトに乗るんだと最後まで言い張っていたが、病院にやってきた知り合いの医師に「今日、帰国するのは自殺行為だ。命の保証はできない」と意見されると、さすがに断念し、その日の帰国は取り止めになった。

結局、飛行機をキャンセルすることにはなったのだが、事情説明とその証明を医師にしてもらうことによって、飛行機代はうまい具合に返却された。航空会社にも一応、血も涙もあったのだ。

その後の膵炎の病状は、一進一退という感じだったが、なにぶん一日の入院費が高額なので、入院の翌日には退院させてもらった。米国での入院では〝マネー〟という暗黙のプレッシャーを受け続けたので、ゆっくり静養というわけにはいかなかった（それは日本でも同じだが）。

退院後は、知り合いの医師のクリニックに通院し、（アミラーゼの）数値が落ち着くのを待つことになった。知り合いの医師はニューヨークの一等地で開業していた。米国では開業医が大学病院などの大病院と契約を結び、外来で診ている患者が入院を必要とした場合には、その契約先の病院へ入院させるシステムが確立されている。

とくに米国の場合、患者を大病院に入院させたあとも引き続きその患者の主治医として病気の治療に携わっていけることに特色がある。ぼくがニューヨークでお世話になった医師もまさにこのシステムを利用し、朝、夕と契約先の大病院に主治医として患者の回診に赴き、昼間は主に自分の診療所で外来患者の診療に携わっていた。

ぼくがニューヨークで入院した病院も、その知り合いの先生の契約先の病院だったのだ。これはひとりの主治医に継続的に診てもらえるという点において、画期的なシステムだと思う。日本でもこのシステムを導入してはいかがだろうか。

退院後、アミラーゼの数値は、少しずつだが、確実に良好な方向に落ち着いていったように思う。しかし、それとはまったく別の、腰の痛み、そして腹部の痛みが始まった。

痛みの原因がわからなかったので、まず、通院で胃カメラをやった。その結果、食道に軽い静脈瘤《じょうみゃくりゅう》があるが、特に問題ないものだと言われた。次に、レントゲンの結果、便秘気味ということで浣腸も行った。あまり便秘は解消されなかったが、何度もそんなことやりたくなかったので〝大漁（量）〟だと医師に伝えた。

痛みはよくならなかった。次第にその痛みは絶望的なものへと変わっていった。

ニューヨークでアミラーゼが落ち着くのを待って、その足で帰国しようとの計画だったが、なかなかそうはうまくいかない。

マイアミの加藤先生は「とにかくマイアミへ引き返してきなさい」と、電話で言ってくるようになった。父は父で「帰国するんだ。もういいだろ」と再びうるさく言うようになった。『もういい加減にしてくれ』とぼくは思ったが、それ以上どうすることもできず、ホテルのベッドの上で丸くなり、一日中、激しい痛みのためにもがき続けていた。

短期間に、瞬く間に症状は悪化の一途を辿った。まず、物が食べられなくなった。お腹の中で焼けるような痛みが断続的に続き、何かを食べると痛みが増すからだった。

次いで体力が急速に衰え、歩くことが不自由になった。点滴をしなければならなかった。しかし、入院するとお金がかかる。ぼくはまさに四面楚歌《しめんそか》の状況に置かれた。

ニューヨークに来て一〇日が過ぎる頃には、ぼくの状態はこのままニューヨークで快復を待ったのでは、命の危険にさらされるかもしれないと思える状況にまで悪化していた。

ぼくは、一日中うずくまってうめいているだけで、動くことがほとんどできない状態にまでなっていた。痛みに耐え切れずベッドの上で七転八倒するようになると、再び救急に連れて行かれた。救急に行くたび病院からは入院を勧められたが、経済的な事情を理由に、モルヒネで痛みを止めてもらうことのみを希望した。

何度かそうしたことがあって、あるとき病院の医師から、入院できないといって痛み止めだけを希望してくるのであれば、これ以上の診療は受け入れがたいと言われた。マイアミの主治医は、ぼくらに知らせないまま、マイママに戻らせる段取りをニューヨークの医師とつけたようだった。

その直後、マイアミの主治医から電話があった。

「マイアミに来ても、嫌だったら、別に入院している必要はないんですよ。それにお金の問題も、ニューヨークよりこちらのほうがまだ融通がきくと思うから。戻ってらっしゃい」

ぼくはマイアミに再び戻ったら、もう二度と祖国の地を踏めない気がした……。しかし、結局ぼくは折れた。ぼくと母はマイアミへ。父はひとり帰国することになった。

ぼくはマイアミに向かう当日の深夜に病院の救急へ行き、モルヒネ（デメロール）を打ってもらい、痛みが麻痺《まひ》しているあいだにマイアミへ飛ぶことにした。

空港からは車椅子での移動になった。飛行中に痛みがぶり返さないように多めにモルヒネを注射されたので、意識がもうろうとしていた。ぼくが横になれるよう、飛行機代は高くつくがファーストクラスで行くことになった。

日本から来た患者たち

二〇〇三年三月。ぼくと母は、再びマイアミに舞い戻った。

「今度は、観光で来ますよ」と笑顔で移植外科の皆とお別れをしてから、まだたったの一〇日しかたっていない。

複雑な胸中だ。移植後の経過を注意して見守りながら半年もマイアミにいたのに、いざ帰国となったらこの始末。ぼくはほんとうに帰国することができるのだろうか。マイアミ行きの飛行機に乗っているあいだも、ずっと心の中に不安が渦巻いていた。

マイアミ空港に着くと、ぼくは再び車椅子での移動となった。空港には、通訳の平木さんが迎えにきてくれていた。つい先日、背広を着込んで平木さんの経営する日本食レストランまでお別れとお礼の挨拶に行ったばかりだというのに。恥ずかしさと屈辱感で胸がいっぱいだった。

平木さんとは、苦笑いしながら軽く会釈したくらいで、ぼくは車椅子に座ったまま終始うつむいていた。

『畜生、畜生』

マイアミ大学病院までの道中、車内で母は平木さんに紹介してもらったニューヨークのホテルが最悪だったと、不平を言っていた。まるでぼくが急性膵炎になったのは汚い安ホテルのせいと言わんばかりだ。

「今後、あのホテルはほかの人に紹介しないほうがいいですよ」

平木さんは何も答えなかった。平木さんは何も悪くないのに……。ぼくは少しのあいだ恥ずかしさで、痛みを忘れていた。

心の中で『すみません、わからんちんの母で』と平木さんに謝った。しかし、母を責めるわけにもいかなかった。急性膵炎になってから母はほとんど連日徹夜でぼくの看病に明け暮れていたのだから。

平木さんとは病院で別れた。

日本人向けの観光案内で生計を立てているというのに、「がんばってください」というだけで運賃をとることを断った。つくづく申し訳なく思った。

ぼくは、お腹を押さえ、前屈みになりながら、病院の移植者専門外来に歩いて向かおうとした。

「ちょっと待って、ディビーに電話してみるから」

そう言うと母は、マイアミで過ごした半年間使い続けた携帯電話を取り出した。捨てずにとっておいてよかった。

電話をした母によると、何でもディビーは移植者専門外来には寄らずに直接、入院病棟に来てほしいと言っているらしい。入院することが決まっているのだ。

ぼくは、入院する必要はない、外来でフォローするだけでいい、痛みの様子を診て一週間もすれば帰国できるだろうと言われたので、本当は嫌だったけどマイアミに戻る決心をしたんだ。それがどうだ、いざマイアミに来てみれば即入院。一体ぼくはいつまで米国にいればいいんだ。四月からは大学院に入学しなければならないのに。もう入院は勘弁だ。真っ平ごめん被るよ。

ぼくは、帰らずに待ってくれている医師たちの迷惑も顧みずに利己的に憤慨し、引き上げると主張してタクシー乗り場へ向かった。長いあいだ痛みのために眠れず、ベッドの上でただ丸まって、もだえ苦しむだけの生活を送っていたぼくは、長く鬱積させていたものを爆発させてしまった。

そして結局、ぼくは母が止めるのも聞かず、近くのダブルテュリーホテルに行くことに勝手に決めてしまった。


マイアミ大学病院からマイアミのダウンタウンに位置するダブルテュリーホテルまでは、マイアミで仲よくなったタクシー運転手のサンドラが送ってくれることになった。サンドラもまた平木さんと同様、ぼくの悲惨な境遇に同情し、ホテルまでの運賃は受け取らなかった。

ホテルに到着すると、母が部屋の申し込みをしているあいだ、ぼくは受付の前にある長椅子にへたり込んでしまった。

自分が何を見ているのか、何を考えているのか、もやもやとして判然としなくなっていた。そんな中、明確にぼくに認識されるものは、鈍く一向にやむ気配のない痛みだった。早朝に打ったモルヒネが切れてきているのか。痛みが徐々に耐えがたいものに変貌していくことのがわかった。

ホテルの受付には肝移植で待機中の米田さんがいた。

「いつになったら、部屋のテレビを直してくれるんだ」

先ほど、ぼくが病院の入口で別れたばかりの平木さんに通訳を携帯で頼んで、ホテルマンと激しく口論をしていた。米田さん、会ったのはそのときが最初なのだが、なかなかの闘将である。「ビッケヤロー、テレビ投げつけてやるぞ」と日本語で怒鳴っている。どうやら通訳は必要なさそうな気配だ。

そのとき米田さんとは少し会話をしたのだが、ぼくの体調が悪く、また米田さんのテレビの体調も悪く、あまり会話らしい会話とはならなかったのが残念だ。

米田さんは、ずいぶん長いこと待機し続け、渡米から半年を過ぎてようやく移植に呼ばれた。しかし残念なことに、術中帰らぬ人となった。無念だ……。

国内で脳死移植を待つことと、外国で移植の番が回ってくるまで待つことは、同じようでいて、精神的負担のレベルが比較にならない。国内で待機する分には、生活に対する不安はそれほど生じないから、自分の病気のことだけを心配していればよい場合がほとんどだろう。対して、外国で待機する場合は、その基盤たる生活そのものが不安になる。国内と違い、食べ物も違うし、気候も異なる。国内なら不安なときは友人や、それでなくても誰かが必ずフォローしてくれるものだが、海外ではそんな人は誰もいやしない。天涯孤独の心境だ。

また、人は孤独になると考えなくてもよいことに次々と思い悩むことになる。移植までこの体はもつだろうか、もったとして自分の体は一〇時間にも及ぶ大手術に果たして耐えられるだろうか。海外で移植を受ける一番よいケースは移植の適応となったら、すぐに移植を受ける国に渡り、長期の待機期間を経ずしてすぐに移植を受けられることだ。

まあ、もっともそんな風にうまくいくことなどほとんどない。また、外国に移植を受けに行くといっても、その国で脳死移植ドナーに困っていないということはあり得ない（移植ドナーはどの国でも不足している）ことなのである。言わばわれわれは彼らの国の待機者の中に割り込んでいるのだ。

であればこそ軽々しく早く移植を受けさせてくれとは言いにくいし、また言えたものではないだろう。ただし異国の地で孤独に待機しなければならない重症患者にとっては、そのことが命取りとなり得ることもまた事実なのだ。だから、何としても脳死移植を日本で受けられるようにしなければならない。助かる命を当たり前に助けることができる国に、日本はならなければならない。

元気そうな米田さんの姿を見て、少し元気が出てきた。移植を待機している人がこれほどがんばって（？）いるのに、移植を受けた者がこの体たらくとは何事かと、ぼくは自分を奮い立たせた。

ホテルの部屋に入ると、ソファーに横になったりして、少し落ち着くことができた。母は、連日の徹夜で疲れ果てているはずなのに、一階の売店に食料を買いにいったり、肝移植を受けて入院中の平澤さんの奥さんと電話でおしゃべりしたりと忙しく動いていた。

しばらくたつと、痛み止めが完全に切れたのか、あの息もできなくなるほどの激痛が戻ってきた。自分の意思で入院を拒否してきた手前、痛い痛いと言うわけにもいかず、ソファーの上で丸まって脂汗をかき、歯を食いしばって痛みを耐えしのごうとした。

「ほら、どうするの、だからあれほど入院しなさいって言ったのに。知らないんだから」

母は愚痴を言った。

普段ならギャーギャーと言い返すところなのだけど、そのときのぼくはそれどころではなく、何も言い返しはしなかった。

「真夜中になって病院に行くって言っても、そういうわけにはいかないのよ。ここは日本と違って物騒なんだから」

母は、今日中に病院に行くのなら、いますぐに行くようぼくに迫った。

ぼくは行くことにした。その決定は、かなり屈辱的な決断だった。なぜって基本的にぼくは相当な負けず嫌いなので、入院しないと一度言ったのに、すぐさま前言撤回するなんて男らしくないと言われはしないかと気にするのだ。まあ要するに、ただの馬鹿ってわけだ。自分で言うくらいだからぼくは相当な馬鹿だな。

ぼくは主治医の加藤先生と連絡をとった。そしてすぐに病院へ行くことになった。ぼくの我儘に振り回されたにもかかわらず、電話口の先生はまったく不機嫌そうな感じではなかった。

病院に着くと、ぼくは加藤先生の指示通り、直接、移植外科の入院病棟に向かった。ナース詰所で尋ねると、二人部屋に入ることになっていた。とりあえず、ぼくは部屋のベッドに横になったのだが、痛みでじっと横になっていられず、すぐに起き上がり、お腹を押さえて前屈みに丸まって激しい痛みにもだえた。

そのときの痛みは、それまでに経験したことがないほどの強い痛みだった。強いていえば、移植直後の痛みに近かった。

病室でひとりもだえ苦しんでいると、二週間前くらいにぼくと同じ原発性硬化性胆管炎で肝移植を受けて入院していた平澤さんが会いにきてくれた。平澤さんは、体内に留置していたステント（金属で作られた筒状の医療器具）のために手術時間が長引き、内臓が腫《は》れてしまった。そのためにお腹を閉じられず、術後一週間ほど開腹したままＩＣＵで過ごしたと聞いていた。元気そうな姿を見られてとてもよかった。

ぼくと会ったとき、平澤さんは「明日、退院するんですよ」とうれしそうに言っていた。平澤さんの退院は自分のことのようにうれしかった。

『何でぼくはいま、こうしているんだ。移植後の半年間は一体何だったのだ』

何かを思えば思うほど、無念な気持ちが増すばかりだった。

平澤さんが帰ると、母は正式に入院の手続きをしに一階の入院受付に向かった。

ぼくは、ナースコールで盛んに痛み止めを打ってくれるよう頼んだのだが、入院の受付が済むまでは、そういうことはできないということだった。しばらくして母が一階から戻り、ナース詰所に書類の提出をしていたときだ。ぼくはもはや痛みを我慢できず、廊下の壁の手すりに摑まりながら、大声で「痛み止めを！」と叫んだ。そしてその直後に〝バタン〟と廊下に倒れこんでしまった。

母とナース数人がぼくのもとにかけつけ、「わかった。わかったから、とにかくいまは部屋に戻りなさい」と言われ、ナース二人に両側から抱き抱えられ病室に連れ戻された。

試練のとき

激しい痛みに我慢できず入院したこの夜、痛み止めの注射を打ってもらっても、数時間で再び激しい痛みに襲われた。痛み止めの注射――これにはデメロールというモルヒネが使用された――この薬は非常に強い薬で、多くても四時間に一度が限度なのだ。それ以上多いと、生命活動さえ麻痺させる可能性がある。ぼくは、一晩中うめき声をあげながら、一五分おきにナースコールをし、ナースと同部屋の患者を困らせた。

翌朝、ぼくは痛みでほとんど眠ることができず、しかしそれでもお腹を押さえ、体をよじらせながら苦しんでいた。早朝の回診で、ぼくの部屋にやってきた移植外科の医師たちは皆、黙っていた。移植直後から、外来でぼくのことをよく知る医師も、前までくると、「ケン、どうした、大丈夫か？」と声をかけてきた。移植直後から笑顔でぼくに接してきた彼に、そのとき笑顔はなかった。

ぼくは、息を切らしながら、「激しい痛みが」とだけ答えた。

「すぐに治してやるからな、何も心配いらないぞ、ケン」

そう言うと、彼はぼくの肩を軽く〝ポン〟と叩いた。ぼくは「わかったよ」とだけ答えた。

回診の医師たちが立ち去ったあと、ひとりの医師がまだ病室に残っていた。彼女は、移植前・移植後と、病棟で担当してもらっていた人だった。

彼女は涙を流していた。

「ケン、何でこんなことに」

彼女はぼくのボサボサに飛びはねているこめかみの辺りの髪を静かに撫でた。

痛みでうずくまり、押し黙ったままのぼく。ぼくが知りたいことは、まさにそのことだった。

しばらく、彼女はぼくの前に立ち尽くしていた。絶望のカオスがぼくの心を支配し始めていた。

『こんな状態から、ぼくは快復できるのか？　生き残れるのだろうか？　そもそも何でこんなことになってしまったのか』

その日、ぼくは個室に移された。

米国に学ぶべき点

入院した翌日から、腹部の痛みの原因の調査が開始された。朝晩の血液検査、そして、毎日のレントゲン検査。超音波やCT検査も頻繁に行われた。X線を撮る際、日本では、余程のことがないかぎりレントゲン室に運ばれるが、マイアミでは部屋に携帯用のレントゲン撮影機を持ち込んで撮った。日本も、これは見習うべき点だ。重症の患者が、レントゲンを撮るためだけにストレッチャーに揺られて運ばれるのは、非常に危険だからだ。

日本では、検温やらCT撮影やらは必ず昼間にしか行わないが、マイアミでは夜中でも昼間と変わらず、検温のナースは来たし、CTの順番も回ってきた。このことは米国の入院患者というのは、看護を必要とする重症患者である（のが普通だ）からである。

なぜ、重症患者しか入院しないかというと、その理由はひとつしかない。医療費がたいそう高額なのだ。米国では日本のような国民健康保険はない。高額な医療費を基本的に全額個人で支払わなくてはならない。だから米国では民間の健康保険制度が充実していて、国民は皆、自分の稼ぎに応じたクラスの保険に加入する。

通訳などでお世話になっていた平木さんは、一家五人で、月に約八万円ものお金を保険会社に支払うと言っていた。それなりに高額の保険に入っておくと、医療費などは全額、保険会社が支払ってくれるらしい。しかし、低所得層が入る一カ月の掛け金が少ない保険だと、移植などの高額医療はカバーされない。

これは正直、怖いことだ。日本に国民健康保険があって本当によかったと思う。人の命が所得などに左右されることがあってはならない。

夜中に口に何かが入ったと思って起きると、たいていそれは検温の合図だった。

米国の検温は、日本のように一分もかかる体温計ではなく、口にくわえると一～二秒で〝ピー〟という音が鳴って、結果が出る便利なものだった。また、口にくわえる棒の先には、使い捨てのプラスチックの容器が使われていて、とても清潔だった。日本では、誰かが使った体温計を使い回す。脇の下は健康な人でも菌が繁殖しやすく、体温計の使い回しは非常に不衛生なので止めるべきだとぼくは思う。

また、米国では、シーツやベッドに血の痕《あと》などがあったり、もしくは付着してしまった場合、たとえその血液の主が伝染病患者ではないとしても、直ちに消毒、もしくは廃棄していた。

米国は、こと衛生に関しては、神経質と思えるほどに気を使っていた。これは、米国にHIV患者が多数いることなどが影響しているのだろう。他方、この当たり前のことが米国並にしっかりできている日本の医療機関に、ぼくはついぞお目にかかったことはない。米国仕込みと呼ばれる病院でも、いざ入院してみれば、シーツには血痕、ベッドの柵には血のりの着いたテープなど、衛生に関してのルーズさがよく目に付く。また、日本ではつい最近まで採血ホルダーというプラスチックの容器を血液検査の際に使い回している医療機関が存在していた。

最近、日本でもＨＩＶ患者が増加してきていると聞く。また、日本のウイルス性肝炎者の数は、日本で脳死移植がもっと行えるようになっても、まったく追いつかないほど大勢だ。このような現状に対して、いまの日本の医療現場で行われている衛生管理は、まったくもって物足りないと言わざるを得ない。衛生管理の技術、いや、医療の常識について、日本の現場の人間は、もっと米国などから学ぶべきだと思う。患者が病院で、感染の危険性にさらされるということは、絶対にあってはならない。

マイアミでは、検査に呼ばれると、検査場所に連れていく専用の役割を担った人がストレッチャーを運んできた。日本では、歩ける患者は歩いて行くのが常識なのだが、米国では、ストレッチャーがくると、ストレッチャーに乗らなければならなかった。親切心で「歩けるからいいよ」と言うと、「ぼくの仕事を奪う気か」というふうに返された。

しかし、彼らは忙しいのか、怠け者が混じっているのか、検査が終わって、「じゃあ、病室まで運んでくれる人、呼ぶからね」と言われて検査室の外で待っていると、三〇分はおろか、一時間くらい待たされることもしばしばだった。移植が終わって数日しかたってないのに、寒い廊下でぶるぶる震えていたこともあった。

遅れた人にその理由をただすと、なんと昼飯を食べに行っていて遅れたなんてこともあったから驚きだ。こういうことに対しては、米国は概していい加減だ。だから、拒絶が起き、一分一秒を争うときなどは、医師が検査室まで直接運んでくれたのだ。医師たちも、運び専用の人たちがあまり信用ならないことは先刻承知のようだった。

こうしたことに関しては、日本はまったく正反対だ。入院中、検査室まで運んでくれたボランティアの人たちは、皆、親切すぎるくらい親切だった。少しでも揺らすまい、揺らすまいと気をつけて運んでくれたことをよく覚えている。マイアミでは〝ブイーン〟とか効果音を口で出しながら、ものすごいスピードで、ガタガタ左右に傾きながら運ばれた経験がある。まあ、丁寧な人もいることはいたが、ごくまれだった。そもそも〝丁寧〟という言葉は、米国に似つかわしくはないのだろう。

痛みの正体

数日が経過したが、度重なる検査の結果は、特に問題の所見なしということだった。痛みは膵炎の名残によるものか、あるいは、モルヒネで腸の動きが悪くなったことによる、強度の便秘が原因ではないか、といったん結論づけられた。要は、何で痛みが起こっているのかわからなかったのだ。

症状を改善させるため、浣腸や、強力な下剤などを使って、便秘の治療が試みられた。結果はあまり芳しくはなかった。浣腸をしても、下半身の感覚が鈍くなっているため、全部の液体を入れ終わる前に薬剤が出てしまったし、下剤にしてもお腹がゴロゴロ鳴って腹痛が強まるだけで便秘の緩和・解消にはつながらなかった。

その後、便秘に関しては、手術前に使った座薬を用いるという、ぼくが提案した対処によって、少しずつ改善されていくことになった。しかし、腹部の痛みは改善されなかった。まあ、モルヒネを使わなければ抑えられないほどの痛みの原因が〝便秘〟ってことはないだろう。

腹部、腰へのするどい痛みは、次第に激しさを増していった。

入院してからは、痛みに対するモルヒネを用いた緩和ケアと、痛みの原因を突き止めるための検査が続いた。

入院翌日に個室に入ってからは、母が病室に泊り込みでぼくに付き添うことになった。誰かの支えなしで、一メートル先にあるトイレまで歩いていくのがもう困難になっていたからだ。

時は瞬く間に過ぎ去っていく。四月に大学院に入学するという目標の達成は、どうみても厳しいものとなっていった。それ以前に、生存できるのかということすら、ぼくには見えなくなっていった。

そんなある日、痛みの原因と考えられる異常が、定期的なエコー検査により見つかった。門脈の一部に逆流している箇所のあることが発見されたのだ。すぐに、X線による造影検査が行われ、結果、門脈が閉塞ぎみなのが突き止められた。

加藤先生から血管造影による詳しい検査、そしていざという場合の手術の必要性について話があった。母が説明の途中で、泣き出した。

「こんなに苦しんできたのに、このうえまだ手術なんかするんですか」

先生は困っているようだった。

ぼくは「わかりました」と返事をした。

その後、加藤先生と放射線科のあいだで話し合いがもたれ、放射線科によるカテーテルを用いた治療で間に合うかもしれないということになった。もしそれが駄目だった場合には、手術になるとの話が先生からあった。そして、この治療がうまくいけば痛みもなくなるだろうと言われた。

その説明があったときには、母も冷静さを取り戻していたのか、「わかりました」と素直に答えていた。そのときのぼくには特に恐怖というものはなかった。とにかく、痛みをなくしたい、もうこれ以上は耐えられない。ただそれだけを考えていた。

カテーテル治療は四時間ほどにも及んだが、うまくいったということだった。

翌日、早朝のエコー検査では、門脈の血流は改善されているとのことだった。しかし、胸腔《きょうくう》に水が溜まっているということで、管を胸に挿して液体を抜いた。一リットルほどの赤黒い液体が排出された。しばらく胸水は溜まるということで、管が当分留置されることになった。二〜三リットルの液体が排出される日もあった。さらにこの頃から一カ月間、病室備え付けの酸素マスクを使うようになった。

管が胸に入っているので、ちょっとでも動くとビリビリと飛び上がるほどの激痛が走る。それまでは、トイレまで支えられて歩いて行ったが、もうそれも困難になった。それからは、ベッド上で尿瓶《しびん》にして、母に捨ててもらった。

肺に胸水を抜くための管を入れた次の日、ビリルビンの数値が七くらいに上昇した。肝生検をしないまま拒絶と断定し、メドロールによるパルス療法が行われた。すると、その日の深夜から翌日にかけて、絶え間ない下血が始まった。朝方、トイレに腰掛けたきりベッドには戻れない状態だった。断続的に真っ赤な液体の血便が続き、頻繁に流し続けないと便器がすぐに朱に染まった。

様子を見にきた移植外科の教授はその下血の量をみて、すぐに大腸ファイバーの検査の予約を行うとともに、出血がいつ頃のものなのか調べる検査を行った。大腸ファイバーの検査では、特に潰瘍などの所見は見つからなかった。出血は少し以前のものであるらしかった。

結局、出血は血管造影のときの出血——大腸の腹側血行路《ふくそくけっこうろ》を治療した際の出血と結論づけられた。しかし、出血の量はすさまじく、結果的に相当量の輸血を余儀なくされた。

それからしばらくしても、痛みがついに治まることはなかった。

ぼくは病院での生活が長引き、相当なストレスを溜めていた。一度、飲み薬の痛み止めを所持して退院することになった。これはぼくのたっての希望だったからだ。しかし、痛みは激しく、持ち帰った中で一番強い痛み止めを服用しても症状は改善されなかった。

ぼくは一晩中「痛い、痛い」とうなり声を上げ続けた。

ぼくの声で眠られない母は、「静かにしてよ、眠れないじゃない。だから、病院にいたほうがいいって言ったんじゃない。いい加減にしてよ」と怒鳴っていた。結局、退院は失敗。一睡もできないまま、明け方に病院へ戻ることになった。医師側は、もはや入院の必要性はないとの見解に達しているようだった。さらに、痛みはぼくがモルヒネの中毒になっているからだとも結論づけているようだった。

ぼくは本当に痛いんだということを主張し続けた。しかし、言えばいうほど、次第に母も含めて疑いの目で見られていくことになっていった。

医師からも、家族からも疑いの目で見られ、ひとり痛みを訴え続けていたある日のこと、ぼくは首のしこりに気付いた。

中学生のときから、同じ場所にひとつ、小さいリンパ腺の腫れがあることはわかっていたのだが、それは問題のないものであると言われていた。そのときぼくが気付いたのは、肥大し、さらに数が十数個にも及ぶものだった。

鏡に首を写してみた。すると、首のしこりのある側が妙に腫れていた。嫌な予感がした。一方で、そこにこそ、これまでの痛みの原因が隠されているはずだと直感した。ぼくはすぐに加藤先生に知らせた。先生も一目でおかしいと思ったようで、急きょ手術の日程が決まった。手術は、ぼくが、移植手術を受けた場所で行うことになった。

執刀は、加藤先生自らが行ってくれることになった。ぼくは、首は見えるところだから、埋没法《ぼつほう》で縫ってくれと言った。手術室に入ると、まだ先生は来ていなかった。何人かのスタッフが笑顔で迎えてくれた。

「ヘイ、ケン、今日はがんばろうぜ」

慣れ親しんだ人たちがいてくれたおかげで、余計な不安を抱かずに済んだ。

「そうだね、がんばるよ」

移植手術を半年前に受けたベッドに横になると、なんだか不思議な気がした。麻酔薬が打たれ、ぼくはしばしの眠りについた。

手術が終わって、手術室で目が覚めたとき加藤先生が傍らにいた。

「やあ、健君、首の腫瘍《しゅよう》だけどね。残念なことに悪性だったよ」

「そうでしたか」

ぼくは一瞬、目をつぶった。

現実に直面し残念がる自分と、しかし事実を知ることができて何となくほっとする自分がいた。加藤先生が率直に事実を伝えてくれたことがうれしかった。知らずに死ぬことは、死ぬことよりも辛いからだ。

先生は、リンパ腫はおそらくカポジ肉腫だろうと言った。

カポジ肉腫とは、免疫系が弱体化した人に発症する皮膚がんのことだ。ただし、一口に皮膚がんといっても、重症例では消化器官、呼吸器官などあらゆる箇所に発症する。いわゆる末期がんの状態だといえる。

ぼくはニューヨークの夜に始まる、これまでの一連の症状を思い起こした。

急性膵炎、胸水、大量下血、ビリルビン増悪……

やっとすべてが一本の線につながった。

『別のものではなかった。ひとつだった。ぼくは……全身ががんに冒されて……』

「駄目ですか」

ぼくは自分でも驚くほど、冷静な口調で加藤先生に尋ねた。

「症例がないから、どうなるかはっきりしたことはわからないな。でも治療としては、免疫抑制剤を減量するという方針に一本化していこうと思う」

先生はいつもと変わらず淡々としていた。

移植者が悪性の腫瘍に冒された場合、抗がん剤などの化学治療には、あまりよい予後が報告されていないそうだ。ぼくは先生の方針に賛同した。

すぐに方針通り、プログラフ、メドロールの減量が急速に行われていった。いままでとは、まったく逆の方針への転換だった。それまでは、肝機能が増悪すると、とにかくメドロールのパルス療法という治療が行われていた。

それでも痛みは引いていかない。

ある朝、起きたらお腹全体が真っ赤に染まっていた。また、顔と唇にカポジ肉腫が発生して、顔の腫瘍は手術で取り除かれた。

『何としても病気の進行を止めなければならない』

その思いとは裏腹に状況は悪化していった。

希望のひかり

モルヒネを使い始めて随分になるので、数時間ごとに打つモルヒネも効き目が薄れてきたようだった。昼夜を問わず襲う痛みに、ぼくは身も心もぼろぼろにされていった。

ぼくは訪れるナースの袖を摑んで「もう死にたい」とか、「殺してくれ」と言うようになっていた。

「もう耐えられない」と叫びながら壁に頭を打ちつけたりもした。「死なせてくれ」と病院の窓から飛び降りようとさえした。

その度に母はナースと一緒になって泣きながらぼくを制止していた。「何のためにここまでがんばってきたの。諦めないで、がんばるのよ」。母は何度も何度もぼくの耳元で叫んだ。

わかっていたさ、わかっていたのさ、もちろん。だけどもう限界だった。ぼくは楽になりたかった。

誰が呼んだのか、その頃、神父が部屋を訪れた。ぼくは話を聞くのを拒絶し、帰ってもらった。母は、CDラジカセを購入してきて、病室で日本から持ってきていたCDなどをかけていた。ナースは、ぼくの病室に入ってくると、音楽に合わせて踊りだしたりした。また、あるナースは、ビデオデッキとビデオカセットを持ってきて、ぼくに見るように勧めた。皆、なんとかぼくに生きる希望を持たせようとしていた。

ある日、モルヒネ注入後しばらくして、ぼくは目を醒まさなくなった。母が何度揺すってもぼくは相変わらずグーグー寝ていた。呼吸の回数がものすごく遅くなっていたらしい。逆に、脈拍はとても早くなっていた。

母はすぐにナースのクリスを呼んだ。クリスが何度、大声で声をかけてもほっぺたを何度たたいてもぼくは目覚めない。クリスは急いで医師を呼びに部屋を出た。そのとき医師たちは朝の回診をしていた。その医師たちが全員、ぼくの部屋に駆け込んできた。すぐに覚醒する緊急

の薬が投与された。クリスはぼくの耳元で、大声で叫んだ
「ケン！　起きろ、ケン、ケン！」

ぼくはそれを意識の彼方で聞いていた。遠くで誰かがぼくを呼んでいる。なんだ。ぼくはその方向に走った。次の瞬間、ぼくは目覚めた。

「熱い、熱い。なんだこれは、なんとかしてくれ」

ぼくの周りを医師とナースが大勢、取り囲んでいた。ぼくはすぐには状況が飲み込めなかった。やがてナースに混じって母がいた。なぜか泣いている。どうやら何かがあったらしい。医師たちが病室を引き上げたあとで母がぼくに状況を話してくれた。背筋を冷たいものが流れた。

ぼくが目覚めなくなった理由は、大量のモルヒネを使い続けているかららしい。ナースのクリスは医師に対して、連続的に少量ずつのモルヒネを注入する機器をぼくに使ってやってくれと懇願した。それを使いさえすれば、今回のように目が覚めなくなる危険性は大幅に減少するらしい。

けれど加藤先生が反対した。その機器を使うということは、モルヒネをどこかで止めるということを意味しないからだった。それは、一般的にホスピスでのみ使われる機器なのだ。先生はぼくに生きることを望んでいた。

クリスをはじめとするナースは、ぼくに生きることと同じくらい、苦しみの緩和を望んでいた。医師とナースとのあいだで激しいやりとりが行われた。

米国では、医師とナースはまったく対等な関係である。患者のために何をするのが最もよいかを互いが納得し合うまで議論する。日本のように医師が一方的にナースに命令するという関係は米国では存在しない。

クリスはぼくの前に仁王立ちになると、医師に大声で言った。

「もうこれ以上、ケンの苦しむ姿を見ていられない。ケンの痛みを止めてやれないのなら、ぼくはもうケンの担当をすることができない」

医師は悲観的なクリスを説得しようとした。しかしクリス以外のナースもクリスと同じ意見だった。

結局、その機器は使われることになった。機器を使い始めると痛みはすぐに我慢できるほどにまで和らいだ。ぼくは母に車椅子を押してもらい、久しぶりの太陽を眺めに戸外に出ることにした。

澄みわたる蒼い空は、それまでに見た何よりも美しくぼくの目に映った。

『神よ、世界はこんなにも美しい』

ぼくは点滴の装着されていない右手を空に向かって上げた。視界に入るその右手は力なくギスギスに痩せ衰えていた。

病棟に戻ると、ぼくは点滴台にしがみつき、病棟の周りを歩きはじめた。ぼくの後ろには母がゆっくりと付いて来ていた。

ぼくに気づいたナースは、口々に「やったぜ、ケン」とか「すばらしいわ、ケン」などと言ってくれた。

病棟の周りを何十周も、よろけながら、三日間にわたってぼくは歩き続けた。

病室に戻ったぼくにディビーが会いにきた。

しばらく調子などを聞かれたあと、ぼくはディビーに言った。

「ここでやれることはすべてやったと思う。……もし、もし、これから死ぬことになるのなら、ぼくは日本に帰りたい。祖国で死にたいんだ」

ディビーは、声を震わせながら嗚咽《おえつ》すると、「わかったわ、ケン。いままでよくがんばったわね、あなたは日本に帰るのよ」と言い、ぼくの手を強く握った。

ディビーの頬に涙がつたっていた。傍らにいた母も涙を流していた。

ぼくは歯を食いしばり、視線を窓の外にやった。そこにはいつもと変わらぬ景色が広がっていた。道路の両側に立ち並ぶ木々は南国の太陽に照らされて、緑の葉が生い茂り、明るく輝いていた。ある者は笑顔で語らい、ある者は急ぎ足で人のあいだをすり抜けていった。

何も変わらない、まもなくぼくの時間が終わりを告げる以外は。その日その時も世界はいまと変わらず、あり続けるのだ。

『なぜ……なのです』

その時、どこからか声が聞こえてきた。

「私はいつもお前とともに在る」

一筋の哀しみと、一筋の歓喜がぼくの心を通り過ぎた。ぼくはなぜか愉快な気分になった。

『イエス＝キリスト、あなたは真に神の子であられます』

それからしばらくのあいだ、時は静寂とともにあった。

数日して帰国の日取りが決まった。ぼくは加藤先生の同伴のもと、帰国の途につくことになった。


――帰国から一カ月後。

蒼空が澄みわたる日吉の街（慶應大学理工学部の矢上キャンパスがある）を闊歩《かっぽ》するぼくの姿があった。

ぼくは生きていた。

一〇年にわたる艱難《かんなん》のときは過ぎ去り、未来には再び希望の光が灯された。

ぼくはよく晴れた蒼空を仰ぎ見て、心の中で叫んだ。

『見ろ、こんなにも生きることは素晴らしい』

II部　健とともに

健は、マイアミで移植手術を受け、帰国する直前までの「闘病記」をきちんと書きあげていました。元気になったらまたきっと、「『続』闘病記」を書きあげるつもりだったのだと思います。

文章を書くことが大好きだった健は、「闘病記」のあとも、二〇〇五年から二〇一一年までのあいだブログを書いていました。この健のブログを時に挿入しながら、健に代わって母親の私が、マイアミから帰国後の、精一杯生きた健の一〇年間を書き綴っていこうと思います。

一章　帰国直後の出来事

二度目の拒絶反応

二〇〇三年四月一六日、「生きて日本の土を踏みたい」という健の強い希望を尊重し、マイアミでの主治医であった加藤友朗先生に付き添っていただき、健は日本に帰ってきました。

成田からは、救急車で聖路加国際病院に搬送《はんそう》され、即入院となりましたが、日本に帰れたことで健は精神的には落ち着いているように見えました。

ただし、痛みは変わらずに続いていました。肝機能も安定せず、拒絶反応が疑われることもあって、四月末、東京大学附属病院（以下、東大病院）移植外科に転院しました。

渡米前、東大病院を通して、日本臓器移植ネットワークに登録をしていたということもあり、担当してくださる菅原先生とは、健も何度か会っていました。初めてお会いしたときから、健は菅原先生に信頼感を抱いていたようです。また、コーディネーターの方が、同じ学習院大学出身だったこともあり、健は東大病院への転院に何の不安も持っていませんでした。

ある日のこと、病院のレストランで健と食事をしていると、

「三宅健さん、お部屋へすぐお戻りください」

との館内放送が聞こえてきました。慌てて部屋に戻ると、肝機能が悪化していることを告げられ、すぐに肝生検を行うことになったのです。

やはり拒絶反応でした。すぐにステロイドによるパルス療法が実施されたのですが、この治療法の選択に、健は敏感に反応しました。

健はマイアミでの脳死肝移植後、帰国寸前になって、カポジ肉腫を発症し、帰国の延期を余儀なくされました。自分の病気に対して積極的に知識を広げていた健は、その原因が免疫抑制剤などの薬によって、免疫を下げ過ぎたためであることを充分に理解していました。

帰国のためにニューヨークへ移動し、明日には日本行きの飛行機に乗ろうという前夜、突然

の激しい痛みに苦しみ始めた健の姿は、今も私の目に焼きついて離れません。二〇年に及ぶ健の闘病生活の中でも、あれほど苦しんだ時間はほかになかったのではないかとさえ思えます。それが、健にとってのカポジ肉腫という病気なのです。

だからこそ、健は免疫を抑制する治療に抵抗があったのだと思います。ステロイドパルス療法は、免疫抑制作用があるステロイドを大量に投与する治療です。そのような治療が行われることに、健が神経質になっていたことは、私にはよく理解できました。

教授回診のとき、若い研修医が、健の「マイアミの加藤先生に連絡して意見を聞いてみてほしい」という要望を伝えてくれましたが、教授からは、

「聞く必要はない」

という趣旨の答えしか返ってきませんでした。

まだ日本では脳死肝移植は数十例しか行われていない時代です。生体肝移植ではたくさんの経験を積んでいらっしゃるでしょうが、脳死肝移植では、加藤先生のほうが経験豊富でしょう。マイアミ大学ジャクソン記念病院（Jackson Memorial Hospital）では、毎年二〇〇例の脳死肝移植が行われており、その中心になっているのが健の主治医である加藤先生なのです。

せめて意見だけでも「参考に聞いてみようかな」と思っていただけなかっただろうかと、いまでも私自身が心残りを覚える出来事の一つです。

東大病院では、最初の数日間は二人部屋に入っていました。しかし、腹部の痛みが強く、同室の患者さんに迷惑をかけかねないことや、精神的に落ちつける環境で過ごさせてやりたいと考え、個室に変えてもらいました。差額ベッド代が一泊七万五〇〇〇円という高額な部屋ではありましたが、とても病室とは思えない瀟洒《しょうしゃ》で落ち着いた雰囲気で、健の気分を少しでも和らげるのによいだろうと私たちは考えていました。

それでも、健の腹部への痛みはやわらぐことはなく、夜も私が泊まるようになりました。夫が同じ年の四月から、横浜市港北区の会社に転職し、健も慶應の大学院（矢上校舎）に通うことになっていましたので、五月初めには、住居探しや引っ越しなど、体が二つあってもいいような忙しい日々を送りました。

私がどうしても付き添えないときには、娘（健の姉・由美子）が代わりを務めてくれましたが、それまで実際に見たことのなかった健のひどく苦しむ姿を目の当たりにして、かなり驚いていたようです。

痛みの原因を調べるため、病室に超音波装置が運ばれ、健の腹部をとても丁寧に診てくださったのですが、原因になる要素は見つからないとのことでした。

東大病院に転院して一〇日がたった頃、健は部屋代を気にしはじめました。そして、

「差額ベッド代が三万円の聖路加のほうがまだいい」

と転院を主治医に強く希望したのです。肝機能の数値も落ち着いてきていたので、主治医の

許可も得られ（たと思い）、五月一〇日頃に聖路加国際病院に戻りました。

ただ、この転院は、健が勝手に転院したことになっていたらしく、このあと、健や私たちはとても辛い思いをすることになります。

モルヒネ中毒とその治療

聖路加国際病院に戻ってからも、健は相変わらず腹部の痛みを強く訴え、痛み止めを強く求めました。精神的にも落ちつかないときがあったり、急に怒り出したり、夜もなかなか眠れなくなることが頻繁にありました。

一三日の夜、忘れられない出来事が起きます。

この日も健は、とてもイライラしていました。いくら「痛い」と訴えても、鎮痛剤をもらえなかったからです。夜になっても眠れなかったので、研修医に来てもらいました。しかし、健がそのことを訴えても、その研修医の返答は、

「眠れなくても大丈夫よ」

の一言だったのです。健は、その返事に強い怒りを覚えたと思います。けれど、夜中に病室を訪れてくれた若い看護師たちが、「マイアミでは大変だったねー」「よくがんばってきたね」などと話しかけてくれると、健も落ち着きを取り戻しました。マイアミでの出来事などを話し

ているうちに、気分を変えることができたようで、ずっと泊まり込みで見ていた私もほっとしました。

しかし、それだけでは終わりませんでした。その後、いきなり、看護師長が部屋に入ってきたのです。看護師長は何を話すわけでもなく、ただじっと健を見ているだけでした。何がしたいのか、私にもわかりません。健は、次第にイライラし始め、そして、ボールペンの先をベッドのシーツに突き刺し始めました。すると、看護師長はそれを見て、

「そんなことをすると、お母さんが心配するでしょう?」

と言ったのです。この言葉に、健は逆上し病室から出ようとしました。私も抑えようとしましたが、今まで痛みにお腹を押さえて丸くなっていた健のどこからそんなに強い力が出るのかと思うほど強い力でした。駆けつけたスタッフに押しとどめられた健は鎮静剤を打たれて、あっという間におとなしく眠ってしまいました。本当にあっという間の出来事でした。

きっと健の心の中では『何でぼくが苦しんでいるのに母親の心配を師長さんはするんだ。苦しく辛いのはぼくなんだ、なぜそれを理解してくれないんだ?』という思いが強く、もう病院にはいたくないと思い、外に出ようとしたのでしょう。

明くる日の夕方、主治医の藤田先生、精神科の医師との面談があり、私は夫とともに話を聞きました。

「健君はモルヒネ中毒です。モルヒネから解脱《げだつ》するためには、内科のＩＣＵに入って、手足を拘束《こうそく》し、中心静脈《ちゅうしんじょうみゃく》で栄養を補給した状態で、二週間観察する必要があります。明日からＩＣＵに入ってもらいます」

と精神科の医師から説明がありました。夫が、

「先生は、そのような治療を今までに実践したことがあるのですか」

と聞くと医師は、

「いいえ、やったことはありません。文献で調べて、これが一番いい方法だと考えました」

と答えました。さらに夫が、

「この方法は危険を伴わないのですか？」

と尋ねると、

「わかりませんし、命の保証はできません。けれど、お宅のお子さんには、この治療法しかないのです」

との答えが返ってきました。

病室に戻ると、健はすでに目を覚ましていました。精神科医とのやり取りを説明すると、健はその治療方針を拒絶しました。

「ぼくは絶対にそんなところへは入らない。文献だけ読んでやるような治療は絶対に受けない。加藤先生は、ぼくのケースのように、元気になるためにモルヒネを使った場合には、モルヒネ

を止めてから二四時間はおかしくなることもあるけど、二四時間過ぎるともう大丈夫だと言っていた」と強く主張しました。

とにかく加藤先生とも連絡を取って決めようということになりました。

その夜も、腹部の痛みを健は訴えていましたが、鎮痛剤は出ませんでした。日が替わった午前二時頃、堀の内先生というひとりの研修医が、痛みのため眠れないでいた健の病室に来てくれました。この先生のことは、マイアミにいたとき、鹿児島大学医学部の交換留学生として来ていた、二人の女性の医学生から聞いていました。健が渡米以前に、聖路加国際病院でお世話になっていたことを二人に話すと、

「聖路加には、私たちの先輩でとても素敵な研修医がいます。社会人になってから、鹿児島大の医学部に入った方で、人格的にもとても素晴らしい先輩です」

と、教えてくださったことがあったのです。

それほど素晴らしい研修医さんであれば、ぜひ会いたいということで、健が自分の担当だった研修医に話していました。それが堀の内先生に伝わり、訪ねてきてくださったそうです。

夜中の当直のお忙しい中、健といろいろな話をしてくれました。健のいままでの苦しかったこと、辛かったこと、マイアミでの話など静かに聞いてくれました。そして、堀の内先生と話しているあいだ、それまでは「痛い、痛い」と言っていた健が、一度も痛みを訴えることはありませんでした。

朝の回診の始まる八時まで、先生はずっと健に寄り添っていてくれました。そして病室を出るとき、

「三宅君、よく頑張ったね。四時間以上、鎮痛剤を使わないで我慢できたよ。よかったね」

と励まして出て行かれました。

私は、堀の内先生と健との数時間のやり取りを見ていて、この姿こそが、本当の医療なのではないかという思いを強くしました。苦しんでいる患者に寄り添い、患者の苦しい気持ちを静かに聞いてあげること。それこそが、患者の一番望んでいる「薬」になるのではないのでしょうか。

このときから、健の表情はとても明るくなったように感じました。

マイアミの加藤先生は、その日の朝、病室に電話をくださいました。前日の夜に夫が加藤先生に電話し、直接、健と話してもらえるようお願いしていたのです。加藤先生の話は、健が昨日言っていたことと一致していました。私たちは、健が絶対にＩＣＵには入る必要のないことを確信したのです。

が、午前のうちに看護師長と若い主治医が来ました。

「午前中にはこの部屋を空けてもらわないといけません。次の患者さんが来られますから。三宅君の入れる部屋はＩＣＵしかありません」

と言うのです。ICUに入るつもりはありません。しかし、自宅に連れて帰るのはあまりに心配でした。それで、「他の部屋を用意してほしい」とお願いしたところ、看護師長からは、

「昨日みたいなことがあったら、他の患者さんに迷惑をかけます」

という答えでした。考え方の違いを感じ、それ以上言い返すことはしませんでした。仕事を休めず、病院に来ていなかった夫に電話をして、これまでの経緯を話すと、

「ICUに入ると健は死んでしまう。退院させたほうがいい。ぼくが健を守る」

と、日頃は大声ひとつ出さない温厚な夫が、病院の対応に怒りを露わにしていました。

夫の言葉も含め、私たちの決断を看護師長さんにお話しすると、一枚の書類を渡されました。

「三宅健さんと聖路加国際病院とは、今後一切何が起ころうとも関係ありません」

という誓約書でした。迷うことなくサインしました。

これで、マイアミから帰国してからの約二カ月に及ぶ入院生活は終わりました。健は、新しいわが家へと帰ってきたのです。

二章　新しい生活の始まり

聖路加国際病院を退院して自宅に帰った健は、入院中に私たちが小田原から川崎に引っ越しをしていたこともあり、初めての自宅に最初は落ちつかなかったようです。それでも、長い入院生活から解放されて、何でも自由にできるようになったことを楽しんでいるようでもありました。帰ってきたその日から、自分の荷物を整理している姿は、どこかウキウキしているようにも見えました。

帰宅して四日目（五月一八日）のこと、健は夜中に突然お腹が痛いと言いだしました。翌朝まで我慢し、私は聖路加国際病院に電話しました。藤田先生に診ていただけるようお願いしたのですが最初は、

「三宅さんとは、先日の退院で聖路加とはもう関係がなくなっているので診ることはできません」

と断られました。誓約書まで書いて退院したのですから当然のことでしょうが、痛がっている健の様子を見ていると、ここで引き下がることはできません。執拗《しつよう》に食い下がって何度もお

願いし、なんとか診ていただけることになりました。

その後、藤田先生には一カ月ほど診ていただきましたが、健が慶應大学大学院に進学したこともあり、また先生の進言もあり、慶應大学附属病院（以下、慶大病院）の移植外科で診てもらうことになりました。

大学二年頃より、小児科の細谷亮太先生から内科の藤田先生に診ていただくことになりました。沈着冷静な印象の強い藤田先生ですが、マイアミから健の移植手術が成功したことをお知らせすると、いつもと違って、明るく弾んだ声で「よかったですねー」と喜んでくださったことが、昨日のことのように思い出されます。


六月になると、健は大学院（日吉）に通うようになりました。

体調のほうは、良いときもあれば、熱が出たり腹痛があったりで、なかなか本当に調子がいいという状態にはなりませんでした。

月に一度の血液検査でも、胆管系のALPやγ－GTPが高くなることがあり、移植外科の先生からは外来を受診するたびに、肝生検やCTを受けることを勧められていました。しかし、健は検査を望みませんでした。

移植を受ければ、元気になり、大学院に行って思いっきり数学の研究に没頭できると思っていたのに、移植は成功したにもかかわらず、合併症《がっぺいしょう》で死の淵《ふち》をさまようことになったのです。

そんな状況からなんとか少しずつ元気を取り戻してきた健にとって、一年もたたないうちから検査、検査と言われることが耐えられなかったようです。

　年が明けて二〇〇四年一月、ある日の午前中に健は強い腹痛を訴え、タクシーで慶大病院へ行きました。

　プログラフの副作用が疑われましたが、とりあえず点滴を受けることになりました。そのあいだ、別室で移植外科の先生から、私と夫に話がありました。

「今の状態が続くと、一年後には肝硬変になってしまいますよ。そうならないようにちゃんと肝生検やCTを受けさせてください」

　健の苦しんだ姿を見続けていた私たちは、簡単に「はい、受けさせます」とは言えませんでした。すると先生は、

「お母さん、三宅君は、東大からも聖路加からも見放されて、仕方なくここに来たのでしょう？」と言うのです。驚きました。

　東大病院を退院するとき、ちゃんと主治医と話し、了解を得て転院したと思っていました。聖路加のときは、無理を言って退院させましたが、その後も診ていただいていました。まさか医師同士でそのような連絡がなされているとは夢にも思っていなかったのです。

　その事実は、健がこの世を去る日まで、私の心に重くのしかかりました。事実、のちに他の病院にかかりたくても、また同じことを書いた病歴報告書が転院先に送られるかと思うと、お

いそれと転院させられませんでした。実は、そのあとにも健が「転院したい」と言ったことがあるのですが、私の気も引けてしまい、叶えることはできませんでした。

移植外科の先生も、もちろん悪気があってそのようなことを言ったのではないと思います。他の点では、非常に熱心で丁寧に説明してくださる、いい先生との印象が今も残っています。ただ、苦しい思いをしながら生きてきた健には、ちょっと熱すぎる先生だったのかもしれません。

同じ頃、健が外来の診察から帰ってくるなり、

「血液検査を受けたとき、採決ホルダーに血液が付いていて、とても気持ち悪かった。肝炎など感染する恐れはないのか？」

と、とても心配していたことがありました。すぐに先生に連絡を取って、健の心配について話すと、

「絶対心配ありませんよ。そんなことで、感染したりしません。安心していいです」

とのこと。しかし、そう聞いても、健の不安は消えません。パソコンで当時の厚生労働省のホームページを調べていました。

「厚労省も、採血ホルダーの『使い回し』は危険なので、使い捨ての採血ホルダーを使用するようにと言っているのに、なぜ病院は『使い回し』をやめないのか。利益のことだけを考えて、患者の危険などどうでもいいのか」

と健は嘆いていました。

健の机の中には、そのときの厚生労働省のホームページのコピーがいまも残されています。

健は、不安を感じながらも、その後も、採血ホルダーが使い回しされている検査室で血液検査を受け続けていました。

イライラの原因

二〇〇四年一月一四日、健は一〇時からの講義に出席するため、朝から出かける準備をしていました。しかし、トイレで激しい腹痛と下血に見舞われ、すぐに慶大病院に連れて行くことになりました。

その日の症状から、今回は消化器内科の日比教授に診ていただくことになりました。初めての診察でしたが、日比先生に対する健の印象はとてもよかったようです。

「非常に丁寧で、とてもおだやかな気持ちのよい先生だった」

と喜んでいました。

健の診察を待っているあいだ、待合室にまで日比先生の大きな声が聞こえてくるので、私は看護師に、

「どうして日比先生は、外にも聞こえるような大きな声で話されるのですか？」

と尋ねると、

「日比先生が診る患者さんには、症状の重い方もいらっしゃいます。そのような方を少しでも元気づけるために、元気よく大きな声で話されているのです」

と教えてくれました。

健は、一回の診察を受けただけで、日比先生を信頼し、

「この先生に診てもらいたい」

と言っていました。

この日は、症状も落ち着いていたので、薬をもらい帰宅しました。

冬休みが終わり、健はまた大学院に通う生活に戻りましたが、腹痛は続いていました。

一月二三日、夜中に何度も下血と強い腹痛があり、救急車で慶大病院へ運ばれます。腹痛は痛み止めで治まりましたが、熱も三九・一度あり、救急病棟への入院となりました。

次の日から大学院の後期試験が始まります。健は医師の許可をもらい、朝六時半過ぎに病院を出てタクシーで自宅へ。そして、シャワーを浴びて大学院へ行き、試験を受けて午後二時過ぎに病院に戻りました。

その後も、健は大学院の講義、試験、研究会などがあるときは、どんなに調子が悪くても出席していました。数学の研究ができるということ、それが健に生きる力を与えていたのでしょう。

今回の入院は、腹部の症状でしたので、消化器内科の主治医が付くことになりました。移植外科でも、引き続き診ていきたいという意向があったようでしたが、健の希望を優先してもらいました。

健の肝機能は数値が上がったり、下がったりと血液検査のたびに一喜一憂していました。けれど、極端に体調が悪化することはなく、三月末に肝生検のために検査入院したぐらいで、比較的落ち着いた状態が続いていました。主治医となった櫻庭先生は、健の話もよく聞いてくれたようで、私も一安心でした。

ただ、川崎で生活するようになってから、健は時々、急に不機嫌になったり、突然部屋の壁をどんどん叩いたり、怒った顔をして黙ってしまったりすることがありました。そういうときは気をつかって話しかけたりすることなく、そっとしておくのが一番とわかったので、夫と二人、散歩に行ったり、買物に行ったりするようにしていました。

のちに、そうしたイライラや感情を発散させるような行動は、マイアミにいたときから使用していた痛み止めのためのモルヒネの影響もあったのではと、夫と話したりもしました。

けれど、それだけでなかっただろうと思います。移植を受ければ、普通の若者と同じように、元気に青春を楽しめると思っていたのに、なかなか思うように体調もよくならず、イライラしていたのでしょう。健にとっては、思うようによくならない自分の体調への精一杯の抵抗だったのだと思います。

壁などの物には怒りをぶつけていましたが、親に対しての暴力は一切ありませんでした。きっと健は感情を発散させてはいても、より以上に理性のほうが強く働いていたのだろうと思っています。

B型肝炎に感染

七月三日、血液検査のため、病院に行った健は、最も恐れていたことを櫻庭先生から告げられました。

「B型肝炎に感染している」

マイアミでも日本に帰ってからも、肝炎の検査は受けていました。約半年前の一二月の検査では、感染の疑いはなく、B型肝炎の検査の結果は陰性《いんせい》だったのです。

健はすぐに、マイアミの加藤先生と連絡を取りましたが、移植による感染は考えられないということでした。

その日からゼフィックスの服用が始まりました。B型肝炎の検査で+（プラス）になったのは、このとき一回だけで、その後は一度も+にはなりませんでした。ウイルスの量が少なくて、ゼフィックスがよく効いたのかどうかわかりませんが、健は亡くなるまで薬を服用していました。

多いときには一〇種類近くの薬を服用していただけに、一つでも減らしたいと健は考えていたものの、ゼフィックスについては「服用をやめると、急にウイルスが動き出すことがあるので続けたほうがよい」という医師の指示を守っていたようです。

健には、そのときの感染は採血ホルダーが原因だという思いが強く、病院への強い不信感を持ち始めていました。そんな健を救ってくれたのは、主治医の櫻庭先生でした。

「健君は、検査室で血液検査は受けたくないだろうから、これからは、ぼくが直接、血液検査をしよう」

お忙しい中でのこの申し出は本当にありがたいものでした。

この病院での使い回しの採決ホルダーは、その後使い捨てホルダーへと変わります。その時点で、健も検査室での血液検査を受けるようになりました。

家計簿付きのダイアリーを見ながら、この原稿を書いていると、二〇〇四年半ばからの一年間、健が度々、熱を出したり、腹痛や頭痛を訴えたりしていたことを思い出します。平穏とは程遠い時期でしたが、それでも、健が比較的穏やかに生活できていたのは、櫻庭先生のおかげと思っています。

健の体調が悪いとき、主治医の櫻庭先生に電話すると、必ず丁寧に対応してくださり、指示

二人の甥っ子と姉・由美子宅にて――中央・翔太郎、左・慶将（2005年1月）

された通りに薬を服用するだけで体調が改善することもありました。病院に行っても、健の嫌う入院はなるだけ避け、点滴を受けるのみで家に帰れるようにしてくれるなど、健の気持ちを最大限考慮してくださいました。

その一方で、体調のよいときには、江東区に住んでいた娘（健の姉・由美子）のところへ行き、二人の甥っ子と遊ぶのを楽しみにするようになりました。健は子どもの頃からとても姉と仲がよく、また、甥の兄のほうは健が移植をした年に生まれていますから、健にも何か特別な思いがあったのかもしれません。甥っ子たちも、健のことを、「ケン、ケン」と友達のようになついていて、健にとっては、数学の研究からも病気の悩みからも離れられる、いい気晴らしになっていたと思います。

二〇〇五年三月八日、マイアミ大学病院の加藤先生を紹介してくださり、健がマイアミへ行くきっかけを作ってくれた若林正さんが亡くなられました。

健と同じ病気の原発性硬化性胆管炎（以下、ＰＳＣ）で、お母さまから生体肝移植を受けられましたが再発。マイアミ大学病院で脳死肝移植を受け、帰国後は脳死移植を広めるための活動を、トリオ・ジャパンの一員として広められていた方でした。

正さんは、インターネット上でブログを書かれていました。私たちはそれを読み、健は、一生懸命生きる正さんの姿に、自分の将来を重ねていました。

「正さんが元気だったらぼくも元気でいられる」

と。それだけに、正さんが亡くなったことは、健にとってはショックなことだったでしょう。

八月には、博士課程の合格発表もあり、無事合格。九月からは、博士課程に進学し、より一層数学の研究に励むことになります。さまざまなことが重なった時期でしたから、健も考えることがあったのでしょう、この頃から、インターネット上でブログを書くようになりました。

健blog

第二の誕生日

二〇〇二年の一〇月一八日にマイアミ大学病院で脳死肝移植を受けて、三年の月日が経過しました。長かったようで、長かったなあと述懐する自分がいます。いまだ肝機能は安定せず、冷静に分析をするならば、中程度に予後不良と言えそうです。いま程度の肝機能での維持がこのまま続けば、あと五年もてば御の字でしょう。

そういう意味でこの一、二年は大事な時期になると思います。なんとか肝機能を正常化したい。そのためには〝プログラフの減量〟〝胆管炎の防止〟この二つのことがきっちりとできるかにかかっていると思います。(後略)

[2005-10-19]

少し回復?

夜中に右腹部が締め付けられるような吐き気とともに目が覚めました。

本来なら胆管炎の鋭い痛みがあるところですが、移植をしたので、総胆管(今では小腸?)に神経がなく、ただ吐き気が症状としてあらわれるのでしょう。

以前、マイアミで右腹部痛があるから胆管炎だと言っていたら、結果的には膵炎でした。移植後は感染性の胆管炎を症状から判断するのは難しそうです。吐き気と発熱が起こったら、その都度、病院で血液検査をしてみるのがいいかもしれません。移植前は、症状から悪い箇所を推測するとき、ほとんど間違いはなかったのですが、移植後はそれが非常に多くなりました。それほどに腹腔内の状態が移植を通じて大きく変化してしまったのでしょう。（後略）

[2005-12-7]

あれやこれや

食事をとると吐き気を催します。胃炎かな？ 胃癌かな？

まあ、どっちでもいいですが、胃がんの可能性は低いと思っています。なぜなら、ピロリ菌はぼくの胃にはいないから。

やはり胆管が最近とみにしっくりこないのが、全体的な不調の主因であると考えています。免疫抑制の緩和。これをしっかりとしていきたい。進行性カポジ肉腫でさえも、免疫抑制の緩和によって消失することが確認されたのだから、胆管炎だろうが何だろうが必ず消失するだろうとぼくは確信しています。（後略）

[2005-12-21]

今年もあとわずか

二〇〇五年も残るところあと一日となりました。なんか今年は長かったなあと心の中で溜め息混じりに述懐しつつ、一日を過ごしております。

移植を受ける前は、〝いま〟だけを考えて生きていればよかったのですけど、そのあとは、〝将来〟という期待と不安の入り混じった存在について、ある程度は考えていく必要が生じてしまったので、正直なところ、いまのほうが移植前よりも悩むことは多いです。まあ、それが本来の〝生きる〟ということなんでしょうけど。

(中略)

まあ、そんなことに悩むのは、生きることは素晴らしいとわかっているからなんですけどね。

[2005-12-30]

また、このブログでは、健がとても気にしていた採血ホルダーの使い回しに関して、社会的にも問題視され始め、健も意見を述べています。

健blog

犠牲者のひとりとして

「採血器具使い回し、広島の病院でも一四三四人に」(読売新聞)
「採血器具使い回し、真空採血器具でも 県立三病院と医大付属病院で/奈良」(毎日)
採血器具は全国の医療機関で概ね使い回されたと言っても齟齬《そご》は生じないでしょう。そのことを国民一人ひとりが自覚し、希望者は適切な検査を適切な機関で受ける必要があると思います。

ぼくは数年前にいま問題になっているような実情を把握して、やがてこのような事態が生じるだろうという確信を得ました。そのことをぼくは厚生労働省や報道番組などにメールなどで伝えましたが残念ながら応答はありませんでした。だからぼくは少なくとも自分が関わっている医療機関では採血器具の使い回しが行われないように注意を払ってきました。やはりこの国にあってはあれだけ薬害肝炎などで騒いだあとであっても、新たにたくさんの犠牲者が出ないことには行政やマスコミは本腰を入れて動こうとはしないのだということを身をもって感じてきました。採血ホルダーの使い回しによってB型肝炎に感染した犠牲者のひとりとして痛切な想いを噛み締めながら現状を見ずにはいられません。

[2008-5-31]

健の変化

二〇〇六年の初め頃くらいからだったと思いますが、健は私たち両親と話をしなくなりました。

最初は私も、

「なんで話さないのよ。ちゃんと話をしなさいよ」

と言っていたのですが、健は理由すら話そうとしません。

そのうちに健は、伝えたいことを紙に書くようになりました。筆談です。確かにこれで充分意思疎通することはでき、私も不自由は感じませんでした。

たとえば、大学院に行く前夜には、

「あす○時に起こして。×時からのゼミに出るから」

このように書かれた紙を私に差し出します。次の日、その通りに起こすと、ちゃんと起きて食事をし、私の運転する車に乗って大学院へ行くのです。

便利な時代になったもので、出先で用事のあるときは、メールで知らせてきます。

そして、私のいないとき、娘と電話で長話をしていても、ドアのかちっとする音がすると、

「あ、母親が帰ってきたから、電話切る」

と、娘との会話を中止してしまうのでした。とにかく、私たちに自分の声を聞かせたくなかったようです。娘が健に、

「何で、親と話さないの？」

と問い詰めても、健はニヤッと笑うだけで答えなかったそうです。

最初は、話しかけても何も返答しない健に腹も立ちました。けれど、いつの頃からか、健は何か願かけをしていて、私たちとあえて話さないようにしているのではと考えるようになりま

した。健の願いをかなえるためだと思うと、健が私たちと話さないことに何の不満もなくなり、むしろ健の願いが叶うよう、話さなくていいと思えるようになりました。

そのときに健の書いた紙が少し残っていますが、それを見ているととても懐かしく、今にして思えば、このことも健との楽しい思い出です。

健の奇妙な行動は、二〇〇八年一〇月二三日まで続きました。


二〇〇六年は健にとっては比較的症状も落ち着いた一年でした。

落ち着いたといっても、肝機能は少しずつ悪くなっており、さまざまな痛みや不調を訴えることは頻繁でしたので心配は尽きません。ただ、主治医の櫻庭先生の、

「今の健君の状態は、悪いなりに落ち着いている。この状態を維持し、悪くならないようにしていくことが大切です」

という言葉で、検査に一喜一憂することなく、健が少しでもよい状態で過ごせるよう、親としても見守っていかなくてはと思うようにしていました。

私も、外でアルバイトをするようになり、相変わらず健と口をきかない生活は続いていましたが、お互いに不自由を感じることなく過ごせていたように思います。

ただ、あとになって健のブログを読んでみると、健は私たちの知らないところでさまざまなことにチャレンジし、さまざまなことを感じ、そして、自分の病気に対する考察を深めていた

ことがわかります。

健blog

落選、フォー！＋血液検査

昨年末に応募していた文芸賞に落選してしまいました。百パーセント受賞すると思って、サインの練習までしちゃってたけど……。まあ、過去は振り返らない主義なので、今度はどこか別の出版社に持ち込んでみようと思います。絶対、出版まで漕ぎ付けてやるぜ、ぜ、ぜ！　出版社のことはよく知らないんですけどね、まあ、なんとかなる……だろう。

昨日、突然の激しい腹痛に、数分間息ができないほどでした。こういうことが最近、頻繁に起こるようになってきました。総体的に胆管がからんでいると思っています。カポジ肉腫のときのような痛みですが、痛みが一時的なので、カポジの再発ではないと思います。腸内の液体が胆管に流入した際に、この痛みが起こるのだと思っています。落選の悔しさに涙しながら（本当か？）血液検査に行ってきました。

（中略）

アミラーゼ（ＡＭＹ（180））が少し高いそうです。軽い膵炎でしょうか。

プログラフを一錠、減量することになりました。

[2006-2-4]

プログラフを減らして

プログラフを一ミリグラム／日に減らして、一週間ほど経過しました。術後三年でこの量にすることが早いのか遅いのかはわかりませんが、状態は悪くありません。

減量前の腹部の違和感はなくなりました。鈍痛もなくなりました。腹部の異様な張りもなくなりました。結果的にぼくの判断は正しかったのだと思っています。ただ、現在も耳の横のリンパ節の腫れはひいていません。既往症から判断するに、これは悪性の可能性が捨てきれないと思われます。症状を注視しながら、必要があれば、さらなるプログラフの減量が必要であろうと思っています。経験は、それが最良であることを証しているからです。

[2006-2-11]

アインシュタイン展

今日は、母とともに、姉と慶将に会ってきました。翔太朗と義兄は、自転車でお出かけということです。銀座で待ち合わせ、軽く昼食をとったあと、アインシュタイン展に行ってみました。予想外の盛況で少しビックリしました。アインシュタインが実際に着用していたジャケットや時計が飾ってありました。

ぼくは、小学生のときから、アインシュタインの大ファンなので、すこぶる感激しました。

慶将は、前に会ったときより、よくしゃべるようになっていました。イクラちゃんは追い越したようです。

たぶん翔太朗や慶将も、なんだかんだ言って、最終的には、数学科か物理学科に進学すると思います。間違いない。

[2006-2-12]

一周忌

昨年W（若林）さんが亡くなられて早一年が経とうとしています。先日は母がWさんの家にお参りに行ってきました。Wさんはぼくが米国で肝移植を受けるに至る道を作ってくださった恩人です。初めて会ったのは、ぼくが大学を卒業した直後に急性胆管炎で入院したとき、退院の前日あたりに病院まで会いにきてくれたときでした。

（中略）

いまから思えば、移植後の合併症も似通っている気がします。また、医者に自己主張するところも似ている気がします。だからWさんの生前には、ぼくの調子が悪いときには、Wさんが大丈夫だから、君も大丈夫だろうと周りの人によく言われたものです。そのときはぼくも、「まぁそうだなぁ」と勝手に納得していたものですが、いまとなっては、彼が死んだからぼくも死ぬのかなと思ったりもします。（後略）

[2006-2-28]

外出

ぼくは

「明日、地球が滅びるとしたら、今日は何をする？」

という質問に、

「旨いものをたらふく食べる」

と答える男なのですが、大学時代はまさに明日死ぬかもしれない状況だったのでその考えを実行していました。レストランに行けば、コースを頼み、寿司屋に行けば、カウンターで悔いの残らぬよう食べまくっていました。

マイアミでは特段、おいしいものがなかったので残念でした。まあ、その代わり、生き残ることができたので、よかったんですけど。

[2006-3-4]

四二例目の脳死移植終了

（中略）

脳死移植がドナーの生前の意思に基づき実施されることは素晴らしいことですが、四二例目とか四三例目とかニュースで報道されるあいだは、真に脳死移植が普及したことにはならないとぼくは思っています。

「日本に脳死移植が普及した」と高らかに宣言するためには、脳死時に臓器を提供してもよいと生前に意思表示した人の意思を脳死時に百パーセント実現し得る体制が整っているべきだとぼくは思っているのですが、現在、果たしてその状況にあるかと問うと、残念ながら……否、そうではないように思えるのです。

最近、ぼくは臓器移植法を改正する以前にやるべきことはたくさんあるのではないかと思っています。また、それらを解決することで、脳死移植の実施数は飛躍的に上昇するのではないかとも思っています。年間一〇〇例も行われれば、一回ごとに報道されることもなくなるでしょう。寂しく渡航移植なんかに行かなくて済む時代が来ればよいなと祈る次第です。

[2006-3-23]

臓器移植法改正案二案

臓器移植法改正案二案、月内にも国会再提出。

（中略）

やはり、脳死は人の死なのかという点で、日本人は、欧米の人たちと比べて、神経質なところがありますね。欧米の人たちと比べて、脳死に対する知識が不足しているわけじゃないんですよ。やはり、まあ、なんていうか、日本人は、少し神経質なところがあるとは思いますね。牛肉の問題に、そのことが少し露骨に表れていると思います。

（中略）

たとえば、米国産の牛肉を食わんと言っている人が、仮に砂漠で道に迷って食べるものがない、このままでは飢え死にしてしまうとなったときに偶然、米国産牛肉が落ちていたら、どうするでしょう。わたしゃあ、米国産の牛肉は食わん、絶対に食わんと言いながら、砂漠の真ん中で死んでいったら、ぼくはその人を一生、尊敬しますけどね、まあ、そんな人はいません。

それと同じで、脳死移植に反対、絶対反対と言っている人がね、脳死移植を受けないと、あと半年も生きられそうもないとなったときにどうするでしょうか。わたしゃあ、脳死移植は受けん、絶対に受けんと言いながら死んでいったら、やはりぼくはその人を一生、尊敬しますがね、実際はそんな人はいないんじゃないですか。

ぼくも脳死移植には前向きではなかった人間のひとりですけどね、いざ、もう駄目だとなったときには、一目散に米国にすっ飛んで行きました。それが人間というものです。

[2006-3-24]

体調

抗生剤を変更して、少し時が経ちました。

効果が出たと言えるかは、体感では微妙なところですが、少なくとも悪化したという気配はありません。とりあえず抗生剤の変更はうまくいったと思っています。

新学期も始まり、大学のある駅に降り立つと、新入生と思われる若人たちの人波がごった返しています。ああ、自分にも、あんな頃があったなあ！　なんてことは拙者、思ったりはしません。

何しろ、まだ若いから。あと五〇年は思いません。

大学に入った頃、すでにぼくの肝臓は、かなりデンジャラスな状態だったので、青春を謳歌と言えるほどには楽しめた記憶がございませぬ。老人のように、ヨチヨチ歩きで大学に通っておりました。授業に出て自宅に帰ると、疲れ果てて何時間も地べたに這いつくばり、絶望の涙を流していました？　かな？

いまは走り回れるし、五〜六時間歩き続けてもまったく疲れが出ないし、いまのほうが若いです。

病院の外来なんかに行って院内を歩いていると昔の入退院を繰り返していた頃のことが稲妻のように思い出されることがあり、そのときはあまりの辛さに息が苦しくなります。だからぼくは病院がひどく嫌いで一分一秒でもいたくないという思いを抱きつつ、約一カ月に一回、大学病院に通っています。

移植者というのは、皆、同じように苦しみ、同じように必死に病気と闘った人たちです。だから、ぼくは移植者と出会うとなぜか皆、他人のような気がしないのですが……

あっ、書くことが尽きた。ではこれにて失敬。

[2006-4-6]

ユダの福音書

（中略）

四福音書はおおよそ読んだことがありますが、中でもヨハネのそれは非常に美しい文章で綴られていて素晴らしいと思いました。

以下、ヨハネの福音書から抜粋

わたしがあなたたちを愛したように、
互いに愛し合うこと、
これがわたしの掟である。
愛する者のために命を捨てること、
これ以上の愛はない。
わたしが命じることを行うなら、
あなたたちはわたしの愛する者である。
もう、わたしはあなたたちをぼくとは呼ばない。
ぼくは主人が何をしているか、
知らないからである。

わたしはあなたたちを『愛する者』と呼ぶ。
父から聞いたことはすべて、
あなたたちに知らせたからである。

[2006-4-8]

血液検査

午後から血液検査に行ってきました。

（中略）

移植の一年後くらいから、徐々に強い抗生剤の使用を強いられてきています。これは非常によくないことです。どこかで、抗生剤以外の対症方法を見出さなければなりません。抗生剤はどこまでも強力なものがあるわけではないし、強くなればなるほど、副作用も強くなるからです。（後略）

[2006-4-22]

携帯みつかる！

（中略）

日本の主治医から今週の血液検査で改善がみられなかった場合は、入院してERCP（内視鏡的逆行性胆道膵管造影）や生検を行うことになるだろうと言われている旨を米国の主治医（加藤友朗先生）に知らせたところ、ぼくの場合は、移植手術の際に、Roux《ルー》-

enY《アイワイ》という手法で胆管が小腸につなげてあるので、ERCPでは胆管の検査にならない。PTC（経《けい》皮《ひ》経《けい》肝《かん》胆《たん》道《どう》造《ぞう》影《えい》法《ほう》）という方法を行う必要があると知らされました。（後略）

[2006-4-24]

胃カメラ

母は今日ぼくが現在かかっている病院で胃カメラを受けてきました。

（中略）

母は検査のあと、ぼくの主治医に会ったらしいのですが、どうやら主治医は大学を移ったらしいです。

（中略）

主治医を変えてもいいのですが、新しい主治医が患者の意見を受けつけない医者だったら、また主治医を変えなければならないので、それもまた厄介なことです。

（患者の意見を聞かない医師とは、あまりうまくいきません。なぜなら、ぼくが医師のいうことをあまりきかない患者だからです。以前、医師に言われたことがあります。「そんなに医師のいうことをきかないのなら、自分で薬を処方すればいいでしょう」まったくそのとおり。それができたらそうしています。）

いまが肝心なときなのに、困ったもんです。

[2006-7-8]

血液検査

昨日は血液検査に行ってきました。この検査が前回よりも悪いとさすがに入院になるだろうと思われたのですが、前回の発熱のときと同様、数値の改善がみられたので入院はしなくてよくなりました。

（中略）

まぁ今までの経過を知らない医師がいまの血液データを見たら、一目でPSCの再発を疑うでしょうね、典型的だと。実際、これだけ長期的に胆道系酵素の上昇が続いているとPSC様だと言われると思います。問題はその胆管狭窄が肝内胆管の一部のものなのか、それとも肝内胆管全域に及ぶのかだと思います。それを調べるために一度MRCP（MR胆管膵管撮影）をしてみようというのが、日米の主治医の意見だと思われます。

（中略）

そもそもPSCは移植に至った原因と言えるものでなく、実際に移植に至らせた原因疾患はAIH（自己免疫性肝炎）だったとぼくは聞いています。

[2006-10-3]

移植から四年

そろそろ肝移植から四年になります。

（中略）

主治医と相談しながら何とか少しずつ持ち直してきたこの数年、この間に身の上は大学院の修士課程を終えて博士課程に移行、短かったとは言えない重みがある日々でした。まぁこれからもいろいろと困難が続くと思われますが、何しろ人生は一度きりですからね、挑戦あるのみです。

[2006-10-12]

教会

一年くらい前から母がカトリック教会のミサ（日曜）に通うようになりました。あと聖書の研究会にも行っています。将来はキリスト教に入るんですかね？　ぼくはミサに行ったことはないです。大学時代に病院の教会にはよく行ってましたけど、ミサではなく、誰もいないときにひとりで行っていました。

聖書の中でイエスは次のように言っています。天の父が聞かれる祈りとは、誰も見ていないところで行われる心の底からの祈りであると。またイエスは次のように言っています。「苦しむ者は私のところに来なさい。私が休ませてあげるから」。聖書中から見えてくるイエスはひたすら愛の人であったということです。

人々から避けられている人たちをイエスは決して拒むことはなかった。誰も近づこうとしない重篤《じゅうとく》な感染症に冒された人の手を取って言ったことでしょう。「安心しなさい。私はいつもあなたとともにある」。イエスの周りにいた人たちの驚嘆が聖書の節々に描かれています。「このような人は見たことがない」と。

［2006-10-29］

小さな幸せ

二〇〇七年前半も、健の生活は前年と大きく変わりはありませんでした。血液検査の数値は悪いときもありましたが、大学院のゼミに行ったり、時には大学でのアルバイトをしたり、甥っ子たちとディズニーランドへ行ったりと、穏やかに過ごすことのできた時期でした。

四月には、ゼミの指導教授の前田吉昭先生から、フランスへの留学を勧められたそうです。夫の兄が政府給費生として留学したことのある大学で、健も行きたい気持ちはありましたが、体力が心配で断念。病気でなかったら、喜び勇んで留学したであろうと思うと、親としてはとても辛い決断でした。

しかし、夏になる頃、健の体調が変化を示し始めます。胆汁の流れを示す数値がだんだんと悪くなり、胆管が狭窄しているところを広げる必要が出てきました。確認のために、八月一三日に一泊予定で北里研究所病院に入院することになりました。慶大病院での主治医として健が厚い信頼を寄せていた櫻庭先生が、北里研究所病院に異動となったため、健も北里に移ったのです。

甥っ子二人とディズニーランドで（2007年8月）

入院日の夕方、櫻庭先生の施術により、ERCPを行い、胆管の狭窄の確認を行おうとしましたが、胃カメラ用の二メートルの管でも胆管まで届きませんでした。日を変えてCT検査を受けると、胆管に二カ所の狭窄があることがわかりました。

抗生剤で胆管の狭窄がよくなることを願い、健は九月六日からは、朝病院に行き、抗生剤の点滴、そして夕方もう一度病院に寄り、抗生剤の点滴を受けて帰ってきました。

点滴を待つあいだは、近くの広尾の図書館に行って数学の研究をしたり、六本木に行ったりと、それなりに退屈しないで過ごしていたようです。

秋になると、健にうれしいニュースが届きました。マイアミでの執刀医で主治医でもある加藤友朗先生が、マイアミで手術を受けられた患者の診察を千葉の病院でしてくれることになったのです。

一〇月七日、健はひとりで出かけて行きました。この加藤先生による診察は、その後も約半年おきに行われました。私たち家族にとっても、健の移植のことについて一番詳しい、そして経験も豊富な先生と直接会ってお話ができる貴重かつ心強い機会が提供されることとなりました。

二度目からは、いつもアクアラインを通って千葉まで車で行きました。三人でドライブできる時間が、私にとっては本当に楽しいひと時で、幸せを感じられる時間でした。

半年ごとの、この小さな幸せのドライブは、二〇一二年の五月まで続きます。

三章　敗血症との闘い

一二月三日、健は狭窄している胆管を拡張するPTCD（経皮経管胆管ドレナージ）を受けるために慶大病院に入院しました。

「慶應大学病院の放射線科にはとても腕のいい先生がいるので、慶應で受けたほうがいい」という櫻庭先生の勧めで、先生はすでに異動していましたが、慶大病院の内科に入院することを決めたのです。

五日に無事PTCDが終了。翌日には、日本に来られていた加藤先生も健を訪ねてきてくださいました。胆汁をお腹の外に出すために、管が腹部から出ていて、その先には小さな容器がぶら下がっています。その状態で一〇日に退院しました。

お腹から管が出ているような状態でありながら、健は大学院のゼミに出席し、ワークショップに参加し、さらには川崎のラゾーナや二子多摩川の高島屋に食事に行ったりと、元気に過ごしていました。

「冬でよかった。オーバーを着ていると、胆汁を入れる容器を隠すことができるから」

と健は紙に書いていました。

入院中に困ったことは、「あれ」です。健はそのときもまだ私たち両親と話をしようとしませんでした。病室に先生方や看護師たちが入ってこられても、私がいると絶対に口を開きません。先生方に不審をもたれないように、私は、

「ちょっと買い物をしてきますね」

とか何とか理由を付けては部屋を出ていました。

このことに関しては、健は本当に頑固でした。何で私たちと話さなかったのか、今もって理由はわかりません。

健blog

何が正しいか

先週の月曜日に都内の大学病院に入院し、水曜日にＰＴＣＤを受けました。肝内胆管の狭窄著しく、通常のチューブは入らなかったらしく、膵管チューブが代わりに挿入されたようです。術後に軽度胆管炎を併発したらしく、翌日は高熱と倦怠感で辛かったです。日本の医師たちの見解はＰＳＣの再発。ですが、ぼくは今までの経過と血液検査の状況から考えるにそうではないだろうと思っています。ＰＴＣＤの施行前の総ビリルビンの値は

せいぜい一・八。このことからは毛細胆管の消失を含む、肝内胆管全域への狭窄というPSCの典型像は見えてきません。すなわち、胆管狭窄はせいぜい目に見える範囲とその周囲に限局されているだろうとぼくは想定しています。医師が正しいか、ぼくが正しいかは、今後の経過次第ということになるでしょう。(後略)

[2007-12-10]

人造人間

発熱と倦怠感があるので、早めに病院に行ってきたら、傷口から胆汁が漏れ出しているということで、胆汁バッグを装着することになった。もはや、ぼくは人間というより人造人間という気がする。こんな姿で外を歩くのは屈辱感極まるのだが、生きていくためには仕方がない。不本意なところだけれど、これも人生なんだな。

[2007-12-12]

抗生剤の変更

今年も残すところ、一〇日となりました。しかしながら、小生にはやらねばならぬことが山のようにあり、クリスマスも正月もまぁなきに等しいです。

一昨日は発熱して寝ていました。なんでもチューブが入っていると、感染を起こしやすいらしく、急性胆管炎から敗血症《はいけつしょう》になると、あっという間に死んでしまうらしいので、注意が必要だそうです。全身ががんに冒されても死ななかったのに、敗血症で死ぬとは思えませんがね。

もともとぼくは免疫が強く、免疫抑制剤を飲み始めるまでは風邪なんかひいたことはありません。最近、免疫抑制はほとんどゼロに近い状態なので、風邪をまったくひかなくなりました。抗体の強さにはちょいと自信があります。そんなわけでまあ、そんなに心配はしていません。

胆管内の細菌の同定の結果が出ました。最近、服用していた抗生剤は効いてなかったということが判明しました。いわゆる耐性菌ですな。そんなわけで、いまはペニシリン系のパセトシンという薬を飲んでいます。結構、ポピュラーな薬ですね。

先日の血液検査では、総ビリルビンはおよそ一・〇（正常値）でした。ＰＴＣＤの成果でしょう。胆道系酵素は上昇していましたが、抗生剤を効くものに変更したので改善してくるだろうと思います。胆管の炎症の根治を目指すのが主治医の作戦だろうと心得ていますが、ぼくはもう管を抜いてすっきりしたいです。

[2007-12-21]

ＰＴＣＤ後の異変

健blog

一〇年前のぼく

二〇〇八年です。只今、元旦の二：五二です。ちなみに起床したのは先ほど一：三〇です。これから川崎大師にでも行こうかと思いましたが、寒すぎるのでひとまず中止です。

二〇〇八年ですか。大学に入学して一〇年たちました。一〇年前は一〇年後まで生きるのはさすがに無理だろうと思っていましたが、案外これがどうして何とか生きていました。しかし、さすがに二〇一八年まで生きるのは無理でしょうな。それどころか昨今のニュースを観るかぎり、人類が存続しているかも甚だ疑わしく思えます。一〇年前のいま……。ぼくは南鴨宮の自宅で机にすがりつき、一年間、映画ばかり観て、何にも勉強してこなかった現実に身震いしつつ、

「うおお〜、誰か助けてくれー」

と心の中で雄叫びをあげておりました。挙句の果てに二週間後のセンター試験直後にインフルエンザに罹り、一週間して治ったと思いきや腸閉塞で入院し痛みに悶える中、

「しめしめ、これで試験に落っこちるいい口実ができたワイ！」

とほくそ笑んでおりました。まあそれでも偶然ひとつ大学に引っかかり、東京の目白という恵まれた地で四年間過ごせることになったのだから、よしとせねばなるまいて。

[2008-1-1]

老人の気持ち

ＰＴＣＤを受けてから、外を出歩くことがめっきり少なくなりました。前屈みでないと痛くて歩けないし、そうやって歩いていると、人にジロジロ見られるし、腰も痛くなるからです。おかげさまで体が不自由な老人の気持ちがわかるようになりました。だんだん自分が活ける屍《しかばね》に見えてきましたよ。老人っていうのはこういう状態に置かれて、死に対する受容を徐々に行っていくんですね。

[2008-1-5]

二〇〇八年一月、新しい年になっても、健の腹部には胆汁を外に出す管が入ったまま、胆汁を入れる容器もついたままで、お風呂にも入れない日々が続いていました。

胆管は広がったままでしたが、もう一度ＰＴＣＤを実施し、胆管の広がりをよくしたほうがいいということで、二月二五日に慶大病院に入院。翌二七日に再度ＰＴＣＤが行われました。

三月一日には退院。今回は胆汁がよく出て、容器にたまった胆汁を一日に三回も捨てることがあり、胆汁の流れがよくなっていることが実感できました。

八日の血液検査では、いままでにないくらい、結果がよくなっていました。苦しいＰＴＣＤを二度も受けた甲斐があったと三人で大喜びし、帰りに二子多摩川の高島屋に寄ってフランス料理でお祝いをしました。

ところが、二、三日後、熱が出始めました。一一日には急に高熱になり、救急車で櫻庭先生のいる病院に搬送されました。抗生剤の投与によって次の日には熱も下がり、一五日には退院できたので安心していたのですが、一七日午後三時、三九度の熱を発し、また病院へ戻ることになります。

病院に着いたとき、熱は四〇度に上がっていました。敗血症になっているとの診断で、危険な状態であることが告げられました。その後、胆汁が腹膜《ふくまく》に漏れていることがCTで判明、それが熱の原因であることもわかりました。

二度目のPTCDをやったあと、健は病室で、管に泡《あわ》が一杯入っていることに気付きました。看護師は、

「おかしいね」

と言って、若い主治医にも伝えたそうです。しかし、主治医は、

「何の問題もありませんよ」

という対応で、何の処置もしなかったそうです。

どうやら二度目のPTCDでは、櫻庭先生が勧めてくださった腕のいい先生が最後まで実施したのではなく、若い先生がトレーニングのために後を引き継いだのだそうです。きちんと管が入っていなかったために胆汁が腹膜に徐々に流れ出し、敗血症になったようです。

それを聞いたとき、健はどんなに落胆したことでしょう。健もブログに、

「大学病院というところは、経験を積ませて若い医師を育てる場所なのはよく理解しているが、自分のように、命にかかわるようなときには、しっかりとした先生にやってもらいたい」

と書いていました。若く、経験のない医師に実施させたとしても、腕のいい指導医がしっかりと最後まで確認してさえいれば、健も敗血症を起こすような事態にはならなかったはずです。この対応は親として、最も悔やまれることの一つでした。


PTCDを実施するまでは、熱を出して胆管炎になっても、敗血症にまではなっていなかったのです。これ以後、健は熱を出すとすぐ高熱になり、敗血症にまで悪化するようになりました。先生方からも、

「いつ何が起きても不思議ではない状態です。三宅君に効く薬も二〜三種類しかありません」

と言われるようになってしまいました。


PTCDを担当した医師が、もっと慎重にやっていてくれたらと残念でなりません。健自身がとても悔しかったと思います。ただ、このときにも櫻庭先生が、健に対して非常に真摯に対応くださったので、このことについて健は何の不満も言いませんでした。

健blog

効果を期待

（中略）

来週はまた入院です。二回目のＰＴＣＤです。一回目に風船で広げた個所があと（一カ月後）の検査でも再び閉塞する傾向がないので、今回も成功すればそれなりに効果が期待できそうです。一回目はかなり無理をしてチューブを挿入したようなので、今回は無理はしてくれるなと言い含めておこうと思っています。ぼくとしては、ＰＴＣＤは今回を最後にして経過をみてチューブを抜いてもらおうと思っています。

[2008-2-23]

経過観察中

退院しました。

（中略）

そんなわけで今回は五カ所の胆管を広げたそうです。非常にうまくいったというのが医師の感想です。そんなわけで術後の経過も前回よりはスムーズに運び、退院となりました。ＰＴＣＤを行う以前は一二〇〇ほどあったＡＬＰの数値もいまでは五〇〇前半まで落ち着いてきています。総ビリルビン、ＧＯＴ、ＧＰＴなどはすべて正常値になりました。しばらくは経過観察ですが、一回目の経過から判断するに感染症にさえ気を付ければ順調に推移していくだろうと思われます。移植してから五年たちましたが、ようやく光が差し込んできた。そんなところでしょうか。

[2008-3-1]

励ましの言葉はいらない

今週はじめに発熱、解熱剤を数回にわたって服用するも効果なし。深夜三時に三九度。翌朝まで待てば敗血症の危険があると判断し、病院の救急に行くことにしました。

(中略)

母は医師からこのままだと命にかかわると言われたようです。朝まで待たなくてよかったものです。当時の症状は背中と脚関節の鈍痛。吐き気、悪寒でした。本来なら激烈な腹痛を伴うはずですが、それがないのはなぜなんですかね。他にPTCD挿入部から多量の膿《うみ》の流出。またチューブから胆汁が排出されなくなっていました。

(中略)

同部屋の若者が家族や知人などから、人生焦ってはいけない/家族はあなたが生きているだけで幸せなのだから/周囲との遅れなんて絶対に気にしていけない、などと励まされていました。

なかなか身につまされるお言葉ではあります。しかし、これらの励ましは実は本人にとってはますます屈辱感をもたらすことになるだけなのです。なぜなら「家族はあなたが生きているだけで幸せ」という言葉の意味するところは、「あなたには生きていることしか価値がない、無味乾燥な男」のレッテルを貼られることと同じだからです。若き血潮がたぎる青春時代において、周囲からそのように思われるのは、まさに握る拳から血が滴るほどの悔しみです。

だから難病と闘う者には励ましの言葉はいらない。本人はすべてわかっているからです。そしてすべてわかっているがゆえに苦しみ悩むのです。

難病に冒されると、健康な人が当たり前にできることが、突如として困難になります。まず学校に毎日出席することが困難になります。椅子に座ること、歩くこと、集中することが困難になることもあります。そうなると学業やスポーツも今までのようにはいかなくなってきます。病ゆえの周囲との差異。しかし周囲にとっては怠けている、無能力などと受け取られることもあるかもしれません。親ですら本当のところは理解してくれません。挫折、そして屈辱、やがてそれは絶望へと転じていきます。そんなとき、助けてくれる人はいません。中には宗教などへ傾倒する人もいるでしょう。しかしそれはただの逃げです。自身の力だけで立ち上がる必要があるのです。それは孤独な闘いです。しかし難病とともに生きる者にとって、それは必ず通り抜ける必要がある不可避の道なのです。その道を見つけることは、周囲にとっての自分ではなく、自分にとっての〝自分〟を見つけることにあるのだとぼくは思っています。

[2008-3-15]

危険な管

肝機能が改善したので、外泊をしに自宅に帰っています。まだ本調子ではありません。明日の午前中には病院に戻る予定です。でも明日も外泊する予定です。これを月曜まで続けて肝機能がよかったら晴れて退院です。退院にならないのは、まだ抗生剤を行っておきたいからだそうです。一度目の退院直後に再入院になったので、どうも主治医は慎重になっているようです。

PTCDの管は次回の透視検査の結果が良好であれば抜く予定です。こんな危険な管とは早くおさらばしたいものです。

入院中はテレビを一度も見ませんでした。最近テレビが面白いと思わなくなってきました。なので最近は勉強や研究に勤しんでいます。そしてたまに読書をしています。読む作家は主に遠藤周作です。大学時代から彼のファンです。八重洲のブックセンターで開かれていた遠藤周作展にも足を運びました。彼の使っていた本箱などを目にしたときは体が痺《しび》れました。アインシュタインが晩年、愛着していた皮ジャンを見たときも体が痺れました。胆管炎で熱が四〇度出たときも体が痺れました。

まあ、そんなわけでして、大学院で慶應に通うことに決まったときは、遠藤氏に一歩近づいた気がしてうれしくてなりませんでした。大学時代から聖書に少しずつ近づきはじめたのも彼の影響があったのかもしれません。大学時代に築地の聖路加国際病院に入院していたときは、窓から見える隅田川をたまに行き交う船を眺めながら、遠藤氏の著書『ルーアンの丘』を読んでいました。『ルーアンの丘』では『作家の日記』で触れられなかった彼のフランス留学時代の病苦が綴られていました。

余命いくばくもなく、孤独にうちひしがれていたぼくは彼の苦しかった頃の日記を読み、気持ちを重ね合わせ、そしてその孤独な気持ちを癒していたのです。

[2008-3-21]

医療ミス

一昨日からPTCDチューブ挿入部から多量の胆汁が溢れ出てきて、いかんともしがたい状況に陥ったので、血液検査を兼ねて病院に行ってきました。血液検査の結果は緩やかな改善といったところでした。

胆汁の漏出についてはPTCDチューブの穴が肝内から出てきてしまっているからということで、いったん抜糸してチューブを押し込んで縫い直してもらいました。ところが生理食塩水で試したところ、依然漏出が認められたために透視下でまたやり直すことになりました。

それまでにもPTCDチューブから粒状の空気が多量に出てきていたことを話すと、それもＰＴＣＤチューブが抜け出てきていることが原因だろうと言われました。しかしその症状は二度目のＰＴＣＤを行った直後から見られていたため、そもそも二度目のＰＴＣＤ施行時にちゃんとチューブが挿入されていなかった可能性が出てきました。そのミスが二度目のＰＴＣＤ直後からの強い腹部の張りに始まる二度の急性胆管炎の遠因になった可能性も出てきました。

ＰＴＣＤをやってくれた人は一番うまい人ではなく、若手が指示を受けながらやっていたのでしくじった可能性大です。大学病院は研究機関であると同時に若手の育成機関であるので仕方がないと言えばそれまでですが、ぼくのような極めて微妙で難しい症例すらも若手の教育材料にするのはどうかと思いますね。

正直、いまの大学病院でＰＴＣＤを受ける気はもうありません。民間病院のベテランの医師にやってもらったほうがよっぽどマシな気がします。まあそうわかってはいるんですが、なかなかどうして民間病院はぼくみたいな複雑な患者は診たがらない傾向にあるので、難しいところではあります。

昨日はそのあと、再び抜糸してチューブを押し戻し縫い直しです。チューブの押し戻しまでは麻酔なしでやるので痛くてたまりません。ま、そこはしかし日本男児、痛いなどと声をあげるわけにはいきませんな。関羽のごとく笑顔で談笑でもしながら笑って痛みを堪えマシタ……？

[2008-3-28]

櫻庭先生との五年間

健のひょうきんでユーモラスな一面がブログでもよくあらわれていました。

四月一日、エイプリルフールの日にはブログに、

"I married."

と書かれていたのです。

健blog

新婚旅行はマイアミへ

（中略）

結婚しました。ちなみに相手は一〇歳年下です。新婚旅行はもちろんマイアミです。それでは皆さん、ごきげんよう。（後略）

[2008-4-1]

驚いてくれた人がいたのかどうか、いまとなってはわかりません。ただ、いたずらっ気たっぷりに書いたにちがいない健の表情は、まざまざと目に浮かびます。

外で人と会っているときの姿はわかりませんが、私たちの知っている健は、甥っ子たちと写真を撮るときも、おかしな、ひょうきんな顔をするような子です。おもしろいことをして見せ、人を笑わせることが大好きでした。

四月二四日、四カ月も腹部から出ていた管を櫻庭先生に抜いてもらい、健はやっと自由な身に戻りました。お風呂にも入れるようになりました。

残念なこともありました。櫻庭先生がシカゴ大学へ留学されるために、健の主治医が替わることになったのです。健にとっては、とても寂しいことだったでしょう。健の性格もよく理解してくださり、健の気持ちをとても大事にしてくれた先生でした。

二〜三年の予定と聞いていましたので、健は、その後入院する度に、

「櫻庭先生はいつ帰ってこられますか」

と、病室に来られる先生方に尋ねていました。

最後の入院のときにも先生のことを尋ね、帰ってこられる日を、首を長くして待っていたようです。櫻庭先生が帰ってきたら、必ずまた診てもらうとも言っていました。それぐらい健にとって、櫻庭先生は信頼できる存在だったのです。

櫻庭先生の勧めで、五月からは慶大病院の金井先生に診てもらうことになっていました。しかし金井先生が、

「肝臓を専門にしている海老沼先生に診てもらったほうがいいですよ」

とおっしゃるので、それからは、慶大病院の肝臓部門ではトップとされる海老沼先生が健の主治医となり、亡くなるまで診ていただくことになりました。

健blog

お世話になった主治医との別れ

PTCDチューブが抜けました。いや病院で抜いてもらったのですが、ものすごく痛いのかと思って「ギャー、痛ぇ、お助け」と泣き叫ぶ準備をしていたら、ウンコでも出るがごとくスルッと抜けました。というわけで、五年間お世話になった主治医とお別れです。いままで何人もの医師にお世話になってきましたが、五年というのは最長記録です。ひとり前の外科の先生は最短記録でしたが……。

今度かかる医師は未定ですが、いままでのケースからすると、いつもネクタイをビシっと締めてあまり笑わず語らず時々ニヤッと顔を歪める男性医師とは長続きしません。今度はできれば色白で美人で明るく優しい二〇代前半の女医さんがいいんですが、どなたかご存じないですかね。

[2008-4-25]

度々の入院

敗血症になってからというもの、健は度々入院することになりました。

二〇〇八年六月一六日にはまたも胆管炎による高熱で入院。このとき健が看護師と病室で入院後の検査をしているあいだ、私と夫は、病棟の外で医療スタッフが病室から出て行かれるのを待っていました。すると二人の若い先生が私たちのほうへ寄ってきて、

「敗血症になっています」

と告げました。私たちは、

「はい、わかりました」

とだけ答えると、急にひとりの医師が、

「お母さん、わかっているんですか？　息子さんは敗血症で、いつ何が起きるか、とても危険な状態なのですよ。効く抗生剤も限られているし」

と強い口調で言われました。もっと深刻に考えろ、もっとショックを受けろと言わんばかりに。

顔にこそ出してはいませんでしたが、ＰＴＣＤの治療をやってからというもの、私たちは健が入院する度に心配で、心配で、眠れない日々を送っていました。私たちが味わってきた悲し

みや苦しみは、わざわざ表現するものではありません。だからこそ、病院では、できるだけいつも通りの態度で過ごそうとしていたのです。

この入院でも、抗生剤の投与で熱は下がり、一〇日目頃からは夜の点滴を終えると、健は外泊できるようになりました。翌日、朝の点滴に間に合うように、車で病院まで送っていくという生活です。

時には、車で病院まで迎えに行き、健が朝の点滴を終えてからゼミに出席するため一度自宅に帰り、着替えて日吉の矢上キャンパスへ、そしてゼミが終わったらまた車で病院へ、というルートもありました。夜の点滴が終わるのを待って健を乗せて自宅まで帰り、そのまま外泊という忙しい日もありました。

健は入院中いつも、数学の専門書を病室に持ち込み、少しでも体調がよくなるとノートを広げて勉強をしていました。その姿を見ていましたので、私も大変ではありましたが、できるだけゼミにも出たいという健の希望をかなえてやりたい気持ちが強く、何の苦にもなりませんでした。

それよりも健を乗せての片道一時間弱のドライブ、これは健の命があってこそできるものでしたので、それができるよろこびのほうが大きかったように思います。

七月二日には無事退院できました。

健blog

下がらない熱

日曜日に発熱。熱が下がらぬまま月曜日の外来に行くと、血液検査の結果に急性胆管炎の兆候が見られ、また熱も三九・一度あったのでそのまま入院になりました。すぐに抗生剤の投与が始まりましたが、解熱剤を使うも熱が下がりきらず、六時間おきに三九度近い熱が出て、その度に解熱剤を使用しました。

医師にプログラフをゼロにすることを提案しましたが却下され、次に腰の激痛からカポジ肉腫の再発を疑うも却下され、（中略）そして最後に抗生剤の耐性を疑い、抗生剤の交換を進言したらやっとこさ受理され、結局、それが当たって熱はやっとこさ下がりました。（後略）

[2008-6-21]

敗血症対策

昨日これから主治医としてお世話になる人と、現在の状況とこれからの対策について話をした。今度の主治医の専門は肝臓である。ぼくの肝臓の現在の病態はＰＳＣの再発が強く疑われる状態だそうである。また慢性胆管炎によって肝臓自体も弱ってきていて、その痛み具合は肝硬変の初期だそうである。まあ胆汁のうっ滞が長期に及んであることから上記のことは言われるまでもないことであるが。

急務の対策としては、今回のような敗血症レベルの急性胆管炎の発生を抑制することである。が、明確な戦略は皆無というのが現状だ。当面は手探り状態で進まざるを得ないだろう。感染のコントロールの一案として免疫抑制剤の完全な停止が提案されている。このことはぼくが主張し続けてきたことでもある。

（中略）

ＰＴＣＤの再施行も当然考慮に入れられているが、これもまたさまざまな面で問題点がある。結論としてはあらゆる方法を試したとしても肝臓の悪化は食い止められず、やがては肝硬変、もしくは胆管がん、もしくは急性胆管炎に伴う敗血症で死ぬことになるだろう。

ただし、この結論はぼく自身のものだが……。

ぼくのような運命を背負う者が選択し得る最も楽な道は自殺だろう。だから日本には自殺者が多い。しかるに自殺は虚しい。人生の苦渋を嘗《な》め尽くして死ぬことこそ真の生である。生のすべてはその死に様に如実に表れる。ぼくはすでに死の直前を見た。苦しみの極限、薄れゆく意識の中でぼくは思った。この世界は何と美しく素晴らしいのかと。そこにはまさに神の顕現があった。

[2008-6-28]

万事休するまでに

ALP、GGTP(γ-GDP)が増悪した。ついでAST(GOT)、ALT(GPT)もわずかに上昇している。値自体は体感と一致している。胆道系酵素に比してビリルビンやCRP(C反応性たんぱく:急な炎症や病気などで体の組織が壊れたときに増える血液中のたんぱくの一種。代表的な炎症マーカー)は改善している。両者ともに正常値である。急性胆管炎の症状は軽快し、本来の慢性胆管炎像が姿を現してきている形だ。

(中略)

使える抗生剤がなくなると今度急性胆管炎になったときには死ぬしかない。先日の胆管炎では血圧が低下するなど敗血症の症状も見られたと聞く。すでに死の足音は緩やかだが確かに聞こえてきている。すでに万事休すと言っても過言ではないこの状況下で、ぼくは何をすればよいのか。とにもかくにもぼくは自らの人生の歩調を早めねばならない。(後略)

[2008-7-1]

行方不明になった日

七月五日夕方、また健の調子が悪くなり、急いで病院へ連れて行きました。即入院です。またも胆管炎から敗血症になっていましたので、すぐに抗生剤を点滴する日々が始まりました。

いつもは個室に入院していたのですが、度々の入院で健が差額ベッド代を気にしたので、四人部屋に入ることにしました。しかし、入院するとすぐに、

「隣のベッドの人のいびきがすごすぎて、全然眠れない」

と言い出しました。そのため症状が落ち着いてから、夜の点滴が終わる頃に私が迎えに行くことになりました。外泊し、朝の点滴に間に合うよう送っていく生活です。

ある日、夜八時くらいに病室に健を迎えに行くと、ベッドは空っぽでした。健の姿が見えません。

ナースセンターに行くと、看護師たちは、

「三宅君って、V6の三宅健と同じ名前なんだ」

などとのんびり話していました。

「その三宅健の母ですが、健が部屋にいないんですが」

と尋ねると、さらにのんきな答えが返ってきました。

「三宅君は午後三時ごろからお部屋にいないんですよ。院内放送で、お部屋に帰るよう放送してもらっているのですが、帰ってきてないんです」

強い不安に襲われました。

嫌がっていたPTCDを二度も受け、二度目の治療を終えた直後の血液検査では、本当にい

い結果になっていたのです。喜んだのも束の間、管がきちんと入っていなかったために、何度も敗血症になり、苦しい思いを味わいました。信頼していた櫻庭先生もいなくなり、以前は病気と闘おうとしていた健が、最近は生きる気力をなくしているようにも見えていました。

そもそも、移植手術を受ければ、昔のように普通の生活が送れると健は信じていたのです。なのに元通りどころか、死ぬほどの苦しみを繰り返し、それを乗り越えても体調は確実に悪いほうへ向かっているのを本人は実感していたのでしょう。

「どうして自分には次から次へと試練が与えられるのか」

病室のノートに、悲観的なことが一行書いてありましたので、病室からいなくなってしまった健に、私は最悪の事態を想像しかけました。ただ、聖書を読んでいる健が、自らの命を絶つようなまねをするはずはないと思いながらも、不安で不安でたまりませんでした。

健が病室からいなくなったのが、看護師の言うとおりの時間であれば、もう五時間以上行方不明ということになります。すぐに探してもらえるよう頼みました。

三〇分ほど過ぎた頃、同じ病室の人が、健が一階の外来の待合室の椅子に座っていることをナースセンターに教えに来てくれました。

駆けつけると、外来の暗い待合室で健は背中を丸くして座っていました。私が近づき、声をかけても何も答えてくれません。このままではらちが明かないように思え、病棟担当だった若い高田先生にお願いしました。事情を話し、健が聖書をよく読んでいることを伝えると、

「いまは忙しくて、教会へ行っていないのですが、ぼくも信者なんです」

とのことでした。

高田先生はすぐに健のいる待合に行き、一時間以上も健と話してくださいました。健のかたくなな態度もやわらぎ、夜の点滴を受けて、私たちと外泊をすることになりました。

このときの高田先生の、穏やかに心を開かせるように健を導いてくださった姿勢には、心から感謝しています。

悩み苦しむ……健

それからの健は、日中は病室で点滴を受け、夜になると自宅に外泊する生活をしていました。

しかし、七月三〇日、その日はお昼になっても健は病院へ行こうとしませんでした。夜九時頃、雨が激しく降り、雷も鳴り始めたのですが、そのときになって出かけようとします。病院に行く気になったのだろうと思って、

「送って行くよ」

と言っても、首を振って拒絶します。そして、そのまま出かけてしまいました。

夜一二時を過ぎても健は帰ってきません。病院に電話しても、今日は点滴に来ていないと言われました。不安が少しずつ大きくなっていきます。しかし、病院以外に健が行くところは考

えられませんでした。

夜中の一時になろうかという頃、病棟の看護師から電話がありました。

「勤務の終わった看護師が、少し前に病院の建物から出たところで三宅君を見たそうです」

夫はすぐに車で健を探しに病院へ向かいました。

私は家で待っていました。もしも、入れ違いで健が帰ってきたとしたら、そのとき健をひとりにしておきたくはありませんでした。

何時くらいだったのかは覚えていません。玄関のチャイムが鳴りました。健がひとりで帰ってきました。その様子は憔悴《しょうすい》しきっていました。

今までどこで何をしていたのかを聞くと、健は紙の上でペンを動かしました。

「点滴を受けに病院へ行ったが、病棟には行けなかった。病院の中をうろうろし疲れたので、タクシーで小杉の駅まで帰ってきた。お金があまりなかったので、小杉駅までしか乗れなかった。もう病院には行きたくない」

健がどんな気持ちで暗い病院の構内を歩きまわっていたのかと思うと、いまでも辛くてたまりません。それでも、健の無事な顔を見られ、私はほっとしました。一生懸命病院の中を探していた夫が帰ってくると、健の思いを伝えました。

八月一日、私と夫は主治医の海老沼先生に会い、健を退院させてもらいました。

しかし、ほんの二日後、またまた健の腹部に強い痛みが起こり、朝早く慶大病院の救急に搬送されました。

痛みに苦しむ健に救急の医師は、

「入院すると言わないと、痛み止めは使えません。入院しますか？」

と聞きました。

健が二日前に入院が嫌で外泊のまま退院したのは事実です。だからといって、痛みでお腹を押さえ丸くなってうなっている患者に対して、そのような言い方があるでしょうか。

私は本当に腹立たしかったのですが、健に入院するよう勧めることしかできませんでした。

健も痛みに耐えきれず、入院に同意し、どうにか痛み止めを点滴してもらえました。

二〜三日の入院のあと、健はいつものように夜は自宅に外泊し、点滴のために通院する生活を続け八月一四日には無事退院しました。

世間は夏休みで、わが家にも娘と孫たちが来ていましたので、健は叔父さんらしく、川崎の街で甥たちにおもちゃを買ってあげたり、近くの公園で花火を楽しんだりしていました。健にとっては、久しぶりの楽しいひと時だったと思います。

健blog

就職より難しいこと

「『末は博士も就職難』、修了者の二五パーセントが『浪人』」（読売新聞）この問題、大変だとはあちこちでうかがっていますが、ぼくの場合、他の面でもっと著しく大変なので就職に関してはなぜかまったく不安がありません。まずは博士になるまで生きること。それがぼくにとっては就職よりもむしろ難しいことです。（後略）

［2008-7-26］

考える日々

毎日が苦しい。
こんな生活がいつまで続くのか。
ぼくがぼくであるためには何をなすべきなのか
人生について考える日々。
死について考える日々。
生について考える日々。
数学。今はそれしか見えない。
もうこれしか見えない。

見ることができない。
せめてあと三年生きたい。
そのうちに真に健康な日が三日でもあったなら、
どんなにか幸せなことだろう。
どんなにか世界が輝いて見えることだろう。
ぼくは健康がどんなものかを知らない。
ぼくが生まれたとき、両親が最も望んだこと。
それが名前の由来。

それがぼくには最も欠けている。
哀しみが醸成されていく。
その果てを見ることなく。
苦しみが醸成されていく。
その果てを見ることなく。
イエス。
心の救い主。
わが魂の恩人よ。

クダラナイ私に一抹の勇気を。死の前に立ちて、なおかつ、世界の素晴らしさを讃えることのできる勇気を。私は弱いのです。
隣にあり無邪気に笑う赤子よりもはかなく弱いのです。
唯の一抹の勇気。
それがどれほど重いことだろう。

[2008-8-6]

いまの気持ち

(中略)

二回病院を逃走した。おかげで現在は病室に軟禁状態である。これは著しい個人の人権の侵害であり日本国の憲法違反であると声を大にして言いたい。相変わらず急性胆管炎を繰り返している。

PTCDをやりたいと医師は言うがその効果には若干の疑問を感じている。二回目のPTCDを病院側が失敗してくれたおかげで二回の敗血症を患って死地をさまよい、現在の悲惨な状況にあるわけであるから、放射線科の医師には「お願いします」という気持ちより「謝れ！」という気持ちのほうがイササカ強い。(後略)

[2008-8-7]

食事療法

退院しました。しかしながら最近は退院後、数日で急性胆管炎になり再入院になっているので要注意です。新たに食事療法を始めました。肝臓なので脂質《ししつ》制限食です。ただ脂質の摂取《せっしゅ》をゼロにはできないらしいので極力制限、一日一五グラムくらいにしようと思っています。また調子が少し悪くなりそうだというときには、一時的に脂質の摂取をゼロにしようと思っています。（後略）

[2008-8-17]

なつかしい声

一〇月二三日、その日の夕方は雨が激しく降っていました。夫を迎えがてら、日吉の東急まで出かけた私は、車を四階の駐車場に入れました。運動不足を実感していたので、歩いて一階まで降りようと考え、階段のところまで行ったのです。

と、最上段から足を踏み外して、踊り場まで転落しました。

『しまった。どうしよう』

ほんの数秒だったと思いますが、踊り場まで転げ落ちるまでの時間はとても長く、スローモーションのように感じました。

救急車で、武蔵小杉の日本医大附属病院に運ばれました。救急室で待っているあいだ、看護師さんが、

「三宅公子さんは来られていますが、それ以上のことは何もお話しできません」と何度も繰り返しているのが聞こえていました。私は何を話しているのか、その意味がよくわかりませんでした。

しばらくすると、少し離れた場所から、聞き慣れた声が聞こえてきます。

「三宅公子が救急車で運ばれてきていると思いますが、どこでしょうか?」

という、それは懐かしい声でした。健の声です。

あとで聞いた話ですが、夫が私の事故を健にメールで伝えたそうです。「心配はいらない」と書き添えてあったようですが、健はびっくりして、まず浜松の姉に電話していました。

「母親(ママ)が階段から落ちて救急車で日本医大に運ばれたって」

娘に言わせると、そのときの健は、今までにないくらい不安げで、あわてた様子だったそうです。

看護師と電話でやり取りしていたのは、娘でした。すぐには病院に来られないため、できるだけ詳しく状況を知りたかったようです。

健は自転車を飛ばして、日本医大まで来てくれました。そして、数年ぶりに、私に声を聞かせてくれたのです。

私は左の鎖骨を骨折していましたが、手術はせずにコルセットを付けて治すことにしました。

怪我の痛さよりも健の声を聞けたうれしさのほうが私には大きかったのです。これをきっかけに、健が以前と同じように普通に話してくれるようになったのですから。痛みも悪くなかったなとむしろ感謝する思いでした。

私が左手を動かせないこともあり、健はお風呂掃除をしてくれたり、買い物に行っていろいろと買ってきてくれたり、やさしく手助けしてくれました。

事故から二週間も経つと、三人で川崎に行ったり、二子玉川に出かけたりするようになりましたが、エスカレーターや階段を下りるとき健はさっと私の前に出て、

「ちゃんと手すりを持って下りるように」

としつこいくらいに言うようになりました。いつもは、冗談半分ではありますが、

「君はぼくの秘書だ」

と言うぐらい、すべて母親任せの子でしたが、やるときはやってくれるんだなと頼もしく思えました。また、夫はもちろんですが、子ども二人もとても私のことを大事に思っていてくれることを再確認でき、うれしいことばかりだったように記憶しています。

健がいなくなった今、階段を下りるときは、夫が前を歩いてくれます。もしものときには夫が備えてくれていますし、私自身も、常に階段から転げ落ちたことを忘れないで用心していますから、

「健、安心していいですよ」

健blog

事故

母が夕方、日吉のスーパーで階段から転げ落ちました。

(中略)

一報を受けたときはびっくりしました。病院に駆けつけると、救急のベッドに寝ていました。いつもとは逆です。他人が苦しむのを見るより、自分が苦しむほうがマシだなと思いました。

[2008-10-23]

家事代行

先日、母が鎖骨を骨折したので、家の掃除や洗濯をしなければならなくなりました。鎖骨の骨折は全治二~三カ月だそうですから、少なくともその期間は家事をすることになりそうです。(後略)

[2008-10-25]

数年先?の再移植

一二月には、千葉の病院で行われている加藤先生の診察を受けに三人でドライブしました。

「このような状態で推移していくと、数年先には再移植が必要になってくるだろう。日本の移植ネットワークに登録しておいたほうがいいですよ。今度はノーマルなやり方でやりましょう」

という話があったそうです。

健の場合は、移植後にカポジ肉腫を発症したこともあり、癒着もあるだろうから、再移植は危険を伴うということも言われていました。それだけに健はすぐに登録しようとはしませんでした。

胆管炎を繰り返してはいましたが、悪いなりに大丈夫かなという気持ちが私たちにもあり、また、再移植中に命を落とす危険もあるならば、あえて「早く再移植を受けたら」とは言えませんでした。

健は、その後も胆管炎を繰り返し起こしていましたが、早め早めの抗生剤の服用で比較的落ち着いていました。また、この頃から、脂肪の少ない食事を心掛けるようにしました。

健blog

いい傾向

先週、血液検査に行ってきました。ビリルビンやＡＳＴ（ＧＯＴ）、ＡＬＴ（ＧＰＴ）は下降してたけれども、ＡＬＰ、ＧＧＴＰは少し上昇していました。最近、脂質制限が少し甘くなってきていたから、そのせいかと思います。夏頃のような命の危険を伴う急性胆管炎は起こさなくなりました。これは非常にいい傾向です。

（中略）

肝移植時にステロイドをゼロにしたら、数日後に急性拒絶反応を起こしたので、ステロイドの減少に関しては石橋を叩いて渡るくらい念には念を入れたいのです。主治医の思惑としては、そろそろ抗菌を目的に服用している抗生剤をいったん切りたいとのことです。抗生剤の耐性菌が急性胆管炎を起こした際の治療の妨げになってきているからです。このことに関しては最近症状も落ち着いているし、大丈夫だろうと思っています。現状、最も有効に働いている治療は脂質制限だと思います。（後略）

［2008-11-30］

平澤さんご夫妻

米国の主治医（加藤友朗先生）の外来を受けに千葉まで行ってきました。病院に着くと血液検査、酸素濃度、体温、身長、体重の測定などがありました。待合室で待っているとマイマミでぼくの次の次に肝移植を受けられた平澤さんご夫妻が来られました。とてもお元気そうでした。平澤さんは原病がぼくと同じＰＳＣでした。同じ病気を患い、移植を経て元気になられた方と会うととてもうれしい、こちらも元気をもらえます。

（中略）

現状のまま推移していくと将来的に再移植が必要になるとのことです。とりあえず日本の臓器移植ネットワークに登録してはどうかということです。まあ、この問題についてはゆっくり考えていこうと思います。

[2008-12-15]

二〇〇九年、新しい年が始まりました。健の体調はあまり変わりありません。血液検査もよくなったり、悪くなったり。一五年以上病気と付き合っていると、体調の変化を健は敏感に察知するようで、

「あ、熱が出たな。大体七度五分ぐらいかな」

とわかるようでした。

私がうるさく体温計で計るように言って、実際に計ってみると同じような数値が出るのです。それだけ、健は自分の体に注意を払っていて、だからこそ、自分の体のことは自分が一番わかっているのだという気持ちが強かったのだと思います。

健blog

脳死移植登録

病院に行ってきました。

血液検査の結果は依然としてよくないですね。

（中略）

小生は体感でGGTP、ALPなどの数値が大まかに把握できるのですが、これがどうしてわかるのかは医師もよくご存じないようです。

「それじゃ血液検査は必要ないよね」と言われましたが、いやいや、細かい数値はわかりません から。日本での脳死移植の登録にはついては、今度、主治医が東大の医師や移植コーディネーターと会うので話をしておくとのこと。

東大附属病院か、脱走して以来だな。

断られる可能性高し。（後略）

［2009-3-13］

首のしこり

米国の主治医の診察を受けに千葉まで行ってきました。最近は定期的にやってくれるんですよね。ありがたいことです。首のしこり、主治医はわからんと言ってました。気にしすぎかもしれません。あるにはあるんですが……。

（中略）

ただ近いうちに肝生検とＭＲＣＰと大腸ファイバーをやったほうがいいとか。プログラフの濃度が低いので拒絶が起きていてもおかしくないとか。

（中略）

ただ自分としてはもう充分に生きたと思っているので、あとは今を精一杯生きるだけです。いつ死んでも悔いはまったくありません。

[2009-6-7]

肝機能悪化

病院に行ってきました。ＡＬＰは下がっていました。肝機能は少々上がっていました。他はいつもと変わらず。体調はいつも倦怠感で苦しんでいます。思えば、肝移植を受けてから健康を謳歌したことはまだないですね。ちょぴっとでいいから、そんなときが来てくれるといいんですが。

[2009-6-22]

留学、ボストンへ

六月になって、大学院のゼミの前田先生からボストンへの短期留学を勧められました。今度は、健の大好きなアメリカへの留学ということもあり、喜んで行くことになりました。ボストン大学への二カ月間の留学が正式に決まってからの健は、生き生きとして準備をしていました。

ただ、健の苦手なこと、それは飛行機に乗ることでした。健は理系の学生でありながら、「あの重たい飛行機がなぜ空を飛ぶのかわからない、不思議」だそうで、以前マイアミから帰るときも隣の席から、

「エンジンの音が聞こえないけど大丈夫かな？」

と何度も聞いてきて、こちらが不安になるぐらい心配していました。

ですから、ボストンに行くにも、できるだけ飛行機に乗らなくて済むようにと、成田からニューヨークまでは飛行機だけれど、ニューヨークからボストンまではアセラの予約を取っていました。

しかし、その頃の血液検査はあまりいい結果ではありませんでした。出発日の直前まで、血液検査に行き、ある程度のことは自分で対応できるよう海老沼先生が抗生剤などいろいろと処方をしてくださり、準備完了しました。

九月一三日には、成田まで見送りがてら夫と三人で楽しいドライブ。午後六時五分発の飛行機でしたが、三時半ごろには「じゃー、もう行くね」と中に入ってしまいました。あっさりとしたものでした。

ボストンに健が滞在しているあいだ、夜のスカイプでの会話を楽しむことになります。

健blog あれから七年

近々、ボストンで短期の研究留学をしてくることになりそうなので、準備を慌ただしく……しなければならないのですが、のんびり今頃ビザがどうのこうのとやっております。

住居は大学の寮はいっぱいらしいので、向こうでアパートでも借りようかと思っています。フェンウェイがいいなと思っているのですが、あの辺は家賃が高いし、空き室もあまりなさそうなので、少し郊外に借りようかなと思っています。大リーグが見られればいいなあと思っているのですが、ぼくはヤンキースファンなので、少し微妙。米国は脂っこい食べ物が多いので、体調管理が大変だなと思います。でもボストンはシーフードがおいしいみたいですから、いまからすこぶる楽しみです。

ボストン・レッドソックスの本拠地、
フェンウェイパーク（野球場）にて

定期の血液検査はしなければならないので、どこの病院にかかるかはこれから医師と相談しなければならないんですが、ま、何とかなるだろと。主治医（加藤友朗先生）もニューヨークにいますからね。インフルエンザの予防接種を受けていきたいんですけど、まだ始まってませんかね？　おそらく優先順位は高いと思う、肝臓悪いから。

渡米はマイアミのあのとき以来です。車いすで病棟をあとにするとき、看護師のクリスが「絶対死ぬなよ、必ず元気になってマイアミに観光で遊びにこいよ」と言っていたのが記憶に残っています。あれから七年……。再び米国へ、スムーズに行けるといいなあ。

渡米前、血液検査

今日は渡米前最後の血液検査に行ってきました。あんまりよくはありませんが、まあこの際あまり贅沢は言っていられません。（後略）

[2009-8-4]

現地生活

こちらに来てから大学のブログを主に書いているので、このブログはあまり書いていません。生活自体は来る日も来る日も勉強と研究のみでほかのこと、すなわち観光などは一切していません。ボストン大学やＭＩＴ（マサチューセッツ工科大学）の周辺のみが私の行動範囲のすべてです。肝機能は胆道系酵素がやっぱり高いです。なので脂質を控える食事、これしかありません。血液検査？　やってませんよ、体感で正確にわかるんです。

[2009-9-11]

[2009-10-11]

ボストンの健（大学のブログより）

九月一八日～ボストンでの生活はじまる～

この度、慶應義塾大学ITPプログラムを利用して米国のボストン大学に二カ月間の短期研究留学をすることになりました三宅健と言います。今後、定期的にボストンでの現地報告をブログ上で行っていきます。どうぞ宜しく。

（中略）

私個人としましては今回のボストン大学滞在において、「ホップ代数の組み合わせ論的側面、場の理論への応用」という一つ大きなテーマを決めてそれを軸に研究を進めていこうと考えています。

（中略）

なにぶんボストン滞在はまだ始まったばかりで生活上のことなどでも、慣れない点は多々ありますが、この機会を存分に活かせるよう全力で頑張っていきたいと思います。

一〇月一日～ボストン、その土地とそこに住む人々～

どうも、ボストンの三宅です。ボストンに着いて早三週間、生活自体はボストンに慣れ親しんだと言えそうな気がしている今日この頃です。ただそうは言いましても日々勉強・研究に追い立てられているような状況でして「今日は観光でもしようかな？」なんて気楽に言える日はボストンに来てからというものただの一日もありません。

（中略）

昨日あった二度目のミーティングでは先生から質問が出され、それを二人で考えていくというスタイルでした。主に例を二人で挙げながら一般論に咀嚼《そしゃく》していく感じでしょうか。私は始終タジタジでしたが、自らの理解不足の箇所なども確認できて非常に勉強になりました。

（中略）

ボストンの街は落ち着いていて品がある街のように思います。ボストンの住民の方々もそれを自負していていてそれを保ち高めることに感心があるようです。大学の付近にはまた他の大学や研究所があり、アカデミックな雰囲気に常に包まれていて、落ち着いて勉強ができる環境にあります。なにより目に入る人々の多くがアカデミズムに属し、学究に日夜勤しんでいるので、自分もやらなければという気持ちにさせてくれます。これは自分も遊ばなくていいのかという気持ちにさせてくれる日本の都心とは大きく異なる点です。（後略）

一〇月一五日〜MIT〜

どうも三宅です。ボストンに着いた頃はまだまだ蒸し暑く、日本の残暑の大気をそのままボストンに持ち込んだかのような日々が続いていたのですが、ここ最近になり、ようやく冬の到来を予感させる空気の冷たさを頬や耳におぼえるようになってきました。しかしボストン在住の諸君にはすでに寒さに幾分かの耐性があるようで、私がブルブル震えながら首をすぼめて歩くさなか、Tシャツとジーパンといったいでたちで颯爽と私を追い越していく姿が実に何と言いますか、私を情けなく引き立たせてくれます。

（中略）

ボストン大学のセミナーは大抵一時間なんですが、MITのこのセミナーは二時間あります。しかしそれをぶっ続けでやったのでは話すほうも聴くほうも集中力がもたないということで、だいたい一時間くらい経つと、

「あっ、もうこんな時間ですね。お茶（コーヒー）にしましょう」

と言ってほとんどの人はぱーっと部屋から出ていきます。大学院の若者やアティヤと思しき人は知り合いと黒板で討論を続けていたので、部外者の私も部屋に残ってしばらく数学の熟考を、いや、ぼんやり窓の外を眺めてました。

「いま日本は真夜中なんだよなあ」

と思うとほんと不思議な気がします。

「いまから半世紀程前にはここにリチャード・ファインマンが通ってたんだよなあ（ファインマンは大学では数学を専攻していたので）」

と思うと、ちょっぴり観光地にでも来たような気分になり、

「この黒板にファインマンが数式を書いたかもしれない」

と思うと、思わず黒板に頬ずりしたくなりました。

そして講義も終わり、さあ帰ろうかと校舎を出るともうそこはどこかわからない場所で……。とにかくメモリアルロードの方角を目指して一直線。なんとか辿り着くことができました。

個人的な感想と致しましては、MIT、ああMITと皆が言うほど特別な大学には思えませんでした。でもここに常時、ノーベル賞受賞者が何人も教鞭をとっていると思うと、何だか普通の何気ない校舎も鋭い才気を発しているような気がしてくるから不思議なものです。

それではまた。

一一月七日〜ボストンでの生活も残りわずか〜

どうも。残暑のボストンにやってきておよそ二カ月、夏から秋、そして冬と日本の緩やかな四季のうち三つを瞬く間に体験してきたような、まったく瞬く間の二カ月を過ごしてまいりました。しかしそれも残すところあと一週間余。残る時間でできうるかぎりのことをしつつ、名残惜しさを連れ立って日本に戻りたいと思います。

先日こちらに来てから雑誌とやりとりしていた論文が無事アクセプトされました。ホストの先生はご多忙の最中、私の拙い英文原稿に細部に至るまで逐一チェックを入れてくださいました。まったくお礼の言葉も見つかりません。

（中略）

数学の研究に関しましては、planar spanning tree のホップ代数の定義を利用して一般のグラフにホップ代数の構造（余積、余単位射、余逆元）を定義できないだろうかという問題を先生から与えられていたのですが、これはどうやらできました。ただできたことはできたのですがどうやら自明に定義できることがわかって問題の解決としては面白くない、ということで、ほかのグラフ理論の問題にこのホップ代数の理論が応用できないかということになりました。

実り多き年の終わりに

ボストンでの生活は、本業である数学の研究こそ大変そうでしたが、毎日の生活はとても楽しそうでした。

一〇月半ばには熱が出て、MGH（ハーバード大学附属マサチューセッツ総合病院）の移植外科で診てもらうこともありました。なので、三一日から一〇日間、夫と二人でボストンに行くことになりました。

本当は、健がお世話になっているB&Bホテルでお世話になりたかったのですが、健が、「ぼくは遊びに来ているのではない。それにたった二カ月の留学なのに、親が会いに来るなんて、皆にわかったら嫌だ」

と言うのでMITの近くのアパートメントを借りることにしました。


私たちがボストンに着いた次の日、ボストン大学での講義が終わってから、健はハーバードブリッジを渡り、チャールズリバーのほとりを歩いて、私たちのアパートまで来てくれました。途中まで、私たちは迎えに出ていましたが、ほとりを歩いてくる健の姿は、堂々としたもので、その姿は今でもまぶたに浮かびます。

滞在中は数学の研究に全力を注ぎ、あまり観光はしていなかったようで、一緒にハーバード大学やボストン美術館などを見て回りました。

レストランに入っても堂々としたもので、スムーズに注文し、タクシーに乗っても買い物に行っても、まるで自分の生まれ育った街を紹介するかのように、私たちをリードしてくれました。たぶん、自分のそういう成長した姿を、両親に見せて楽しんでいたのだと思います。

ボストンで健が生き生きと楽しんでいる姿を見られたことは、私にとって何ものにも代えがたい思い出となっています。

ジョン・ハーバード像の前で健と

一一月一七日に健はボストンより無事帰国。そして、休む間もなく一九日には学会発表のため、韓国ソウルの延世大学へ出発し、二一日に帰国と忙しい日々を送りました。体調を心配していましたが、何事もなく無事過ごせました。

このように二〇〇九年は、体調が悪いながらも、ボストン大学への短期留学、ソウルでの研究発表などを無事やり遂げることができ、健にとって実り多い年だったと思います。

健blog

MGH受診

疲れています。クタクタです。セミナーの最中は数分おきに眠すぎて意識を失っています。先日、三九度の熱が出てMGHの移植外科で検査を受けました。血液検査と検便検査ですが、まあ大した問題はありませんでした。（後略）

[2009-10-24]

時差

帰国しました。帰国前日はニューヨーク見物を満喫しました。自然史博物館から自由の女神まで名だたる施設、場所をひと通り拝見しました（車の中から）。翌日は飛行機の中で寝ずに帰って、帰宅してから寝たので時差はまったくないです。どうやら私には時差はできないようです。飛行機の中ではひたすら映画を観るのみ。アメリカン航空でしたが、食事はおいしく快適でした。明日は韓国行きですが、現在熱が三八度ほどあるので少し困っています。（後略）

[2009-11-18]

この一年を回想

クリスマスですね。だからと言ってどうということもないのですが、この時期になると一年を何となく回想したりするものです。思えば中学三年の時に病気が見つかり、薬を飲みはじめ、さまざまな合併症と闘いながら肝移植まで受けて生き永らえること十余年。自分にとって安寧と言える年はほとんどありませんでしたが、今年はまあまあ平和でしたね。自分論文も二本目が受理されたし、米国と韓国にも無事行けたし。（後略）　[2009-12-25]

人生いかに生きるか

あけましておめでとうございます。新年初の血液検査に行ってきました。胆道系酵素が依然として高いです。ＡＬＰが一三五〇くらいでしょうか。ビリルビンは二点台、炎症反応もそれなりにあるので、胆管が炎症しているのでしょう。他に大腸がんと胆管がんの指標となる腫瘍マーカーも上がっています。もうちょっとでレッドゾーンです。対処できるのなら入院検査も辞さないのですが、がんになっても胆管のがんは予後極めて不良なので対処しません。人間諦めが肝心ですな。

そろそろ臓器移植ネットワークに登録しましょうかと医師に言ったら、何でも臓器移植が改正されて駆け込み登録した人が多いようで、肝臓の待機患者がおよそ三〇〇人いるとのこと。この前まで数十人いるかいないかだったのに急増ですね。いくら改正されたってね、そんなに脳死移植が急に増えるわけじゃないと私は思いますよ。脳死になられた患者さんのご家族、そして医療の行為者たる医師、彼らの心が自然に脳死移植に対して前向きになるまでにはまだまだ時間はかかると思います。人の心は法律と違ってセンシティブなんですから。

まあ私はね、脳死移植を受けられないと遠からず死んでいくわけですが、それほど気にしてませんね。人生ってやつはどれだけ生きるかに意味があるのではなく、常にいかに生きるかに意味があると思ってるからです。

もし胆管がんの発生が確実になったら、私はとりあえず銀座に走って旨い鮨を食べまくりますね。そんでもって池袋に行って朝まで酒を飲みまくるでしょうね。そんなものです。人生は。

[2010-1-10]

家族の誇り、自慢の息子

二〇一〇年、健は博士論文の総まとめに取り組むため、新年からパソコンの前に座り込みました。忙しさは私にも伝わってきました。

「慶應大学大学院で博士号を取得するためには、数学の専門誌の審査に二つの論文が合格し、掲載されなければならないから大変なんだよ」

そういいながらも、どこか楽しそうでした。

三月には、慶應大学で数学の学会があり、健も四日間、朝から夕方まで毎日通っていました。

博士論文を無事に書きあげると、七月五日の公聴会に向けて、毎日忙しく準備を進めていました。公聴会前日から少し熱が出てしまったのですが、解熱剤を服用し、脂質の少ない食事を徹底し、体調に気をつけながら公聴会当日の発表に備えていました。

博士号を取ることが、移植後の健にとって大きな目標でした。ですから、どんなに熱が出ようが、這ってでも行く覚悟をしていました。いままでも、ゼミでさえ体調が悪くて親が休むよう勧めても、絶対に休まないで出かける息子でしたから。

当日は、熱が少しあったので食事はせず、薬だけ服用して出かけました。

夜九時頃に帰宅した健からは、大きな仕事を成し遂げたという安堵と達成感が感じられました。発表も成功し、懇親会まで出席していたとのことです。

博士論文も無事合格。九月一七日の学位授与式を迎えることができました。

健 blog

ブログ再開

最近、何かと忙しくしていましたが、少し生活が安定してきたので、またブログを少しずつ書いていこうかと思います。研究は順調に進んでいるような気がしますが、体調はひどく悪いです。高い黄疸が持続しています。そんなわけでして研究は頭の中でできなくもないのですが、なかなか成果を論文にできず、地団太を踏んでいる今日この頃です。日本で移植の登録をしたほうがよいのかもしれませんが、（日本の）主治医によると「二回も移植を受けて助かろうなんて非道徳的なことだからどうせ登録したって呼ばれないでしょ。それが常識」ということらしいので、まだ登録していません。

[2010-5-14]

これも修行

この週末にかけて論文を一つほぼ書き終えることができて少し安堵しています。まだあと何本か書かねばならぬのが正直面倒なところ。これも修行だと捉えて頑張ろうかと思ったり。卒業後のことを考えて就職活動も時々していますが、目下のところ、二つ受けて二つ落ちています。一つは企業の研究所で、もう一つは国？の研究所。まあ私は試験？に落ちることにかけては超一流なのでまったくしょげてはいません。むしろ働きたくないみたいな、おっと、これは禁句ですが。

[2010-5-16]

胃カメラ検査

学位公聴会もなんとか無事？に終わり安堵しています。あとは論文の修正（誤字探し）ですね。ようやく落ち着いて研究に打ち込めそうです。今月は超音波と胃カメラを受けます。胃カメラの目的は胃の検査というよりは静脈瘤《じょうみゃくりゅう》の検査です。私は大腸ファイバーより胃カメラが嫌いです。反射が強いから。口にマウスピースを噛まされるときは胃が縮み上がる思いがします。（後略）

[2010-7-8]

ゼフィックス

胃カメラを受けてきました。鎮静剤をたくさん使ってもらい、いつもよりは楽に受けられた気がします。食道静脈瘤は何も問題なかったようです。胃炎が若干あったみたいですが、これは胃薬を勝手に中止していたせいかもしれません。再開しました。

（中略）

薬と言ってもかなり減ってはいるんですよね。抗生剤はクラリスとサラゾピリンだけです。

（中略）

ステロイドはすでにゼロ。タクロリムス（プログラフ）は一日〇・四ミリグラムですが、これをそろそろ減らしていきたいと思っています。ゼフィックスは、結局B型肝炎を発症せずに済んだので、やめてもいいみたいなのですが、肝炎ウイルスは検査値上マイナスでも完全にゼロというわけではなく微妙なところのようです。その微妙なところは専門家でない私には興味がないので、肝臓が専門の主治医に任せています。今週末は超音波をやる予定です。

[2010-7-28]

私と夫も、

「絶対に学位授与式には出席して、健の晴れ姿を見るからね」

と前々から健には話していたのですが、

「絶対だめだ。大学院の卒業式に親が来るなんて、考えられない。絶対に来てはだめ」

と健に強固に反対され、断念せざるを得ませんでした。当日の九月一七日、三田の慶応大学の校舎まで車で健を送り、式を終えて帰ってきた健からできるだけ詳しく式の様子を聞いてやろうと思いました。ところが、

「両親が来ていた人もたくさんいて、恥ずかしげもなく記念写真を一緒に撮ったりしていた」

と言うではありませんか。健がどんなに反対しようが、こっそりと出席して健の晴れ姿を見に行けばよかったといまでも後悔しています。

学位授与式でいただいた三宅健の理学博士の学位記。これは健が命をかけて取得したものです。これを持って帰ってきた健のうれしそうな、そして照れくさそうな表情がいまでも目に浮かびます。

健、辛い病気と闘いながら、本当によく頑張ったね。私たちの誇り、私たちの自慢の息子です。本当に、本当にありがとう。

四章　挑戦あるのみ

二〇一〇年秋、健は慶應大学大学院博士課程を修了し、長年の目標であった理学博士となりました。とてもうれしかったらしく、健は式典から帰るとすぐ、娘（姉・由美子）に電話をしていました。

「ぼくは理学博士になったよ」

「子どもたちが、健博士様と呼ぶってよ」

いままで幼い甥っ子たちに、「けんぼう、けんぼう」と呼ばれていたのが百八十度かわり、電話の向こうから「健博士様」と呼ばれて、健は照れ笑いをしていました。

ただ、残念ながら、その年の冬休みに娘たちが帰省したときには、甥っ子たちからの呼び名は「けんぼう」に戻っており、いまでもその子たちは娘と一緒に「けんぼう、けんぼう」と懐かしんでいます。

理学博士とはなっても、健は就職先が決まっていませんでした。大学院の準訪問研究員にしてもらっていましたが、無給です。三〇歳になってもまだ親がかりというのが、健には、

「男としてのプライドが許さない」

そうで、インターネットで本格的に就職活動を始めました。

親としては、数年先には再移植が必要と言われていましたし、本人も「すぐにあと二〜三本の数学の論文を書こうと思っている」「頭の中ではもう考えている」などと言っていましたので、準訪問研究員で論文を書きながら、大学の研究者の職を探すことを勧めていました。

しかし、健は、

「大学の研究職は、三年や五年の契約期間があり、ぼくみたいに、数年後に再移植を受けなければならない体では、そのあとがどうなるか心配で嫌だ」

と言っていました。また、大学の研究者として学生に教える仕事では、体調が悪くなって休講が増えると学生やほかの先生方に迷惑をかけるとも考えていたようです。

ですから、企業の研究職に限定して職を探していました。


移植手術を終え、米国から帰ってきて以降、私たち親は、まず健の意思を最大限尊重することに決めていました。自分の病気に対しても、健は、「自分の体のことは自分が一番わかる」と言っていましたし、それは私たちから見ても納得できました。常にどの薬が一番自分の体に効いたかを考えていましたし、医師に対しても自分の考えをしっかりと言っていました。

ですから、就職活動に対しても、親の希望は伝えることはあっても、健のやりたいように、そばで見守るという姿勢を変えるつもりはありませんでした。それが一番の方法だと思っていました。
ただ、二〇一〇年の秋が深まるにつれ、健の体は確実に悪いほうへ向かっていきました。

健blog

肝機能悪化

急激な肝機能悪化の原因は不明。現在、感染、胆管がん、ＧＶＨＤ（移植片対宿主病《いしょくへんたいしゅくしゅびょう》（提供者（ドナー）の移植片（血液細胞や臓器）が、移植を受けた者（レシピエント）の体内や臓器を異物とみなし、全身の組織を攻撃・破壊すること。一方、拒絶反応は、レシピエントの側が移植されたドナーの組織に対して異物として反応・攻撃するものである））などが疑われている。抗生剤ゾシンの点滴投与（一日二回）開始。絶食、飲料はオーケー。

[2010-10-6]

私はあなたを捨てない

痒《かゆ》みが尋常ではない。
いま私はヨブ記の世界を生きている。

私の身体と精神は疲弊してしまった。
人生の大半を病苦とともにしてすっかり疲弊してしまった。
いまや笑顔を作ることは叶わず、息をすることも苦しい。
意識があることが苦しく、生きていることが辛い。
私にはもはや打つ手がない。
どうしてよいかわからない。
なぜかくも苦しみが続くのか。
私は何のために生まれてきたのか。
ただ病苦に悩むために生まれてきたのか。
神はどこにいるのか。
いるのならなぜ私を救わないのか。
いるのならなぜ私を救えないのか。
どこにもいない。どこにも見えない。
ナザレのイエスよ。
いまの私にはあなたが見えない。
いまの私にはあなたの声が聞こえない。
しかしナザレのイエスよ。

いまの私には嘘がつけない。
私はあなたを捨てることができない。
私はあなたを忘れることができない。
私にはあなたを疑うことができない。
あなたはかつて私を救ってくれた。
あなたはかつて私に声を聞かせた。
かつてあなたは私に約束した。
私はあなたとともにあると。
あなたの苦しみは私の苦しみでもあると。
あなたの哀しみは私の哀しみでもあると。
あなたの喜びは私の喜びでもあると。
あなたの怒りは私の哀しみであると。
あなたが私を呪ったとしても
あなたが私を踏みつけたとしても
あなたが私に怒りをぶつけたとしても
あなたが私を知るその前から
あなたが母の胎《はら》に在るその前から

あなたが私を忘れても
私はあなたとともにあると。
だから私はあなたを信じた。
だから私は苦しみに耐えた。
だから私は生きている。
だから私はあなたを捨てない。

[2010-10-7]

退院するも……

本日退院。
肝硬変は中程度強にまで進展していると思われる。
肝臓はパンパンに腫れている。
DIC-CT（点滴静注胆嚢胆管造影CT）では急性胆管炎の成因はわからず。
現在のところ、胆管がん、肝臓がんの鑑別はできていない。
さらに拒絶反応の鑑別を行うため、肝生検を予約済み。（後略）

[2010-10-14]

末期肝硬変

米国の主治医の外来に行ってきました。肝臓は肝硬変で門脈圧亢進症《もんみゃくあつこうしんしょう》があり、アンモニア濃度が高く、脳症《のうしょう》も出ているだろうとのこと。記憶力の低下や意識レベルの低下、意味不明な発言の有無を聞かれました。末期の肝硬変なんですね。

[2010-10-24]

米国での再移植の可能性

これから肝臓の問題にどう対処していくかはなかなか難しいことです。今のままでは遠からず死ぬのでしょう。

近い将来に死ぬこと自体は一五歳のときに覚悟したので、今更どうということはないのですが、数学の研究がこんな中途で頓挫《とんざ》してしまうことは実に口惜しく思います。唯一残された対処は肝臓の再移植ですが、日本の主治医によると「二度も移植を受けて助かろうなんて不道徳なことだから、登録したってどうせ呼ばれない。それが日本の良識」らしいので、どうなんでしょうね。

宝クジでもあたれば米国に行けるんですけどね。

私は百円も当たったためしがないので。まあボロ雑巾のようになりながら、よくもったほうだと思いますよ。博士にもなれましたしね。まさにこれからというところだったんですけどね、本当に。この溢れ出る悔しさは何なんだろうか。

[2010-10-25]

応募状況

就職活動に忙しくしています（嘘です。のんびりやっています）。

研究職は基本的に通年で募集しているので助かります。基本的には研究所を受けています。

博士の民間への就職は研究分野のマッチングが重要とか言われたりしていますけど、実際のところどうなんでしょう。（後略）

［2010-11-04］

ICUからの生還

二〇一一年になりました。

三月一一日には、東北地方に大地震があり、わが家は家族三人とも自宅にいましたが、いままで経験したことのない大きな揺れでした。

テレビを通して大被害の実態を見ていた健は、それからは何か自分も社会のために働きたいと言うようになりました。

七月四日早朝、健が息苦しいと訴えました。数日前から、体温の変動が激しかったのです。すぐに救急車を呼び慶大病院の救急へ運んでもらいました。

救急ではすぐに診てくれましたが、その最中にけいれんを起こしＩＣＵに入りました。敗血症のショックを起こしており、もう少し来るのが遅かったら命が危なかったそうです。

次の日の朝六時前に病院の主治医から自宅に電話がありました。

「三宅さんの血液の酸素濃度が低くなりすぎているので、すぐ人工呼吸器を装着したい。すぐ来てください」

出かける用意をしていると数分後にまた電話が鳴りました。

「あと何分で来られますか？　来られなくても人工呼吸器を装着させてもらいます」

夫と二人、あわてて車に飛び乗りました。早朝のため、道路は空いていて三〇分程度で病院に着きましたが、そのときにはもう健に人工呼吸器が装着されていました。

顔をのぞき込んでみると、健は薬で眠らされていました。

その後一〇日間、健は人工呼吸器を着けられ、睡眠剤で眠らされていました。しかし、深い眠りではなく、手を握ると握り返してくれたり、話しかけると体を動かそうとしたりしていました。

ある日、私が健に話しかけ、手を強く握ると、健も強く握り返してくれました。手を離すと、また手を差し出してきます。

「パパと握手するの？」

と聞くと、頭を微かに動かします。すぐ夫が手を握ると、健がしっかりと握り返してくれたそうです。

元気なときは、絶対に私たちと手を握ったりなんかしない、照れ屋の健です。それだけに、これは健がお別れの握手をしているのではないかと、私は不安でたまりませんでした。

しかし、だんだんと血液検査の状態もよくなり、意識も少し覚醒する時間がもてるようになりました。そのときにペンを持たせると「ぼくは天才だ」とミミズが這うような文字を書いたりします。少しずつ、私にも希望が持てるようになりました。

その後も健は着実に回復し、一〇日間でＩＣＵから出ることになりました。七月一四日にはいつものの個室に移り、健の足が弱っていることもあって、私も付き添いで泊りました。

健 blog

ぼくの存在理由

今月初旬から身体を壊して入院していた。

歩行困難、頭痛、意識混濁《こんだく》……

そのほかもろもろの症状になったので救急車で搬送された。玄関まで歩こうと頑張った以降記憶はあまりはっきりしない。病院に着いたらショックでけいれんを起こし人工呼吸器を着けられＧＩＣＵに運ばれたそうである。

胆管炎による敗血症性ショックだったようで、心不全《しんふぜん》、肺水腫《はいすいしゅ》など合併し、家族は危険な状態を告げられたようである。私は意識不明の中、夢の中で死へと歩みを進めていたことを覚えている。悔いはない、悔いはない……

そう思いながら私は死を受容していった。しかし……私はまだ成果らしい成果を出せていないことを思い出した。これで死んだら私の人生とは一体何だったのだ。

『畜生、死んでたまるか』

と意識を戻したとき、一〇日が経過していた。今回は生き延びたが私に残された時間はそう長くはないのであろう。死は恐れていない。私はすでに高校生の時分に酒匂川のほとりで水のせせらぎの音を聞きながら死を覚悟した。世界がどこから来てどこに向こうのか？私は数学を道具として命をかけて世界に立ち向かう。明日死ぬとしてもだ。挑戦こそ人生、創造こそ人生である。思考による存在の意味の科学的解明こそ今日を生きる私の生存理由である。

［2011-7-23］

リハビリ

今回、意識不明の状況が一〇日間続いたので体力が落ちました。体重も一〇キロ近く落ちました。こんなに疲労したのは移植以来です。本当はまだ入院してなきゃいけないようなことを医者は言っていましたが、私は激しい病院嫌いなので退院したというわけです。ていうか意識があって管が抜けたら、入院している理由が私にはわかりません。あとはまあ、食うもの食ってリハビリですね。いまは狭い家の中を歩くだけで疲労感があります。私は意識不明だったはずなんですが、人工呼吸器を装着させられている状態で、筆談で「私は世界最高の天才である」と告げたり、見舞いにきた家族一人ひとりと握手したらしいんですよね。「私は女が大好きである」と書いて、そのまま死ななくてよかった。

[2011-7-25]

他者の幸せのために働く

個室に移ってからは、いつもの我儘な（？）健に戻り、一〇日間ＩＣＵで寝たきりだったとは思えないほど、日に日に心のほうは回復していきました。

洗髪してもらい、さっぱりしたところに、診察のため日本に来られていた加藤友朗先生が訪ねてくださいました。健はもちろん大感激です。マイアミにいるときもそうでしたが、加藤先生のあの穏やかな顔を見るだけで、健も私も安心感を得ることができるのです。

七月二三日には退院の許可も出ました。

健は、お世話になったＩＣＵにも歩いてお礼にうかがいました。ＩＣＵの看護師長をはじめ数人のスタッフも、元気になった健の姿にとても喜んでくださり、笑ってＩＣＵをあとにすることができました。

退院すると、健はまた就職活動に精力的に取り組み始めました。ＩＣＵに入るほどの重大な症状になったこともあり、ゆっくりすることを何度も勧めましたが、健の意思は変わりません。夏の終わりに、ある一流企業の研究所に何回も面接に行き、あとは健康診断だけという段階まで進んだものの、健康診断の結果で落とされてしまいました。この経験から健は、自分のような体のものは利益優先の一般企業では採用されないだろうと考えるようになりました。

肝移植者には障害者一級の手帳が国からもらえるようになり、健も障害者一級の手帳を持っていました。インターネットで、独立行政法人住宅金融支援機構が障害者採用を行っているのを見て、健はすぐ応募したそうです。応募した一番の理由は、障害者採用であっても正規採用と同じく処遇するという点にありました。

健が機構に応募したときの書類を、健の亡くなったあと、機構の方からいただきました。


私は大学入学以降、今に至るまで一貫して数理科学の学究に従事してまいりました。その私がなぜ、研究機関ではない貴機構への入構を希望するのか疑問に持たれることもあろうかと思います。まずそのことに関して、長年の学究生活を通じて変わらない私自身の想いというのをお伝えしたいと思います。

私は大学に入学し数理科学を専門的に学んでいくうえで自分自身に次の約束事を課しま

した。

「学校に所属しているあいだは学生の本分として学業に一生懸命打ち込むこと、そして学校を修了した後はそれまでの経験を生かし、この国の人々や自然が健やかに存続できるよう新たな心構えで一生懸命に働くこと」

何事もやるからには真摯な態度でまじめに取り組み、途上で投げ出さない覚悟で臨む、専門分野に埋没することなく新しいことを率先して学ぶ態度を忘れないこと、これらの事

ICUから一般病室へ移って、しばらくした頃の健（2011年7月18日）

項は私にとって想いを超えた人生を生きるうえでの信条とも言えるものです。

人生の途上で私自身が患者の立場から医療に関わることになり、病苦のさなかでその体験は生きることの意味を考えさせられるきっかけにもなりました。また先の大震災で苦しむ方々の声をテレビ等で耳にし、彼らの悲鳴ともとれる苦しみの声に何とも言えない悲しい想いにとらわれたことも昨日のことのように思い起こされます。私はそれらの一連の経験を通して、自身の利益のためではなく、他者の幸せのために働きたいという社会貢献への想いをより強く持って就職活動に取り組むようになりました。

その反面、自分自身が病に冒され、最終的に肝臓移植という大きな手術を受けることになったことは私の就業への想いとは裏腹に、就職活動を少なからず困難にしていることを認めないわけにはいきません。通常の形態での就職活動では採用後の齟齬が生じかねないことを鑑み、障がいを持っていることを前提にした障がい者採用制度での応募を行うことにした主な理由も自身の既往を考慮したゆえでの決断でした。しかるに障がい者採用制度ではなかなか自身の希望する職務に挑戦するのが難しそうだということも調べるうちに分かってきました。書類整理、資料のコピー、雑務、雑用……仕事内容を照会するとほとんどの障がい者用求人にはこれらの仕事が割り当てられていました。私は特段これらの仕事を非難するつもりも否定するつもりもありません。しかし私は挑戦するに値する、やりがいのある、発展性のある仕事に取り組みたいのです。どれだけ努力して学んでも資料のコピー業務しか仕事はないというのでは就業意欲を保つことができません。挑戦に値する発展性のある仕事、そしてその結果が最終的に公共の利益、人々の幸せな生活という形で醸成されるような業務に関わりたい。そのためなら自分はいかなる不遇にも耐えてみせる。これが私の就業に対する率直な気持ちです。

そんな中、私が貴機構に応募しましたのは貴機構の業務が住生活というテーマを基盤にしたまさに社会貢献事業だったからです。また障がい者採用という形式でありながら関われる業務が通常の採用形式で入構された方たちと対等に扱われていたことも応募を決めた要因の一つです。

金融分野では昨今、金融工学という高度な数理技術に基づいた理論が縦横に使われています。金融工学ならずとも数理的な物の見方というのは金融という分野に関わるのであれば不可欠な時代に入っていると思われます。そして大多数の金融機関では金融工学ならずとも求められる素養が何よりも自己の利益の拡大を最終目的としていることは疑うべくもありません。しかし貴機構ではそれらとは一線を画し、金融・建築技術が住宅金融市場における安定的な資金供給を支援するためという社会貢献的な目的を第一として用いられていることに私は貴機構の業務のやりがいという点で入構したい気持ちをより強く致しました。

もちろん社会貢献という想いだけで金融機関を運営できるはずもなく、独立行政法人化された経緯もあり、従来にもまして自立した経営を求められていることと思います。しかしたとえ求められることは変わっても求めることは日本の住生活の向上に貢献することとあり、私はそこに貴機構の社会への熱い貢献意欲を感じさせていただいた次第です。

貴機構の業務は住宅金融という分野の性質上、非常に幅広い知識と経験が求められることと思います。私がいま現在持っている知識で貴機構の業務に直接役立つと断言できるものは正直に言ってほぼないと言えるかと思います。その現状の中で私が貴機構に自信を持って示せるものは真摯な態度とまじめに業務に従事し学ぶ姿勢、社会貢献という形で自己実現をはかることへの意欲です。以上の事項を素地としたうえで自身の数理的な知識・技術を貴機構の業務に役立たせるべく発展、向上させていけたらと思います。もちろん現時点で特に志望する業務分野や業務地域といったものはありません。様々な業務を様々な地域で経験しながら苦手な分野は改善させ、得意な分野はいっそうの向上をさせていけたらと思います。その段階を経てはじめて、自分にとって将来にわたって関わって行きたい業務分野、自身の能力を最も発揮できる業務分野など様々なことがすこしずつ見えてくるだろうと思います。

やりがいのある仕事、社会に貢献できる仕事、自身の能力を生かせる仕事がしたいと思い、就職活動を始めました。しかし今ではこれらの希望は社会に貢献したいという形で一意に専心できるようになってきました。そんな中、貴機構の求人を知りました。そして知り得てから程なく応募させていただいた次第です。

以上、私が貴機構を志望する理由を簡潔に述べさせていただきました。

どうぞよろしくお願い致します。


健の仕事に対する真摯な考えがとてもよくわかり、わが息子ながら、ここまで考えて働こうとしていたのかと感動しました。この志望動機を大事に取っておいてくださった機構の皆様にも感謝しております。

希望に燃える日々

一一月九日には内定の通知をもらい、二八日に内定式が行われました。

このときに機構の先輩から、運転免許をいまのうちに取ることを勧められたらしく、すぐに日吉の自動車学校に申し込みました。就職も決まったことだし、マイアミに行ってこようかなと言いながらも、実現することはありませんでした。

四月の入構まで、定期的に機構に提出するレポートがあるとか、資格の試験も受けないといけないとか、とても張り切っている様子がありありと伝わり、親としてはこのまま悪いなりに落ち着いてくれればと祈るような毎日でした。

健にとって就職が決まって一番うれしかったこと、それは同期の人との交流だったように思

います。大学や大学院の修士を卒業した人の中で、ただひとり内定も遅れて受け取り、年も一〇歳近く離れていたのですが、

「一二月二〇日には同期の人との懇親会がある」

とかなり早い時期から楽しみにしていました。当日も、開始時間よりずっと早く出かけていったのです。

また同期の有志で水戸に行く一泊旅行にも、「ぜひ行きたい」と参加していました。ただ、二日目の朝、朝食を食べたあとに気分が悪くなり、皆様に大変ご迷惑をおかけしたようです。それでも、そのままずっと上野まで一緒に帰ってきたそうです。きっと同期の人と一緒に旅していることが健にとっては楽しいひと時になったのでしょう。

三月二八日にも、就職する前の最後の同期の人との食事会があり、このときも健は楽しそうに出かけていきました。しかし、食事が始まってすぐに強い腹痛があり、健は慶大病院へ直行すると、腸閉塞が疑われすぐ入院となりました。

幸いにも次の日には体調も回復し、また四月二日の入構式には必ず出たいという健の強い要望があり、三月三〇日には退院することになりました。

自動車免許については、同じ指導員にしてもらうことにしたため、なかなか予約を取れず、卒業試験に合格したのは三月二七日でした。その後いまいったような入院騒動もあり、神奈川

県二俣川の免許試験場で筆記試験を受けるまでにはいきませんでした。

四月からは機構の板橋区の宿舎に入り、東京都民になることがわかっていましたので、落ち着いたら一日有休をもらって江東区の免許試験場に行くよう勧めていました。しかし、健は新入社員なので有休をもらうことも言いだせず、結局、自動車免許を取得できませんでした。


先にも書きましたが、四月一日からは板橋区の宿舎に入り、社会人として念願の一人暮らしが決まっており、準備もしっかりとやっていました。

三月に入ってからは、電気屋に行ったり、東急ハンズに行ったり、背広を買いに行ったり。どこへ行っても、健は本当に念入りに自分の気に入ったものを選びます。

洗濯機を買うときも、テレビを買うときも、掃除機を買うときも、店員にいろいろ質問し、決して妥協はしません。あれにしようか、これにしようかと見て回ります。ベッドを買うときも、机を買うときもそうでした。

いま、そうやって健が自分の新しい生活を夢見て買い揃えた家具や家電などは、すべて板橋の宿舎からわが家に戻っています。どれを見ても、私にとっては、健の選ぶ姿が思い出され、またそのときの楽しい感じがよみがえります。

一一月九日の内定から四月の入構までの五カ月間は、体調の不安を抱えながらも、新しい生活への希望に燃えた楽しい日々だったことでしょう。

五章　いかに生きる

二〇一二年四月一日、健は大きな旅行バッグを持って、わが家の玄関から出ていきました。独立行政法人住宅金融支援機構の二週間の研修を受けるためです。二日に入構式、一三日までは同期入構の仲間と水道橋のホテルに泊まり込み、研修を受けることになっていました。

七日、板橋にある機構宿舎に引っ越しの荷物を搬入し、それが終わった頃、宿舎まで健を迎えに行きました。週末は自宅で休養することになっていたからです。やはり少々疲れ気味だった健ですが、自宅に帰る途中、お気に入りのお寿司を食べる元気もあり、少し安心しました。

一三日に研修が終わり、一五日には首都圏支店に配属されました。健の新しい生活が始まったのです。いままでとまったく異なる社会での生活は、健にとって大変なことが多かったと思いますが、私たちには泣き言ひとつこぼしませんでした。

配属から一カ月がたった頃、私が「電話にも出たりするの？」と聞くと、健はいたずらっ気たっぷりに、

入構式で――指先まで伸びているのがいかにも健らしい（2012年4月2日）

「住宅金融支援機構首都圏支店五課の……」

と流ちょうな電話応対ぶりを披露してくれました。

五月になると、健は自宅から通うようになりました。板橋宿舎から水道橋の機構までの通勤時間と、武蔵小杉からの通勤時間があまり変わらないことがわかったからです。

一三日の母の日には、三人で二子玉川へ食事に行きました。

「ぼくが払う」

と私たちにお寿司をごちそうしてくれただけでなく、

「君は、何か欲しいものがあるかな？」

と聞いてくれたので、私は、

「バッグが欲しいな」

健からのプレゼント

と思い切り甘えてみました。健は、

「じゃあ、好きなのを買っていいよ」

と、素敵な黒のバッグを買ってくれました。

そのときの健の顔は、照れくさそうでもあり、得意そうでもあり、でも、嬉しそうでもありました。きっと健はずっとこういうことがしたかったのでしょう。自分が働いて稼いだお金で、両親を食事に連れて行き、プレゼントを贈ることを。


それからも週の後半になると、仕事が終わってから、

「これから食事に行かない?」

と頻繁に電話をしてきて、何度も三人で食事に行きました。もちろん支払いは健におまかせです。

一六日からは、退職した夫と二人で健を水道橋の職場まで車で送っていくことにしました。電車通勤が健の体に大きな負担となり、健の体力はかなり低下していました。

自宅を出てすぐの場所で、朝食に食べた物を吐いてしまうようなこともあり、そういうときには私たちも仕事を休むことを強く勧めました。しかし、健は聞き入れようとしません。

「ぼくは新入社員なんだよ。まだ三カ月もたっていないのに、こんなことで休んでいたらクビ

になっちゃうよ」

社会や人のためになること。そのために自分の能力が生かされること。そして、ごく普通に、健康に生活している人たちと同じ社会で生きていくこと。健はそんな生活を求め、必死になって勉強し、病気とも闘ってきました。ようやく手に入れた社会人としての生活を絶対に手放したくはなかったのでしょう。

その思いは私たちにも伝わってきました。健がどんなに辛くともがんばることを決めたのですから、私たちもしっかりと、できるかぎり健の希望をかなえてやろうという気持ちで、毎朝、健を車で送りました。

高速を使えば約四〇分、一般道でも五〇分から一時間のドライブです。車の中での健は、最初の頃こそよくおしゃべりしていましたが、六月半ばぐらいからは、すぐに眠るようになりました。機構が近くなると健を起こしましたが、機構の前に車を停めることだけはしませんでした。職場の人たちに、自分が送ってもらっているのを見られることは絶対に避けたかったようです。

車の中で眠る健を見つめながら、「疲れているんだろうなあ」とは思っていましたが、そのときすでに肝臓が限界近くまで悪くなっていたとは夢にも思いませんでした。

こうして毎朝、健とのドライブを楽しんでいた私は、この家族三人のドライブがずっと続くことだけを願っていたように思います。まさかこんな小さな幸せの時間すら奪われてしまうなんて、その頃の私にはとても考えられませんでした。

職場からの帰路は、自宅から徒歩一〇分くらいの武蔵小杉駅まで電車で帰り、駅まで私たちが迎えに行きました。しかし、六月末になると、帰りも機構まで迎えに行くことを夫と相談するようになりました。それくらい通勤の負担が健の体調を悪くしているように見えたのです。

仕事を休ませたいと思う日は何度もありました。でも、私たちは健を休ませることはできませんでした。健は、自分のことは自分で決めるという強い意思を持ち続けていたからです。私たちも、健の意思を最大限尊重するというそれまでの姿勢を崩したくはありませんでした。

二度の緊急入院

七月三日、有休を取った健と東大病院に行きました。移植ネットワークの登録病院を阪大から東大に変更してもらうためです。

外来の手続きを終えた私が移植外科の外来待合に戻ると、健の様子がおかしいことに気づきました。すぐに処置室に横にさせてもらい、熱を計ると三九度あります。抗生剤を投与してもらい、主治医のいる慶大病院に搬送すると、即入院することが決まりました。

いつもの個室は空いていなかったため、広い和室付きの個室に入ることになり、付き添いの許可も出たので泊まることにしました。

熱が下がると、健はすぐに勉強を始めます。いつもの数学の本ではなく、何かの資格の本でした。受けなければならない資格試験があり、その本を夫に頼んで持ってきてもらったのです。抗生剤が効いて熱が下がったことから、一〇日には退院許可が出たのですが、午前中に退院した健は午後から機構に行こうとしました。メールを受け取った上司の方が反対してくださり、しぶしぶ家に帰ることになりました。長く休むことに耐えられなかったようです。

その日は体調もとてもよく見え、お寿司が食べたいという健の希望で横浜らぽーとまでドライブしました。大好きな本屋にも立ち寄り、久しぶりの外出を楽しみました。

このドライブが健にとって、最後の外出になるとは、健自身も夢にも思わなかったでしょう。

翌一一日から、健はまた私たちの運転する車に乗って水道橋の機構に出勤し始めました。ところが一三日の昼頃、機構の保健室から電話がありました。

「三宅さんが熱を出して休まれています。迎えにきてください」

急いで車を走らせると、健は医務室のベッドに横たわっていました。産業医の方は、

「三宅さんはがんばりすぎるんですよ。もっとのんびりとやらないと」

とおっしゃっていましたが、そのように助言されるのは、おそらく今回がはじめてではないのでしょう。この医務室には、入構以来何度も発熱や吐き気でお世話になっています。産業医の方も以前から気にかけてくださっているようでした。新入社員の健としては、のんびりすることも、手を抜くこともできず、いいえ、したくはなかったのでしょう。

すぐに慶大病院に連れて行きました。入院するよう勧められたのですが、入院するとなれば仕事を休まなければなりません。また、その日も高い個室（五万七〇〇〇円）しか空いていなかったことを健は気にし、私たちがどれほど入院を勧めても「帰る」の一点張りです。仕方なく抗生剤をもらって帰宅しました。

帰宅して、抗生剤を服用しても状態が改善されることはありませんでした。翌一四日早朝に緊急入院。慶大病院に逆戻りです。そして、この入院はそれまでの入院とは明らかに違っていました。

いままでは胆管炎から敗血症になっても、抗生剤を投与しながら一〇日も入院していれば、肝機能もある程度回復し退院できました。しかし今回は、総ビリルビンが上昇し始めたのです。

健は仕事を休んでいることをとても気にしていました。上司であるグループ長の佐藤さんや健の指導員を務めてくださっていた寺島さんにメールを送り、何度も何度も詫びていました。お二人は仕事の帰りに何度も見舞に見え、毎回一時間以上も健と話してくださいました。お二人に促されて、健もまずは自分の体調の回復に全力を注ぐことに気を向けてくれるようになったように思います。

また、このお二人が来てくれることは、健にとってはとても特別なことだったようで、当日は朝から周りに、

「今日はぼくの上司の方が来てくれるので……」

とうれしそうに話します。私には部屋を片付けるように指示し、来訪予定の時間が近づくと、

「外に出ていて」

と言うのです。私たち家族に見せるのとは違う顔や態度を、外では見せているのでしょう。そういうところを親には見せたくないというか、見せるのは恥ずかしいようでしたので、できるだけ席を外すことにしていました。

再移植へ

七月二七日、海老沼先生からPTCDの実施を提案されました。

「胆管の狭窄している部分を広げるためにPTCDを考えているが、それをやったからといって、胆汁の流れがよくなるとはかぎらない。効果はないかもわからない。受けるかどうかは、三宅君や家族で決めてもらいたい」

五年前、二〇〇七年のPTCDでは、管がきちんと入っていなかったため、その後何度も敗血症を発症しました。それだけに親としては複雑な思いもあり、これまでと同様にすべて健の意思に任せることにしました。

翌朝、病院の健から自宅に電話がありました。

「PTCDを受けることにした」

ＰＴＣＤが原因となって発症した敗血症は、健にとってとてもつらい経験だったはずです。健なりに一晩いろいろ考え、何もしないよりは、少しでもよくなる可能性がある道を取ろうとＰＴＣＤを受けることにしたのだと思います。

いま振り返っても、健は最後まで、このように何事に対しても前向き、自分の意思で臨んでいたように思います。

しかし、このときは胆管に管を入れただけで、狭窄部分の拡張はできませんでした。八月一一日、慶大病院で二度目のＰＴＣＤを実施しました。今回は数カ所の胆管を拡張することができました。胆汁も管を通して少しずつ外に出てくるようになりましたが、総ビリルビンは改善されず数値は悪くなる一方でした。

今回の入院では、七月二〇日を過ぎた頃から私たち家族は、

「もう再移植しかない」

と考えるようになりました。肝機能の改善する様子がまったく見られなかったからです。米国での受け入れ先を探す一方で、七月三一日には、もうひとりの主治医である若い平田先生に米国での再移植を希望することを伝えました。このことについては、カルテにもきちんと書かれているのを私たちも確認しています。

私たちは、米国での再移植についていろいろと調べました。最終的にはフロリダの病院が経済的にも妥当なデポジット（保証金）であったので、準備することにしました。

健の再移植に対する考え方も以前とはだいぶ変化していました。米国での最初の移植手術のあと拒絶反応に苦しみ、帰国後も体調の大きな改善を果たせなかった健にとって、それまでも「再移植」という選択肢が頭の中になかったはずはありません。しかし、再移植に対して、健の考えは消極的なように見えました。

理由はさまざまにあったでしょう。移植手術自体のリスク、膨大な経済的負担、また、主治医からも何度も言われていたように、国内で移植の順番を待ち続ける患者が他にたくさんいるなかで、自分ばかり二度も臓器の提供を受けることへの引け目などもあったかもしれません。

ただ、「自分の体調のことは、自分が一番わかる」と常々言ってきた健です。二〇一二年の夏、その頃に自分の置かれている状況についても充分すぎるほど理解していました。もう再移植しか生きる道は残されていないとわかっていたのでしょう。七月くらいから、再移植に対して前向きに考えていると思わせるような言動が増えはじめました。だから、私たちが、

「フロリダの病院に受け入れてくれるかどうか聞いてみるよ」

と伝えると、あっさりと受け入れてくれました。

そのときの健の気持ちについて、機構の寺島さんが寄せてくれた手紙に次のように記してあります。

二度目の移植手術の話をしたときに、ご両親に経済的にも迷惑をかけてしまうと、あま

り積極的ではなかった健君。また手術するとなると仕事も長期に休むことになるため退職も……と思っていたようです。グループ長と二人で親が子を思う気持ちや仕事はまた元気になってがんばればよいこと、チャンスがあるなら移植を受けたほうがよいのではないかということを話しました。

毎週一度、健君の顔を見に病院へ行きましたが、八月中旬ごろには、二度目の移植手術を受けることも前向きに考え、機構の職員としてまた復帰するときのことを楽しそうに話してくれました。

病室で最後に健君と話をしたとき、アメリカで手術をして元気になり、帰ってくる前にご両親とディズニーワールドへ行きたいと話していました。そして、「お土産楽しみにしていてくださいね」とも言ってくれました。

健君の予定では、手術をして今年（二〇一三年）の四月頃には復帰するはずだったのに、残念です。

健君とは六カ月間でしたが「何事もあきらめない前向きさ」を改めて教えてもらいました（一部抜粋）

病院食と脂質制限のこと

八月七日、主治医の海老沼先生に、フロリダの病院に出す病歴報告書を書いてくれるよう頼みました。

「いいですよ。日本語で書きますけど」

しかし、何日経っても病歴報告書は渡されません。他の先生方や看護師長を通じ海老沼先生に早く書いてもらえるよう何度もお願いしました。健も何度も何度も、

「まだ書いてくれないのか？　日本語で書いてくれたら自分で訳すのに」

と言っていました。

その一方で、胆管炎を引き起こしているのが腸内細菌だと判明し、一三日より二週間バンコマイシンの点滴投与が行われました。しかし、症状はほとんど改善されません。総ビリルビンも依然として高いままです。七月の終わり頃から、原因のわからない咳《せき》が出るようになり、八月の半ばになると咳もひどくなっていました。咳き込むと苦しくて寝ていられなくなり、起き上がってしまうという状態です。

また、八月に入ってから健は、病院の食事をほとんど食べなくなりました。

肝臓食（肝臓病の食事療法）と減塩食で、朝の食事はとても味気ないものでした。お昼は、健が好きなうどんを要望していたのは確かですが、毎日同じうどんかそうめん。副食も短い周期で同じメニュー。

健は、二〇〇八年八月のブログ（二九八頁）にも書いたように、脂質制限食を前向きに受け

入れていました。いまの時代、脂質を減らしても工夫さえすれば、おいしい食事をいくらでも作れるはずだと思います。私でさえ、バターを使わないパンを焼いたり、油で揚げないコロッケを作ったりといろいろ工夫し、健が少しでも食べられるよう気を遣っていました。外食にもよく行きましたが、健は天丼のときはてんぷらの衣は食べない（身だけを食べる）、焼き肉店ではタンは三枚だけにするなど、よく節制しつつ食べることを楽みにしていました。

それだけに、なぜ、病院食をもっとおいしいものにしようと、病院関係者は取り組まないのだろうかという思いも残ります。入院患者にとって、おいしい料理を食べるということは、病気を治す一番のエネルギーになるのではないでしょうか。

健がすっかり病院食を食べられなくなってしまったので、近くの寿司屋や中華料理店に行って、健の食事を作ってもらうようになりました。夏の暑い盛りでしたので、寿司屋では生ものは使わないものを、また中華料理店では、事情を話して脂質を使わないチャーハンを頼むと、快く作ってくれました。

二九日の退院の日にも、寿司屋で健の昼食を用意しました。ほとんどが細巻きだったのですが、夫が、

「少しは健の希望もかなえて食べさせてやりたい」

と言うので、ウニとマグロの赤身とカンパチの三種類ほど握ってもらいました。

それが健が食べた最後のお寿司になりました。

諦めていなかった健

八月二七日、ようやく看護師長を通して病歴報告書を受け取ることができました。英文で書いてくれてはいましたが、一ページの病歴報告書でした。すぐにフロリダにその病歴報告書を送り、検査入院のデポジットの振り込み先を教えてもらいました。

その頃になると、抗生剤の投与も終わり、病院に入院していても検査のみで、ほかに何の治療も行われません。健は退院を強く希望するようになりました。

二九日、退院が決まりました。

退院した日、健はリビングでのんびりと過ごしていました。私の作った脂質の少ない料理を食べたりしていましたが、総ビリルビンが高いこともあり、とてもだるそうに見えました。

翌三〇日は、朝からラーメンが食べたいと言うので、脂質の少ないラーメンを作ってあげると、本当においしそうに食べてくれました。このまま、いつものように悪いなりに落ち着いてくれれば、フロリダに行って再移植が受けられると、まだまだ私たちは信じていました。

しかし、翌三一日、朝起きてトイレに入った健は、這うように出てくると、

「歩けない」

と廊下に倒れるように横になってしまいました。

すぐ慶大病院に電話し、救急車で病院へ連れて行きました。またいつもと同じ9S病棟の個室に入院です。

このときでさえ、再移植を受けにフロリダに家族三人で行けると、私たちは思い続けていました。これまでと同じように、奇跡的に回復するのを信じて疑っていませんでした。

このときの入院はそれまでとはまったく違いました。肝機能は悪化する一方です。

九月一日からは私も泊まり込みで健を看病することにしました。健は、ひとりでトイレまで歩いて行くのも危ないような状態でしたが、

「自分のプライドが許さない」

と言って、ベッドの上で用をたすことはしませんでした。トイレに行きたくなったときには、看護師を呼んでトイレの前まで付き添ってもらいます。

黄疸が進み、目の白眼はまっ黄色でした。また肺に水が溜《た》まり咳が出ているということでしたが、その咳がひどいのです。夜、横になっても一〇分おきには起きなければならない状態で、健自身疲れ果てていきました。

四日、海老沼先生から、私たち親だけに話がありました。海老沼先生は、

「三宅君本人が再移植を受けたいとは知らなかった。両親だけが希望していると思っていました」

と言われました。健は再移植を希望していたから、日本の移植ネットワークにも登録したの

です。七月下旬には健自らが、
「アメリカに行って再移植を受け、もう一度元気になりたい」
と言うようにもなっていました。機構の寺島さんの手紙にも、健が前向きに再移植を考えるようになったことが記されています。体調がかなり悪化していた八月二三日にも、再移植を受けるために必要な親知らずの虫歯を抜歯しました。また、大学院時代にお世話になったゼミの前田教授に電話して、ボストンのローゼンバーグ教授にボストンでの移植状況を聞いてほしいともお願いしていました。健はそれまで、恩師にはできるかぎり迷惑はかけたくなかったようですが、そこまで再移植に賭けていたのです。

私たちが切に願ったのは、海老沼先生が健と直接話してくれることでした。健の体の状態や再移植の有効性などについて、具体的に健に話してほしかったのです。健はそれまでも担当してくださった先生方と直接対話し、そこから自分なりに治療のあり方を考え、時には自ら意見を述べながら、病気と向きあってきました。健にとっては自分自身が納得して前に進むことが一番重要だったのです。

この入院中も幾度となく、「海老沼先生と相談したい」と話していました。それだけに、海老沼先生が最後の入院中、健と直接話す機会を一度も設けてくれなかったことに対して、残念に思っていたにちがいありません。

ぼくはもう危篤なんだよ

九月五日、デポジットの振り込みを完了しました。すぐに検査予約日の確認のメールがありましたが、このときすでに健には飛行機に乗ってアメリカに行く体力は残されていませんでした。

「なぜすぐに病歴報告書を書いてくれなかったのか?」

という思いが、一〇カ月たった今でも私たちには強く残っています。同時に、

「どうしてもっと早く再移植や生体肝移植に向けて、私たち自身が動かなかったのか」

という思いも。

五日の晩から、夫と二人で泊りこむことにしました。どちらかが夜も起きているようにしたのです。健は、できるだけ親には迷惑をかけたくないと思っているようで、私ひとりしか付き添っていないと、夜中トイレに行こうとする健に気付かないことがあるからです。

健は顔のむくみがひどくなり、咳もひどくなり、総ビリルビンも上昇する一方です。

このときは入院当初から禁食となっており、口にできるのは飲み物だけでした。自分は食べられないのに、健は私たちの食事を心配します。

「ご飯食べてきなよ」

また、九月になってからの健は、不平を言うこともほとんどありませんでした。死を受け入

れるようになっていたのかもしれません。これまでの入院とは何もかもが違うことを、私も夫も感じていました。

私が家に着替えに帰っているとき、健は夫に、

「ぼくはもう危篤なんだよ」

と言っていたそうです。また、ひとりで付き添っているとき、衰えていくばかりの健の姿を前に哀しくなった私が、いびきをかいて眠っている健に、

「健、私をひとりにしないでよ。まだ逝かないでよ」

と泣きながら言うと、いつ目を覚ましたのか、

「君には旦那がいるだろう」

ぽつりと、健の声が聞こえました。

九日には、娘が見舞いに上京してくれました。健のあまりにも変わり果てた姿を見て驚いていました。

娘はどうしても弟を助けたいと必死になり、自宅に戻ってからいくつかの大学病院の移植外科に電話をしたそうです。自分の肝臓で弟を助けようとしていました。

また、二年前から健と同じ血液型の娘婿が、

「自分の肝臓をあげてもいい」

と言ってくれていましたが、三人の子どもがまだ小さいこともあり、健も私たちも本気で考

えていませんでした。しかし、九日に見舞った娘から健の様子を聞いて、改めて娘婿から強い申し出がありました。健に自分の肝臓をあげ、助けようという強い思いを私たちは受け入れ、大阪大学附属病院（以下、阪大病院）の移植外科に電話することになりました。

慶應から、健の血液検査の結果などをすぐに阪大病院に送ってもらい、娘婿たちは一六日に阪大に説明を聞きにいく段取りをつけていました。

もちろん私たち親も、健と血液型は違うのですが、生体肝移植も考えたいと思っていました。ただ、慶應大学では脳死肝移植を実施した患者には、生体肝移植を行っていませんでした。

健が生体肝移植をどのように考えていたのかについては、私たちも把握し切れていない部分があります。私からの移植を提案したときには、明確に拒絶しました。娘婿が名乗り出てくれたことを告げたときには、とても複雑な表情を浮かべていました。提供を受けることによって相手を傷つけてしまうかもしれないという罪悪感と、それでも生きたいという思いとがせめぎ合っていたのでしょうか。

そして、この頃には、健は長時間飛行機に乗れる状態にすでになく、阪大病院での生体肝移植を第一に考えるしかありませんでした。

あっという間の出来事

九月一二日には、尿が出なくなりました。

健がトイレに行きたいと言うたびに、看護師がポータブルトイレに何度も座らせてくれるのですが、夕方からは一滴も出なくなったのです。

夜に、海老沼先生から説明がありました。夫が話を聞きに行ってくれました。

「ＩＣＵでの治療を考えています。もちろん、ＩＣＵで人工透析をやってもよくなるかわかりません。また、一日か二日しかもたせられないかもしれません」

という説明だったそうです。

一三日、その日の朝の健は、私たちも驚くぐらい意識がしっかりとしていました。総ビリルビンの数値はとても高いのに、周りにいる私たちが「なぜだろう」と思うぐらいに受け答えが明確なのです。

病室を訪れた平田先生に、ＩＣＵでの人工透析治療を受けるかどうか聞かれた健は、聞き返しました。

「ＩＣＵに入っているあいだは苦しまなくていいですか？」

苦しみを取り除きたい思いが強くなっていたのでしょう。平田先生は、酸素濃度が低くなっているため人工呼吸器を装着するということ、人工呼吸器を装着すると苦しいので、薬で眠ることになり苦しくはなくなるということを説明してくれました。

「覚悟を決めました。ＩＣＵに入ってがんばってきます」

常に自分の運命を自分で切り開くと言ってきた健は、今回も自分でＩＣＵに入ることを決めました。もう一度奇跡のように回復し、アメリカに再移植に行こうと最後まで希望を持って。

ＩＣＵに入る直前、健はトイレにつれていってもらい、下着も着替え、ベッドに横になった状態でＩＣＵに連れて行かれました。

私も夫とともに、ＩＣＵの前まで付き添いました。一年前の七月四日にＩＣＵに入ったときと同じように、すぐによくなって出てくるものだと信じていました。いままで、健は何度も危険な状態に陥りながら、そのたびに奇跡的に回復し、元気になって私たちのもとへ戻ってきてくれたから。

しかし本当は頭のどこかでわかっていたのだと思います。今回はいままでと明らかに何かが違うことを。それでも認めたくありませんでした。

ＩＣＵに入っていくときに見たのが、目を開けている健を見る最後の瞬間になるとは考えもしませんでした。

病室に戻り、荷物の片付けを終えようとしたとき、ＩＣＵに行ってくださいと言われました。急いで行ってみると、平田先生がＩＣＵの前で待っています。

「人工呼吸器を着けるとき、健君の心臓が一度止まったのですが、すぐ処置ができ、今は落ち着いていています。心臓もすぐに動き出したので、脳にダメージはないと思います。入って会ってあげてください」

健は人工呼吸器を着けられ、眠っていました。昨年と違ったのは、人工呼吸器が装着された口の周りから血液がにじみ出ていたこと。肝機能の悪化で、血が止まりにくくなっていました。健の状態が極めて悪くなっていることを改めて感じました。

人工透析の装置も無事着けられ、順調に動いていました。一度心臓が止まったとはいえ、健が必死に病と闘っていることが、私たちにはっきりと伝わってきました。

一五日早朝、自宅に戻っていた私たちのもとに、ＩＣＵの看護師から電話がありました。

「血圧が下がってきているので、至急来てください」

娘に連絡して、私たちはすぐに病院に向かいました。

ＩＣＵに着くと、平田先生と藤澤先生がベッドサイドで健を見守っていてくれました。健は落ち着いていました。

娘も名古屋からだというのに、九時には病院に到着しました。

人工透析の機械は動いていませんでした。なぜ止めたのか、そのときは聞きませんでしたが、いまになって疑問に思うことの一つです。透析開始直後にはよい結果も出ていることを平田先生から聞いていました。

三人で、できるかぎり健のそばにいるようにしました。健の手を握ると握り返してくれることもありました。でも、そのような反応は意識的に行われているわけではないそうです。少しでも期待が持てる反応はないかと、じっと健を見つめていました。

意識はなくても、耳だけは聞こえていると聞いたことがありましたので、度々声をかけるようにもしました。

午前一〇時くらいになって、娘の家族が名古屋から駆けつけてくれました。

夜九時頃、ずっと健を診ていてくださった平田先生と藤澤先生が、

「健さんも落ち着いているので、私たちは一度帰宅します。何かあればすぐ来ますから」

と言って部屋を出て行かれました。

私たちにも健の様子は落ち着いて見えていたので、明日にはよくなってくれると期待しました。娘たちも近くのホテルで休むことになりました。

私と夫は、ICUの看護師が用意してくれた部屋で二時間ほど体を休めました。

夜一一時半にはICUに戻り、健の横で手を握り、酸素濃度や血圧の変化に一喜一憂していました。一二時を過ぎた頃、処置があるので少し外に出ていてほしいと言われ、休息用に用意された部屋に移りました。

「もしものときは、教会で送ってやろうね。健は、『ぼくは大神宮より教会だから』と言っていたものね」

と、私たちが話していたときです。看護師が慌てて私たちを呼びにきました。

すぐにICUに向かうと、モニタに映った心臓の動きを示す線が一直線です。

あっという間の出来事だったそうです。健の手はまだ温かく、とても亡くなったとは思えま

せんでした。

一六日午前一時二九分、健は天国に旅立っていきました。人工呼吸器を外した健の顔は、本当に穏やかな表情でした。

私たちが、健のお別れは教会でやろうねと話していたのが伝わったのかもしれません。神を信じ、キリストを信じていた健は、安心して旅立ったのではないでしょうか。健が毎日張り切って機構へ着ていった背広を自宅に取りに帰り、それを健に着せてもらいました。

そのあいだに、海老沼先生、平田先生、藤澤先生からお話がありました。平田先生から解剖の話がありましたが、夫が断りました。

健は背広を着せてもらい、安らかに横たわっていました。顔や首のまわりのむくみで、きちんとワイシャツのボタンは閉まっていませんでしたが、まぎれもなく健です。

病院を出るとき、海老沼先生、平田先生、藤澤先生、9S病棟やICUの看護師の方たちが大勢で見送ってくれました。

私がいまになり気になっているのは、健が最後に何か話したのではないのかなということです。ICUで麻酔を打たれ、それが効いて眠りに落ちる前、何か話したのか。それとも、いつもの健のように無口なまま眠ってしまったのか。機会があれば、平田先生に聞いてみたいと思います。

健との別れ

九月一〇日頃だったと思います。すでにかなり状態が悪くなっていた健の病室に、藤澤先生が来られました。

「先生、ぼくはいつごろ退院できますか？」

と尋ねた健に藤澤先生はやさしく、

「うれしいなあ、そういうことを聞いてくれるのは」

と答えてくれました。

健は、自宅に帰りたかったのです。私たちは健を自宅に連れて帰ろうと決めました。そして、自宅の和室に健を寝かせました。

本当に穏やかな、いまにも「うわ！」と言って起きてきそうな感じさえありました。

甥っ子たちは、日頃のにぎやかさは微塵も感じさせず、健にお香を焚き、神妙にしていました。

一六日の朝九時過ぎから一八日の午後四時まで、私たち夫婦と娘たちの家族水入らずで健と過ごせたのは、つらいながらよい思い出となっています。

お別れの会は、健が聖書をひとりでとてもよく勉強していたこと、神を信じていたことから、自宅近くにある中原カトリック教会にお願いしました。信者でもないのに、快く受け入れてくださった神父様、そして教会の皆様には本当に感謝しています。

教会に安置された健をひとりにしないよう、夜は、私たち夫婦と娘夫婦と交代で、健のそばに居ました。きっと健も喜んでいてくれたのではないでしょうか。

また、三カ月しか働くことはできませんでしたが、健は命をかけて働いたと思います。その

想いは機構の皆さんにもしっかりと伝わり、理解していただいていました。

大勢の方が見送りに来てくださいました。

機構の理事長の弔辞を大谷支店長が代読してくれました。

弔辞（抜粋）

（中略）

あなたとの出会いは平成二三年一〇月にあなたが就職活動をしていたときでした。あなたとの面接では挑戦に値する発展性のある仕事をして最終的に公共の利益、人々の幸せな生活につながる業務に関わりたいというあなたの熱意がひしひしと伝わってきました。

（中略）

四月の導入研修においてはいつも前向きで自分の思いや考え方を熱く持ち「世のため人のために仕事をしていきたい」と語っていました。

プレゼンテーションでは自らの境遇も自己開示し「運命に負けたくない、自ら選択をして生きていきたい」と語っていた言葉が力強く印象的でした。

（中略）

研修最後には「住宅金融支援機構の職員として一年後にこのような姿になっている」と

題して決意表明をしてもらいました。

そのときのあなたの決意表明です。

「私は機構の一職員として先輩職員上司の方々から学んだ事を自分の血肉とし教わる存在から教える存在に、頼る存在から頼られる人材へと自分を成長させていきたい。その上でたゆまぬ向上心を忘れず機構の職員としてのみならず一社会人として一日本人として今日という日の新人としての初心を忘れることなく又周囲への感謝の気持ちを常に持ちながら一歩一歩着実に成長していきたいと思います」

あなたらしい誠実で高い志のある決意表明でした。

（中略）

三宅健さん、いつまでもお名残は尽きませんが、どうか安らかに眠りにつかれますようお祈り申しあげます。

住宅金融支援機構役職員一同を代表し謹んで哀悼の意を表します。

平成二十四年九月十九日
独立行政法人住宅金融支援機構
理事長　×××
代読　首都圏支店長　大谷秀逸

理事長の弔辞や支店長のお言葉を聞きながら、健が自分の人生を自分の意思でしっかりと、立派に生き抜いてきたことを実感し、誇りに思いました。

健は私たち家族の宝でした。誇りでした。

健にもう会えないということは、私たちにはとても耐えられないことです。毎日健のことを考えては涙しています。

健が常々言っていたように、「社会のために、どのくらい生きたかではなく、いかに生きたか」を考えて生きていけるように私もなりたいと思っています。そして、神の光の輪の中に入った健が、天国から私を迎えにきてくれたときには、良い報告ができるように……。

六章　無償の愛そして夢

健はよく私に言っていました。

「ぼくが死んだら、ぼくの部屋をいつまでもそのままにして泣き暮らすんだろうな」

と。

本当にそうなっています。それがわかっているなら、こんなに早く天国にひとりで旅立たないでよと言いたいです。頭ではもう二度と会えないことはわかっていても、会いたくて、会いたくて、たまりません。

移植にかかわる医師に望むこと

健は三三歳と一一カ月の命でしたが、そのうち約二〇年間は病との闘いでした。

特に移植を受けてからの約一〇年間は、さまざまな試練に立ち向かった時期でした。

この原稿は、二〇〇二年からの私の家計簿兼日記を見ながら書いています。移植後の一〇年間、どのページを見ても健の体調の悪かったことばかりが書かれています。

そういう中でも、健は数学を究めるという目標に向かって、たゆまない努力をしていました。決して諦めませんでした。病気に対しても、学問に対しても。

二〇一二年春、独立行政法人住宅金融支援機構に入構したとき、「自分の運命は自分で切り開きたい、運命に流されることなく」と研修最後のプレゼンテーションで発表したそうです。

でも、運命は過酷でした。生きたいと再移植に向けて動き始めた矢先、健の命は尽きてしまいました。その死を前にして、私たち家族は「なぜ再移植が間に合わなかったのか？」「再移植に間に合わす方法はなかったのか？」と、そればかりを考えるようになりました。

日本ではまだまだ、医療関係者が脳死移植というものに、特に海外に行って移植を受けるということに、関心を持っていないということが大きな要因にあると思います。

また、脳死肝移植のために患者を海外に送るということは、医師にとって大変な労力が必要なので、やりたがらない医師も少なくないとも聞きました。

でもひとりの人間の命がかかわっているのです。

なぜ健の主治医は、迅速に病歴報告書を書いてくれなかったのか――。健の死後、別の医師を通してですが、理由を聞いたことがあります。その返事は私たちにはとても受け入れられないものでした。

「八月七日時点で、三宅君の体は移植が受けられない状態だった」

七日時点では血液培養がプラスになっていたので、抗生剤投与などで治療を必要としていたことは確かですが、その後の検査では、健の血液培養はマイナスになっていたのです。移植が受けられない状態だと言い切ることができるとは思えません。そもそも、そのように考えていたのなら、病歴報告書を依頼したときに、海老沼先生自身の医師としての考えを健や私たちに説明してくれればよかったのです。

最後にＩＣＵに入った際の健の状態を考えれば、半月ほど早く病歴報告書をもらえていても、渡航して再移植できたかどうかはわかりません。ただ、私たちは、健が最後まで望みを捨てず、米国での再移植に賭けていたことを思うと、その望みを叶えてあげたかったのです。

二〇年間、多くの医療関係者の方々に健がお世話になったこともまぎれもない事実です。心から信頼できる先生方に恵まれ、健の意思を最大限尊重してくれ、治療をしてくれました。そして、健は神のご意思にゆだねて、穏やかに旅立って行きました。穏やかな表情で最期を迎えられたことが家族にとって救いとなっています。

これからも移植を必要とする患者さんは、増えてくるでしょう。

ある移植患者の闘病記に寄せて、京都大学学長をされ、移植医療の発展に尽くされている田中紘一先生は、次のように書かれています。

患者さんは僕ら医療者が考える以上に不安を抱えているものなのです。また、治療についても僕ら医者とは違った見方、考え方をしていることもしばしばです。患者さんの理解や協力があってこそ本来治療は成り立つわけですから、僕らは患者さんが求めているところを知っておく必要があります。ただ日々の診療の中で十分にそれができない場合もあります。そこで、気になる患者さんがいた時、あるいは、自分の治療に迷いがあるときには、ふらっと病棟に顔を出しては患者さんと世間話を交えて話すということを、僕は京都大学医学部付属病院で肝移植を始めた頃から習慣のようにしていました。いろいろ話をする中で、互いに相手を知り、気持ちを通じ合わせて行きました。

そして、ここで大事なのが「共に歩く」という姿勢ではないかと思います。医師というのは、ひとつにまず治療の選択肢を示せなければなりません。しかしながら、選択肢を示すだけでは不十分で、選択肢を示した後に、患者さんと一緒に歩きなさいと、若い医師たちに伝えるようにしています。

患者さんの苦しみを一緒に共有する、そうした経験をもつことではじめて、医師としての自分に目覚めるだけでなく、医師としての成長もあるわけです。

（中略）

思いますに、アメリカに付き添って行った主治医の先生や看護師さんは大変いい経験を積ませてもらったのではないでしょうか。まさに患者さんの手をとるようにしてアメリカへ渡った。普段経験のない苦労があったはずです。

患者さんを外国に送り出す経験というのは、これからもそう何度もあることではありません。皆で知恵を出し合いながら、協力し合って準備を進めて行く状態でした。一つひとつ問題をクリアするごとに、皆の心がまた一つになって行きました。得難い体験でしたし、その中でそれぞれの者が「何か」を感じ取ったのではないかという風にぼくは考えています。それは、生とは何かという問いであったり、あるいは、医療の仕事への自分の思いに気づかされたり（以下、略）

ひとりでも多くの医療関係者の方々が、田中先生の示されているようなお気持ちを持って、患者さんに接してくれることを祈ります。

そして、移植など難しい治療を時に必要とする患者を抱えた家族の方たちには、治療のタイミングを誤らないでと伝えたいとも思います。健を喪《な》くしてからというもの夫と私は、「もう少し早く生体肝移植の準備を進めていれば」「もう少し早く国内移植登録を行っていれば」「もう少し早く渡航再移植を決断していれば」と後悔しない日はありませんでした。

健の状態は悪いなりに安定していた部分もあり、二〇年もそれが続いたことで、私たちの感覚が麻痺していた部分もあります。このまま悪いなりに落ち着いてくれるのでは？といった希望的な観測が、現実に見えていたものに対する判断力を鈍らせたのでしょう。すべてのタイミングが少しずつ遅かったという悔恨の気持ちを、私たち家族はこの先も引きずっていくのかもしれません。

こんなに切なく、苦しい思いは味わってほしくありません。

病名告知

「後悔」という点で、書いておきたいことがあります。

それは、病名告知についてです。今回、健のブログを読み直したなかに、早くに本当の病名を知らされ、ステロイドによる適切な治療を受けていれば、もっと自分の病気も違った経過を辿ったのではないかと書かれているのを目にしたとき、忘れていた、苦い思いがこみ上げてきたのです。

辛い思い出ですが、書いておかなければともあらためて思いました。

一九九五年一月、小田原の自宅近くの浜町小児科で血液検査を受けたときのことでした。先生の机の上で、健のカルテの最初のページが開かれていました。そこには、健の本当の病名

「原発性硬化性胆管炎」という文字が記されていました。それが、健が自分の病名を知った瞬間です。このとき、私が蒼白《そうはく》な顔をしていたと健は書いていました。一瞬、慌てたことは確かですが、その一方で、ほっとした気持ちも持ったことを覚えています。これで、健と病気のことを何でも話すことができるようになったからです。

その二年前、健が中学三年の夏、私と夫は、健の本当の病気が原発性硬化性胆管炎であることを岡山大学病院講師の浮田先生から説明されました。しかし、二カ月にも及ぶ大学病院での検査入院の終わりに、浮田先生は健に、

「君の病気は慢性胆管炎だよ」

と告げたのです。ウルソを毎日服用して、一カ月ごとに血液検査を受けること、ウルソを服用していても完治はせず、悪化のスピードを遅らせるだけだということ、病気の進行を抑えながら、新しい治療法を待つ方針であるということなどが健に話されました。

ほんの数日前に、私と夫は、本当の病名を聞かされ、もって一〇年の命であることや唯一の治療法が肝移植であることを聞かされていただけに、健への説明を聞いていて驚きました。

健は、その二カ月の入院生活のあいだ、病室から抜け出しては病院の向かいにある医学書専門書店に入り浸り、熱心に医学書を読んで、自分の病気はなんであるのかを調べていました。自分の病気を理解しようという意思は、大人のようにしっかりと持っていたと思います。まだ中学三年生でしたが、自分の人生を自ら切り開こうとする性格は生来のものです。

それだけに、親としては、最初から本人に本当の病名を教えてほしかったという思いが強くありました。

浮田先生は、検査入院のため初めてお会いしたときに、

「ぼくは、患者さんとよく話し、患者さんが疑問を持たれたときには、納得するまで話し合うことにしています」

と私たちに話してくれていました。その先生が、なぜ親に相談もなしで、偽りの病名を健に告げたのだろうという思いもありました。

浮田先生を紹介してくれた、私の親族と先生との話し合いで、「患者は若いので本当のことを話さない」という判断がなされたのだろうと思いました。一方で、いくら身内と言っても家族ではありません。子どもの病気に関しては、まず親に相談すべきではないでしょうか。一番そばにいて、病気の子どもを支えていくのは家族なのです。

このことに関連して、一番残念だったのは、健と父親の信頼関係が崩れてしまったことでした。浜町小児科で本当の病名がわかったとき、健は、父親が浮田先生と話し合って病名を隠したのだと思い込みました。実際は、浮田先生が親の了解もなく勝手に病名を隠したことを何度も健に説明しましたが、わかってくれませんでした。それ以降、健は、自分の体調が悪くなったときや、都合の悪い出来事が発生したときには、父親に対して不信を抱くようになりました。父親がまだ何か隠しているのではないのか……と。

大学病院に入院する前にお世話になった聖路加国際病院の細谷亮太先生は、難しい病気を抱えた幼い患者にも、しっかりと病名を伝え、病気と闘おうと指導されていた先生でした。患者とその家族と医師とがお互いに信頼し合う治療を実践されていました。

そうした尊敬すべき医師の言動を間近に見ていたこともあり、また大学病院での入院中に自ら病気と立ち向かう姿勢を明確にしていた健の姿も見ていましたから、私と夫は、健には真実をありのままに伝えていこうという考えを持っていました。だからこそ、偽りの病名告知が残念でなりませんでした。

どんなに難しい病気であっても、医師と患者とその家族がお互いに信頼し合っていれば、その困難は乗り越えていけると私は信じています。

そして、患者の家族や親族に医師がいたとしても、専門家同士だからと言って、そのあいだだけで解決策が決定されるべきではありません。医師がまず話す相手は、患者とその家族だということを、医師には忘れないでほしいと思います。

生きることは素晴らしい

健が天国に旅立ってからはや一〇カ月が過ぎました。

健のいなくなった生活は、寂しくて、つらくてたまりません。しかし、原稿を書くためにさまざまな記録を開き、当時を思い返しながら、健の三三歳一一カ月の人生を振り返ってみると、健の人生は実り多いものであったことにあらためて気づきます。

二〇〇二年九月一六日、健は脳死肝移植を受けて元気になろうと希望に燃えて、両親と三人でマイアミに向けて成田から旅立ちました。

それからちょうど一〇年後の二〇一二年九月一六日、健はひとり天国へと旅立ちました。

健が移植後一〇年間生き続けることができたのは、ドナーの無償の行為のおかげです。そして、その時間は、私たち家族にとっても、何ものにも代えがたい、とても素晴らしい貴重な時間でした。

ある本の帯に、

「死が耐えられないほど悲しいのは、その人と出会えた人生が、それほどすばらしかったから」

と書かれていました。

まさにその通りだと思います。健との別れは喩《たと》えようもなくつらい出来事でしたが、ともに暮らした三四年間は、そのうちの二〇年にもわたる期間が病気との闘いではあっても、本当に素晴らしい時間を共有することができました。

健は中学三年のとき、難病のＰＳＣと診断されました。一九九三年のことでした。

余命一〇年と宣告された当時一四歳の健が、二〇年以上生きられたのは、脳死肝移植のおかげです。もし、移植を受けていなかったら、健はこの年齢まで生きられなかったでしょう。「あと一〇年」という覚悟を求められたとき、同時に「最後の治療として肝移植もあります」とも言われました。しかし、その当時はまだまだ脳死肝移植のことはあまり一般的に考えられない時代でした。

ただ、健と同じ病気の人が、脳死肝移植を海外で受けるといった話を聞き、元気になって日本に帰って来たという事実を知ると、

「健にもぜひ移植を受けさせたい。受けさせて元気にしてあげたい」

と思うようになりました。

現在、臓器移植法が改正（二〇〇九年七月）され、日本でも少しずつ、脳死移植を受けて助かる人が増えていますが、その恩恵に与《あずか》ることのできるのは、まだほんの一握りの人たちです。米国などの臓器移植先進国では、通常の医療として脳死移植医療が行われています。なぜ日本における臓器移植はこれほどに高いハードルが設定されているのでしょうか。

私自身がそうだったから言えるのですが、自分が、あるいは自分の大切な家族が脳死移植以外には生きる道がないという現実に直面し、当事者となって初めて、脳死移植を考えはじめるのだと思います。

自分は脳死移植とは無縁だと考えている人や、脳死は死ではないと思っている人であっても、

もし夫が、妻が、わが子が脳死移植でしか助かる方法がないとわかったとき、どうするでしょうか。きっと必死になって、「助けたい」「どこにでも連れて行って移植を受けさせたい」「なぜ日本では脳死移植が実施されるケースがこれほどに少ないのか？」と思うのではないでしょうか。

健自身も、日本での脳死移植が最善の治療として広がるよう、自分の経験を通して新聞に意見を投稿していました。脳死移植の素晴らしさが広く認知されてほしかったのだと思います。

「脳死移植の道　日本に広まれ」（二〇〇四年二月二三日　朝日新聞朝刊「声」欄掲載

二〇〇二年の一〇月、私は米国で脳死肝移植を受けました。手術前、末期の肝硬変で自分の力で歩くこともままならず、また、激しい倦怠感のために、意識があることすら苦しいという現実は、移植を受けることによりなくなりました。手術後、医師は言いました。「脳死移植を成り立たせているのは、優秀な外科医の力でも、莫大な金銭でもない。自分の死後、自らの臓器を提供してくださる方の純粋な善意がそれを可能にしているのだ」と。

移植手術から一年あまりがたち、私はすっかり以前の生活に戻ることができました。時々、病気でつらかったあの日々は夢だったんではないかと思うこともあります。それほどに、移植は私の人生を劇的に変えたのです。技術的には移植はすでに通常の医療として確立しているそうです。その反面、日本ではいまだに脳死移植が根付いていません。技術的には世界最高水準でありながら、現実的にはほとんど行われていないのは本当に残念なことです。しかし、私は信じています。いつか日本でも、脳死移植が普及し、多くの尊い命が救われることを。

二〇〇五年から書きはじめたブログの中でも、健は日本での脳死移植に関する自分の考えを度々書いていました。その中で健は、人々が脳死移植に対して関心を持つことの大切さを訴えていました。また脳死は人の死ではないと考える人の考えも尊重しないといけないということにも触れています。

健blog

一四歳以下の臓器移植」を実現するために、
臓器移植法の改正案はどれが最適でしょうか？（goo ニュース畑）

臓器移植法の改正に対してはさまざまな意見があるようです。そもそも脳死移植に反対であるという意見も含めて。個人的にはさまざまな意見が出され、議論されることは非常に有益なことだと思います。最も懸念されることは人々が脳死移植に対して何ら関心を示さなくなってしまうことなのですから。

[2009-4-12]

臓器移植法で新案作成に着手＝年齢撤廃、脳死厳格化が柱―自・民（時事通信）- goo ニュース

脳死の問題は個人の宗教観・道徳観・死生観などとはまったく関わりませんよ。純粋に科学的な問題です。脳死の問題が宗教や哲学と関わりを持つという考え方は中世ヨーロッパ的です。ガリレオがこれを聞いたらおそらく大笑いするでしょう。われわれは文明人として論理的に物事を捉えなければいけません。宗教だの、死生観だのを持ち出す人は残念ながらそれができていない。一時の感情を自分の信条と勘違いしているだけです。以上のことを踏まえた上で、脳死の定義や対象年齢の引き下げについての議論をするべきだと思います。政治家が臓器移植法の改正に向けて常に心に置くべきことは、その科学的妥当性と人命尊重の二点です。

[2009-4-20]

「脳死は人の死」臓器移植法成立　A案、参院でも可決（朝日新聞）- goo ニュース

よかった。感無量です。移植を受けたくても受けられずに亡くなった人たち。この瞬間、移植を待っている人たち。移植を受ければ助かるという可能性さえ告げられずに亡くなっていった人たち。移植は受けたが、受けられたのが遅すぎたために亡くなっていった人た

ち。そしてその関係者の皆さんにとって今日は特別な日となりました。脳死は人の死という科学的に当然であることが、ようやくこの国で法的に認められた、このことは脳死時の臓器提供の意思を示すという善意に満ちた英雄的行為が法的に尊重されるということでもあります。ただし脳死時における臓器提供の拒否を表明した人たち、またその家族の意思もこれまでと変わらず尊重される、ということもわれわれは忘れるわけにはいきません。われわれはようやく脳死移植医療の本当の意味でのスタート地点に立った。そう思います。

[2009-7-13]

日本人の死生観

日本に脳死移植が根付かない理由の一つとして日本人特有の死生観があげられることが多々あります。ただ私は固有の死生観が日本における脳死移植推進の壁になっていることはあり得ないと思っています。死生観を理由として脳死時の臓器提供を拒絶するのならば、同様に死生観を理由として脳死移植を受けることを固辞するはずです。でもそんな人にあったことはありません。私は一般的な日本人に死生観なんかないと思っています。（後略）

[2010-6-28]

健は自分が、ひとりの米国人の無償の愛によって生きていられるということに感謝し続けていました。きっといまも天国から、日本でも臓器を提供してくださるドナーの無償の愛によって、ひとりでも多くの移植待機患者が移植を受けられるようになり、元気になってくれることを心から望んでいると思います。

ここで、医療関係者の方にもお願いいたします。移植を受けたいと患者が希望したなら、患者自身の意思をよく確認したうえで、全力で支えてあげてください。それが、健を見守ってきた私たち両親からの、すべての医師へのお願いです。移植を受けるか、受けないかは患者本人が決めることであるべきです。医師の個人的な価値観が、患者の意思決定を左右してしまうことがないよう、医療関係者、特に医師にお願いいたします。

また、(ドナーになりたいと)ドナーカードを持ちながら、実際に脳死になったときに、医療施設や医療スタッフの問題などで、尊い意思が生かされない事例も多々あると聞いています。ドナーになりたいと願って天国に旅立ったすべての方々の意思が生かされるような社会に、日本もなってもらいたいと思います。

移植後、健はカポジ肉腫や、胆管炎からの敗血症など、命の危ないことも何度もありました。でも、健はどんなにつらくても、すべてのことに対して決して諦めず、強く生き抜いてきました。自分の病気に対しても、自ら薬や治療法のことなどを詳しく調べ、体調と照らし合わせながら、自分なりによりよい治療を模索するなど、決して諦めませんでした。

自分の息子ながら、なぜこれほどに強く生きてこられたのかと思わずにいられません。

健が四月からわずか三カ月しか働けなかった住宅金融支援機構の理事長が弔辞でも読まれていましたが、健はいつも「運命には負けたくない」、そして「人生にとって、どのくらい生きたかではなく、いかに生きたのかが大事なこと」と強く念じ、生きていたように思います。

健は、中学受験のとき、

「しっかりと勉強して、アインシュタインのような物理学者になり、ノーベル賞を取りたい」

と明確に自分の目標を語りました。父親の勧めで、その分野が物理から数学へと変わったものの、世界に通用する科学者になることを目標に、決して諦めないでがんばってきました。

この目標が健を支えてきたのだと思います。世界に通用する科学者になりたいという強い思いがあったからこそ、病気に対しても力強く立ち向かい、当初に指摘されていたよりも長く生きられたのではないでしょうか。

理学博士となり、科学者として研究職に就くと私たち両親は思っていました。ところが、あの東北地方の大震災を目の当たりにし、

「自分も何か社会のためになることをしたい」

と考えるようになっていました。また、ひとりの人間としての自立も目指したかったのだと

思います。健は度々私たち両親に言っていました。

「ぼくはもう三〇歳を過ぎているんだよ。いつまでも親頼みでいるのは、ぼくのプライドが許さないんだよ」

と。

子どもの頃からの夢と社会への貢献、そして人間としての自立。健は自分の目標を次々と実現し、さらに前進しようというときに力尽きてしまいました。それでも、健が夢をかなえたことは事実です。

人にとって、夢を持つこと、そしてその夢の実現のために最善を尽くすということは、どんな薬よりも強い効果をもたらすのではないでしょうか。

健の一生は、三三歳一一カ月という短い一生でしたが、ドナーの方から無償の愛に基づく臓器の提供を受け、また、多くの素晴らしい医療関係者に恵まれて、病に負けず、夢に向かって力強く生き抜くことができました。素晴らしい人生だったと思います。

あらためて、健がお世話になったすべての方に感謝の気持ちをささげます。本当にありがとうございました。

そして、健の闘病記を読んでくださった方々が、少しでも脳死移植について関心を持ち、日本でも移植医療が、通常医療の一つとして、患者に提示される日が来ることを天国の健と一緒に祈っています。

最後に、人生への思いがこもった健の言葉を引いて、筆を措《お》きたいと思います。

一〇年にわたる艱難のときは過ぎ去り、未来には再び希望の光が灯された。

ぼくはよく晴れた蒼空を仰ぎ見て、心の中で叫んだ。

『見ろ、こんなにも生きることは素晴らしい』

夢を叶えた健

小川(三宅) 由美子

米国から弟と両親が帰国する二〇〇三年四月一六日。私は七カ月になる息子の翔太郎と二人で、聖路加国際病院の救急車が到着する所で待っていました。予定の時間を過ぎた頃に「ピーポーピーポー」と救急車の音が聞こえて一台の救急車が到着しました。

弟と母だと思って、七カ月ぶりの再会を楽しみにドアが開くのを待っていました。しかし、救急車から出てきたのは白髪の老婆と、担架に乗せられ、ひげを長く伸ばして痩せこけたおじいさんでした。

私は翔太郎に、

「なーんだ、バーバと健坊じゃなかったね」

と言って、その場を離れようとしました。すると、その白髪の老婆が、

「由美子――」

と叫びながら走り寄ってくるのです。

「はい？」

と思いながらその老婆をよく見ると、なんと私の母でした。七カ月前にアメリカに旅立っていったときの面影はどこにもなく、髪の毛が真っ白になっていて、本当にびっくりしました。

そして、

「ということは、さっきのひげの長いおじいさんは……もしかして……まさか？　健坊？」ダブルでびっくりです。

健坊の具合が良くなくて、「死ぬなら日本で死にたい」とまで言って強引に帰国したとは聞いていました。でも私の中では、何となく大丈夫だろうという気がしていて、そんなに深刻に考えていなかったのです。

しかし、その姿を見て、現実を見て、弟が米国で本当に、本当に苦しんで、ひげも剃れないくらい大変な闘病だったということがわかりました。

半月前とは別人の健

二〇一二年九月九日、私は弟のお見舞いにひとりで名古屋から新幹線に乗りました。

親からは、健の容体がよくなくて、口も腫《は》れ、話すこともあまりできなくなっていることなどを聞かされていましたが、病室の中に入って弟を見たときはショックでした。二〇〇三年に米国から帰国した直後の健を見たときとは比較にならないほどのショックでした。

その二週間前の八月二六日に、

「また来るね！　がんばって！」

と言ってバイバイしたときの弟は、具合が悪そうでしたが、まだ普通に見えました。

しかし、九月九日の健は、「普通」と呼べるレベルを超えていて、顔はパンパンに膨れ上がり、いつものほっそりとした弟の面影はまったくなくなっていました。

痒くて掻《か》いたのか、顔や耳のまわりはかさぶただらけで、黄色い体液がこびりついています。ビリルビンが高すぎて汗と一緒に出てきているようでした。

一〇分から二〇分ごとに、目を覚まして起き上がりますが、ひとりでベッドに座ることができないので、私と父とで後ろから支えてあげました。

父と母は病室に泊まり込んで、夜も寝ないで看病をしていました。二人ともほとんど寝ていなかったので、倒れてしまうのではと心配でした。

私が看病を代わりたかったのですが、

「子どもがまだ小さいし、学校もあるんだから」

と言われ、結局日帰りでお見舞いに来ることしかできませんでした。

弟は起き上がる度に、お茶を飲んだり、薬を飲んだりするのですが、手がプルプル震えて、なかなか口まで持っていけず、コップを手にして座ったまま寝てしまうこともありました。

弟は何かを話そうとしていましたが、聞きとることはできませんでした。

うっすらと開いた目がまっ黄色で、涙が黄色く固まっていました。白眼がむくんでいて、飛び出しているように見えました。そしてベッドに横になると、一瞬で寝てしまいます。すごい鼾《いびき》でした。これはのどや気管までむくんでいるからだそうですが、本当にかわいそうでした。

トイレも、部屋の中のトイレまでも歩いていけずに、ポータブルをベッドの横に置いて使っていました。本当は、導尿をすれば良いのですが、弟は、ＩＣＵに入るまで、

「自分のプライドが許さない、絶対に導尿は嫌だ」

と言って、かたくなに拒み、がんばってトイレでしていたのです。

それも、もう弟はひとりでは立ちあがれないので、父母と看護師さんの三人で、支えられながら立ちあがり、がんばっていました。

ドナーを名乗り出てくれた夫

九月に入ると、健の容体悪化を理由に、

「アメリカへの再移植を受けに行くのはやめたほうがよい」

と先生から言われました。

しかし父は、米国での再移植を諦めず、九月三日、フロリダのメイヨークリニックに検査入院のためのデポジットを振り込みました。

強行突破。何が何でもフロリダへ連れて行ってあげたかったのです。普通の民間の飛行機では搬送できないと言われ、それならチャーター機があるのではと、いろいろなところに電話をして調べました。

フロリダまで三〇〇〇万円と言われました。高すぎる金額にびっくりしました。しかし、弟の命には代えられません。借金してでも弟をフロリダに連れて行くぞっと強く思っていました。

しかし次の日、四日の朝、電話が鳴りました。父からの電話です。ドキドキしながら出ると
「健がすごく悪いんだ。本当に死にそうなんだ。どうしたらいいのか」

と言いました。私の頭の中は真っ白になりました。

もうフロリダに行って待機している時間はないと思いました。もう日本での生体肝移植しかないと思いました。

しかし、私たち家族は血液型がみんな違うのです。父はB型、母はA型、私はAB型、そして健はO型。血液型が違うと、拒絶反応がすごく起こってしまうと聞いていました。

最初の移植のときも、生体肝移植を考えましたが、血液型不適合ということでマイアミでの

移植ということになったと聞いています。

血液型O型の健は、O型からしか移植できません。もう頭の中はパニックになりました。父も母も私もドナーになることはできない。どうすればいいのか頭の中で、グルグル考えました。私の身近な人でO型というと、私の夫だけでした。でも弟とは血のつながりもありません。やっぱり無理かなとも思いました。

ただ、弟の病気、原発性硬化性胆管炎という病気は、家族間で生体肝移植をすると再発する確率が高いので望ましくないと言われているのです。ところが、弟と私の夫は、義兄弟で、血のつながりはなく、しかもO型で、移植の条件にはぴったりなのでした。

私は最後の望みは夫からの生体肝移植しかないと思いました。私はどうしようかと悩んで、悩んで悩みぬきました。でも、弟をどうしても助けてあげたい。

夫に、

「もう日本での生体肝移植しかないんだけど、私たち家族は血液型が違うからできないんだ」

と伝えました。すると夫は、

「俺、O型だから、ドナーになってもいいよ」

と言ってくれました。

もう私には夫が神様に見えました。弟を助けてあげられると思うと少しホッとしました。が、ドナーの危険性とかを考えると胸が苦しくなりました。血のつながりのない夫に、こんな命がけのことをやってもらっていいのか……？

もうわからなくなりました。ただ頭の中にあったのは、

「弟を助けてあげたい！」

この思いだけでした。

夫がドナーになってくれるということで話を進めることになりました。

しかし、ここでまたもや問題発生です。

入院中の慶應大学病院では、

「脳死移植後の生体肝移植というのは前例がないから無理」

と断られたのです。東京大学病院にも聞きました。東大は、

「三親等までは移植可能だが、血縁関係のない三親等からの移植はできない」と断られました。

どうしたらいいのか？　私は焦りました。

私は、名古屋大学病院、岡山大学病院、京都大学病院、信州大学病院に問い合わせました。

岡山大は、血縁関係のない親族とのあいだの移植ではできないと断られましたが、その後二度も電話をくださり、

「絶対に移植をしてくれるところはあるから」

と力づけてくれました。

京大は、

「可能だが、いまはちょっと移植は取りやめている」

と言われ断られました。その日の夜のニュースで、京都大学病院移植外科での院内感染が取り上げられていたので、これが理由だなと思いました。

信州大は、

「できるが、倫理委員会にかけてオーケーが出なければ無理」

と言われ、時間がかかりそうでした。

残る名古屋大には、「できる」と言ってもらえたので、五日に急いで、慶應から弟の病歴を送ってもらいました。

「どうか移植してもらえますように」

と祈りながら、返事を待ちました。しかし、翌日の名古屋大からの返事は、

「弟さんの状態があまりにも悪く緊急を要すると思うのだが、当病院では移植外科のチームを八月に組み直したばかりで、安全に対応することができないので、申し訳ないが手術はできない」

というものでした。

私はどん底の気分でした。

それからの一週間は、親が脳死移植のネットワークの登録を一向にしてくれない東大に見切りを付け、半年前に登録していた大阪大学病院にそのまま登録をし、生体肝移植をやってもらえないか聞いてもらいました。

なんと大阪大では、六親等までドナーになれるらしく、脳死移植後の生体肝移植にも対応してくれるらしいのです。しかも、いつも無理だと言われていた血液型不適合移植も実施できるそうなのです。それなら私も両親もドナーになれる。ドナー候補が増えることで、私はうれしくなりました。

しかし、血液型不適合移植をするには、事前に血液を交換する時間が二〜三週間必要だというのです。緊急を要する弟にはそれだけの時間があるかわかりません。大阪大の先生には、

「O型からの生体肝移植が一番よいだろう」

と言われました。ということは、やっぱり夫が一番のドナー候補になります。そのことを夫に伝えると夫は、

「適合検査を受けるから早く日にちを決めて」

と言ってくれました。本当にありがたいの一言です。正直、いつもノロマで、さえない夫だと思っていたのですが、その勇気と優しさに、「よい夫を持ったんだなー」と、初めて思いました。

ところが、夫がドナーになってくれ、生体肝移植をするという話が進むにつれ、私は頭がおかしくなりそうな毎日でした。弟のことはどんなことをしてでも助けてあげたい。でもそれが、日本での生体肝移植という道しかなくなってしまったとき、血のつながらない夫の体を切って生体肝移植をするのは、本当に正しいことなのか？　たとえそれが倫理的に間違っていたとし

ても、私は弟を助けたかった。でもそれには、血のつながらない夫が多大な痛みと後遺症に苦しむようになるかもわからない。そんなことをして、本当にいいのか、もう考えても、考えても結論は出ず、何でこんなことになってしまったのかと気が狂いそうな毎日でした。

急変

九月一五日、朝五時に夢を見て目が覚めました。めったに夢に出てこない弟が、夢の中に出てきて、

「もういいよ……」

と言っていました。

何が「いいよ」なのかよくわからず、何か嫌な予感がして、もう一度寝ようかと思ってもなかなか寝付けませんでした。

六時三〇分、母から電話がありました。何かあったのかと、心臓が飛び出すほどびっくりして飛び起き、電話に出ました。

「健の血圧が下がってきて、危ないみたいって病院から電話があったの。由美子も急いで来て」

頭の中は混乱しておかしくなりそうでした。

「うそでしょ。何でよ。夢？　勘弁してよ。だれかたすけて！」

五分で準備して、タクシーで名古屋駅へ。新幹線に飛び乗り、九時過ぎには慶應大学病院に着きました。タクシーを降りると、父が待っていてくれて、

「健は一応持ち直して、いまは落ち着いている」

と教えてくれ、少しホッとしました。

急いでＩＣＵに行くと、一五番のベッドに弟がいました。横に母がいて、弟と手をつないでいましたが、弟は、一週間前に会ったときよりも変わり果て、機械だらけでした。

人工呼吸器を着けて、首には中心静脈からの点滴、この点滴からの出血が止まらず、首にはタオルがぐるぐるに巻かれていて、そのタオルは血だらけでした。

出血がすごいため、常に輸血がされていました。

腎不全《じんふぜん》を起こしているから、透析をしないとダメなのに、出血がすごく、血圧が八五ぐらいにしか上がらず、透析はできない。透析ができないと、尿を出すことができない弟は、輸血や点滴の水分がすべて体に溜まってしまい、顔や体がパンパンに膨らんでしまう。

先生は、

「一か八か透析をやってみようか」

とも言われましたが、透析を始めた瞬間に心臓が止まってしまう確率が高いらしいのです。

奇跡的に腎臓がよくなるのを待つか、一か八か透析をするかという二つから選択をしないとい

けませんでした。私はこのまま待っても、奇跡的に腎臓がよくなるなんてことはなさそうだから、透析をやってほしいと思っていました。

体がパンパンに膨らんで、目の白眼まで膨らんで、寝ているのに、目が閉じなくて、見ていて本当にかわいそうでたまらなかったから。

でも先生は、透析は危険すぎるから奇跡を待つほうがいいと言われました。

一四日にＩＣＵに入ってすぐに、人工透析を始めて、順調に水分が排出されていたのに、なぜそのまま透析を続けてくれなかったのか、今でも疑問に思います。

最期の瞬間

弟は一生懸命生きていました。

人工呼吸器の圧力も、酸素濃度も最大にしてあって、それでも体内の酸素は八八～九〇パーセント。この数値ではかなり苦しいらしく、普通の人は一〇〇だから、富士山に登っているときくらいの酸素濃度だと教えてもらいました。

呼吸器を着けている口からは、血が溢れてきて、看護師さんに吸引してもらっても、一時間もしないうちに血があふれてきてしまいます。

パンパンに膨らんだ手を握ると、すごい力で握り返してくるのです。

「弟には意識はあるの！」

と思って喜んでいたら、

「それは反射みたいなもので、意識があるわけではありません」

と先生に言われました。

でも、私には反射とは絶対に思えませんでした。それくらい力強く握り返してくれたのです。きっと弟は、弟の意思で、私の手を握り返してくれたんだと今でも私は信じています。

私は奇跡を信じて祈りました。

夜九時まで病院にいましたが、弟の血圧が九〇を超え、少し持ち直したと言われたので、私は、後から上京してきた夫と子どもたちがいる新宿のホテルに行き、目覚ましを午前二時にセットして横になりました。

うとうとしていたら、電話が鳴りました。夜中の一二時三〇分でした。

「何か悪い知らせだ」

としか思えませんでした。「どうしよう……」と思いながら電話に出ると父からで、

「………健、心臓がとまったんだ」

終わった……と思いました。頭の中が真っ白になりました。

この二カ月間、毎日苦しくて、苦しくて、弟のことが頭から離れませんでした。それも全部

この瞬間が来るのが怖かったから。

私はホテルを飛び出して、病院に行きました。もしかしたら、心臓マッサージとかで、健はいつものように復活しているかもしれないとわずかな希望をもって……。

病院についてＩＣＵまで走ると、ドアの前に父がいました。

「健坊は？」

父は黙っていました。全身の力が抜けました。

怖かった。信じられませんでした。


一六日午前一時二〇分、ＩＣＵの中に入るよう言われました。

母は、弟に着せる服を家まで取りに帰っていたので、私と父と二人で中に入りました。一五番のベッドの前だけ、白いカーテンが掛けられていました。中には、先生二人と看護師さんの姿が見えました。ベッドの上には、弟の姿が。

機械が何も着いていませんでした。たったの三時間前には、たくさんの機械につながれてブォン、ピピピって色々な音がしていたのに、何の音もしない。

弟はベッドに寝ていました。

弟は息をしていません。

信じられなくて、本当に信じられなくて、今まで生きてきた中で一番こわかった。

夢なら早く覚めてほしかった。

先生が、死亡の確認をしますと言われたが、私はカーテンの中に入ることがなかなかできず、息をするのが苦しかった。

ピクリとも動かない弟。

何で？

この前まで普通に話していたのに。


いったん外に出て、待合室にいたら、母が健の服を持って走ってきました。母の顔は蒼白で、母も死にそうな顔をしていました。母は、弟命でこの二〇年生きてきたから、弟の死は、私の苦しみの百倍以上あっただろうと思います。私とは比べられないくらいだろうと。

看護師さんに服を渡して、少ししたら、また中に入ってくださいと呼ばれました。

弟はスーツを着ていました。六月に作ったばかりのスーツを。

弟は、本当に安らかな顔をしていました。

九日に会ったときは、苦しそうな顔をしていたけれど、今は、ホッとしたような安らかな、かわいい顔をしていました。

何でもっと早く生体肝移植を考えなかったのか？　アメリカへの脳死移植の道が断たれたと

きのためにも、どこの病院が生体肝移植をやってくれるのか、不適合でもやってくれるのか、または血縁でなくてもやってくれるのか、調べておくべきでした。

私たちが、日本での生体肝移植を考え、動き出したのは、弟のビリルビンが四〇を超えてからです。

もっと早く動いていれば、私がドナーになって、生体肝移植ができたかもしれないのです。弟は意識がはっきりしているうちは、生体肝移植は受け入れなかったかもしれません。人の体を傷つけてまで助かりたくはないと弟はいつも言っていました。

でも私は弟に生きていてほしかった。

そして移植をして元気になれる可能性があるなら、私は喜んでドナーになりたかった。ドナーになって、私の身に何が起こっても、別にかまわないと思っていました。

私は、三七年間、自由気ままに生きてきました。でも弟は、病気のせいで、自由で気ままにのんきに楽しく生きるということは、なかなか難しかったのです。だから弟が元気になれるなら、何も怖くはなかったのです。

ただ今回はギリギリになって生体肝移植をしようと動いたために、私は不適合でドナーにはなれず、私の夫が候補になりました。血のつながりのない弟のためによく、ドナーになっていいよ……と言ってくれたなあと思います。正直、逆の立場で、わたしが夫の兄弟のドナーってことになったら、「え？　何でわたしが？」と思って、ドナーになれたかどうかわかりません。

やはり生体肝移植は、親子愛、姉弟愛、夫婦愛……がないと、なかなか難しいのではと思います。なので、快く承知してくれた夫には感謝、感謝です。

一番の理解者

三回、健のために千羽鶴を折りました。

一回目は、一〇年前の移植のとき。

二回目は、二〇一一年の七月四日、敗血症のショックでＩＣＵに入院したとき。

そして三回目……。

弟は死にそうになっても、千羽鶴を折って届けたらいつも復活してくれたので、

「今回も絶対によくなる！」

そう信じて子どもたちと折りました。子どもたちが、

「負けるな！けんぼう。負けるな！けんぼう」

「NEVER GIVE UP《ネバー・ギブアップ》だ、けんぼぅ」

と書いたメッセージを千羽鶴に付けて八月二〇日に届けました。

「NEVER GIVE UP」

これは私と弟が、一番初めに覚えた英語です。キン肉マンが大好きだったので、歌を聞い

て覚えました。弟は最後の最後まで生きることを諦めないで、病気と闘いました。「NEVER GIVE UP」です。

弟は生きたくて、生きたくて、やりたいことがたくさんあって、夢をかなえたくて。なのに、この世を去らなければなりませんでした。なぜ弟みたいに一生懸命生きている人が病に苦しみ、若くしてこの世を去らなければならなかったのか、神様は何を考えているのか……私にはまだわかりません。

いろんな人の闘病記を読みました。読んで思ったことは、若くして病に苦しみ、この世を去らなければならなかった人は、みんな心が清く純粋で優しく、そして夢を持ち、とてもがんばり屋さんで、一生懸命ひたむきに生きているということです。

とてもいい子、いい人で、みんなに愛されている人たちだから、天国の神様にも愛され、神様のもとに早く呼ばれてしまうのかなと思いました。

弟は私の一番の理解者でした。

頭の固い人間の集まった三宅家の中で、私はいつも息苦しい思いをしていましたが、弟はいつも私の味方をしてくれました。

私が結婚するときも、夫となる人は同じ会社の人でしたが、そんな結婚はだめだと親戚中から反対されました。でも弟だけは賛成してくれました。

三人目の子どもができたとき、私は、腹部のレントゲン検査をした直後でした。レントゲンが原因で、赤ちゃんに異常が出てしまうかも?と、周りから産むのを反対されました。

絶対に産むと決めていた私も、周りからの声で不安になりました。しかしそのときも、ボストンに留学中の弟に、スカイプで相談すると、絶対に産まなきゃーだめだよと、言ってくれました。

「レントゲンが原因で、赤ちゃんが病気になってしまう確率はほとんどないし、もし病気になってしまったとしても、お腹の中の赤ちゃんは、もう生きているんだよ。絶対に産まなきゃダメだ」

この言葉で、私は勇気をもらいました。その子はこの五月で三歳になりますが、今はわが家の太陽です。弟が亡くなったあとの沈んだ気持ちを、いつも笑顔で癒してくれています。

弟はいつも私に的確なアドバイスをしてくれました。

三歳年下でしたが、しっかりしていて、私はいつも弟の助言を頼りにしていました。だからそんな弟が突然いなくなってしまい、弟に相談できなくなってしまい、弟の声が聞けなくなってしまい、どうしたらいいのかわからなくなります。

私は弟が大好きでした。

どんなときも感情的にならずに、ばかな私に正確なアドバイスをしてくれ、そんな弟が、可愛くて、大好きでした。

弟は、アメリカの医師にも、日本の医師にも、治ることは難しいと言われていたカポジ肉腫を奇跡的に克服し、復活しました。

その後、弟は念願の慶應大学大学院に通い、大好きな数学の研究を続けて、二〇一〇年には、数理学の博士号を取得しました。子どもの頃からの夢をかなえました。弟の論文は、世界で読まれていたそうです。

弟は、移植後の一〇年間を無駄に生きることはなく、夢に向かって走り続けました。後半は、体調の悪い日もたくさんあったみたいですが、ボストンに留学もでき、充実した一〇年間だったと思います。

二〇一一年七月四日に、敗血症ショックで危篤になり、ICUで一〇日間生死をさまよいました。その時も、奇跡的に復活し、その直後から弟は、就職活動をすごい勢いで始めました。

私は、

「具合もよくないんだから、仕事なんてしないで、家でゆっくり数学の論文でも書いていればいいのに」

と言いました。しかし弟は、会社を回り続けました。その中には、内定までもらっていたのに、健康診断で落とされた会社もありました。病気にも負けず、働きたいとがんばる弟の気持ちを考えると、かわいそうで本当につらかったです。

そんな中、独立行政法人住宅金融支援機構が弟を採用してくれました。弟は本当にうれしか

ったみたいで、

「政府系の金融機関で働くんだ」

と言って、いつも誇らしげにしていました。

三三歳になっての初就職。本当にうれしかったのだと思います。

そして就職してからの三カ月、弟は自分の働いたお金で、両親にプレゼントを贈ったり、食事に行って、度々ご馳走をしていたそうです。

弟が、病に苦しみながら、なぜ働くことにこだわったのか、少しわかった気がしました。今まで、したくてもできなかったこと、自分の働いたお金で、両親にご馳走したり、プレゼントをすること。ずっと、ずっとしたかったんだと思います。そして弟は夢を叶えました。

家族３人がお気に入りの健の写真
（2011年12月26日）

弟は命がけで働きました。健康な人にしてみれば、仕事をすることなんて簡単なことですが、肝臓が悪くて、肝硬変の末期だった弟には、一日外で働くというのは、本当に命がけだったのです。

私はそんな弟を誇りに思います。

聞けなかった最後の言葉

最後の入院中の八月二六日、弟の病室に行き、名古屋へ帰る時間が来たので、

「じゃあそろそろ行くね」

と言うと、弟はしばらく黙ったあと、

「翔太郎は、大学は……」

などと語り始めました。でも私はそんな一〇年先のことを話したら、弟が死んでしまうような気がしたので、

「そんな先のこと、いま言わなくていいよ。また翔太郎たちに会ったときに言ってやってよ」

と、答えました。そしたら、弟は少し沈黙して、

「……今度会うときは骨になっているかもな？」

と言うのです。私は、話を明るくしようと思い、

「大丈夫だよ。アメリカに再移植に行くときは、成田空港までみんなで見送りに行くし、移植も絶対に成功するからね。じゃあ、また来るからね。がんばって！」

と、言い残し、病室をあとにしました。

結局、弟とはっきりと話したのは、それが最後でした。九月九日にお見舞いに行ったときに

は、しっかりと会話のできる状態ではなかったです。

何であのとき弟の言おうとしたことをさえぎったのか、残念でたまりません。

弟は、私の三人の息子たちのことを、自分の息子のように思ってくれていたので、きっと何か将来のことを言い残しておきたかったのだと思います。

弟は何を言いたかったのかな？

今となっては、二度と弟の思いを聞くことができなくて悲しいです。

けんぼうへ

けんぼう、精いっぱい生きたね。

限られた時間を精いっぱい生きたね。

こんなに早く別れが来るなんて思ってなかったよ。

目が覚める度に、もう会えないんだと実感するよ。

けんぼうに話したいことがいっぱいあるよ。

どんなに、どんなに話したいと願っても、もう二度とけんぼうと話すことができないなんて。

それを考えると苦しくて、苦しくて。

けんぼうは、いまどこにいるの？

天国って、どんなところ？

ひとりで寂しくない？

またいつか会えるよね。

天国でまた話せるよね。


けんぼうの声を聞きたいな！

けんぼうの笑った顔がまた見たいな！

けんぼう、天国で、私たちが行くのを待っていてね

一年前の弟の三三歳の誕生日に、ゆずの「栄光の架け橋」という曲のCDを、弟にプレゼントしました。

歌詞が、弟の人生と重なりました。この曲は、私と私の息子たちにとって、題名は『けんぼうの曲』です。

弟は「ぼくの曲じゃーないよ」と言っていたらしいのですが……。

栄光の架け橋（ゆず）

作詞　北川悠仁／作曲　北川悠仁

誰にも見せない泪があった　人知れず流した泪があった
決して平らな道ではなかった　けれど確かに歩んで来た道だ
あの時想い描いた夢の途中に今も
何度も何度もあきらめかけた夢の途中

いくつもの日々を越えて　辿り着いた今がある
だからもう迷わずに進めばいい
栄光の架橋へと…

悔しくて眠れなかった夜があった
恐くて震えていた夜があった
もう駄目だと全てが嫌になって逃げ出そうとした時も
想い出せばこうしてたくさんの支えの中で歩いて来た

悲しみや苦しみの先に　それぞれの光がある
さあ行こう　振り返らず走り出せばいい
希望に満ちた空へ…

誰にも見せない泪があった　人知れず流した泪があった

いくつもの日々を越えて　辿り着いた今がある
だからもう迷わずに進めばいい
栄光の架橋へと…

終わらないその旅へと
君の心へ続く架橋へと…

三宅健さんを偲んで

学習院大学名誉教授　黒田成俊

三宅健さんが逝去されたことを知ったのは、昨年九月の下旬のことだった。三月末に頂いたお手紙に、慶應大学のポスドクを終えて四月からある独立法人に就職されることになり、これからは社会のために働きたい、という趣旨のことを書かれているのを読み、病をこえて元気になられたかと安堵していたのに、どうしたことかという思いであった。後に伺ったところでは、長年戦ってこられて漸くここまできた慢性のご病気が急変とのこと、健君もさぞ無念であっただろうと、なんとも申し上げる言葉もない。

それにしても、頂いたお手紙に返事を出さねばと思いながら、一日延ばしのままになってしまったことが心苦しく申し訳なく、心からお詫び致します。

健君と私とは学習院大学理学部数学科の学生と教員という関係だが、健君と特に親しく接するようになったのは、彼が四年生の卒業研究で私のセミナー（卒研ゼミ）を選ばれたときからである。手元の記録によると、その年のセミナー（二〇〇一年四月―二〇〇二年三月、私の停年退職前最後から二つ目）はメンバー九名が二組に分かれて、それぞれのテキストを読み進んでいくというものであった。一〇年以上前のことなので記憶も薄れているが、健君がB組のリーダーであり、同時にゼミ全体の引っぱり役であったことははっきりと覚えている。ゼミのリーダー、引っぱり役には、数学の力でのリーダーと、積極的で賑やかなもり立て役があるが、物静かな健君は明らかに前者、後者のもり立て役は他に譲り、それが調和して全体としていいゼミであった。こう言っては他のメンバーに悪いが、数学は健君がだんとつであった。しかし、それを見せびらかすこともない健君に他のメンバーは信頼を寄せ、頼りにしていたと思う。

時に、体調が悪くて休まれたり、出席でも元気がなかったときもあった。そんなときでも、三宅君は努めて普通に振る舞われていて、時に辛そうな時もあったかも知れないが、概して楽しそうにゼミをしておられたと思う。私もプライベートなことには立ち入らない方なので、後に移植を受けられることになるような難しい病気を患っておられるとは思ってもみず、ゼミのリーダーとして、すっかり頼りにしていたと記憶している。

エピソードを一つ。ある日三宅君がやってきて、「本屋でこの本を見つけました、ゼミの勉強に役にたちます」とおっしゃる。なるほど、その本のはじめの部分は、B組の内容とよくマッチしていて、三宅君の勉強欲をかき立てるものだったのであろう。

ちなみに、その本とは、和訳がその年四月に出版になったばかりの「J・ホッフバウアー、K・シグムンド著　竹内康博他訳、進化ゲームと微分方程式、現代数学社、2001」である。原著の題名は *Evolution Games and Population Dynamics* であるが、B組の題材が Population Dynamics と関係していた訳である。卒業前の二月に行われる卒業研究発表でも、三宅君がこの本を役立たせたらしいことが最近出てきた資料でうかがえる。長年の教員生活の中で、ゼミの学部学生から本を教えてもらったのは、記憶する限りこのときの三宅君だけであった。体調を気遣いながらも、向学心旺盛だったことが偲ばれる。(蛇足ながら付け加えると、私はゼミの題材を自分の最得意分野に限らないことにしていて、この年のB組の題材は最得意分野ではなかった。三宅君が補ってくれる隙があった訳である。)

卒業後は暫く静養されるということだったが、ややあって米国で移植手術を受けられたと聞き、そんな病気を抱えておられたのかと驚いた。もっと同情というか特別な配慮をすべきだったのか、体調に問題を抱えるらしいが普通の学生という扱いでかえって良かったか、今となっては分からない。

手術後体調も回復されたか、慶應大学の大学院で研究に励んでおられると聞いて喜んでいた。慶應では前田吉昭教授のよき指導のもと二〇一〇年に博士の学位を得られた。学位に至るまでの研究生活は、体調万全でもとても厳しいものだから、三宅さんの成功を大変うれしく思い大成を祈っていたのに、ついに病に勝てなかったのは、運命とはいえ本当に残念である。

三宅健さんの生前のご努力をたたえながら、謹んでご冥福をお祈り致します。

三宅健君のこと——慶應義塾大学大学院での研究生活

慶應義塾大学理工学部教授　前田吉昭

三宅君は私の学生の中でも、特に印象に残っている学生のひとりです。彼は、慶應義塾大学大学院理工学研究科基礎理工学専攻へ二〇〇三年四月に入学しました。その前年二〇〇二年に大学院入学試験があり、三宅君は学習院大学をすでに卒業されていましたが、慶應義塾大学大学院への入学を希望され、受験をされました。学習院大学では黒田成俊先生の指導を受けて関数解析について勉強されていたと思います。黒田先生は、学習院大学を定年になられるために指導を受けることができなくなるということで、慶應義塾大学を受験して、私の研究室に所属することになりました。入学してからも黒田先生ともお話しをさせていただきながら、研究指導にあたってきました。

アメリカで肝移植手術を受けるために、二〇〇三年に大学院に入学されたのち、六月から私の研究室へこられましたが、本格的に指導を始めたのは二〇〇三年一〇月、秋学期からでした。手術前に、自分の研究についての希望を私に話され、手術後から大学に来るまでの間にどのようなことを勉強しておけばよいかと大変熱心に質問してきていたのを覚えています。好きな数学をやるために、大きな病気を乗り越える意欲を持っていました。

一〇月から私の研究室に配属されたあとは、順調に研究に励んで行きました。後になって、ご両親から、体調との闘いであったとお聞きしましたが、そのような困難な状況のなかでも、数学への情熱をもって研究に没頭されていたのだと思います。三宅君とともに私の研究室には小川佑二君という学生がおり、小川君は、可積分系の問題について、三宅君は、非可換空間の幾何学に関する研究を行なっていました。二人の研究分野は、それぞれ違うものですが、研究室の同級生としてとても仲良くされていました。

三宅君は、他の人の仕事でも自分なりに整理して、それを自分の問題として定式化するという研究者として必要な心構えをもっていました。非可換空間の問題について私のほうから、いくつかの問題を提案したのですが、それを自分なりの考え方で問題を定式化し直して考えてきました。

修士課程では、二次元ローレンツ群の変形問題について研究を行い、二〇〇五年九月に修士論文「二次元ローレンツ群の非可換ホップ代数としての変形」を提出して、修士（理学）の学位を取得しています。その後、博士課程において非可換平面や非可換球面の Tracial states の研究を進めてきました。博士課程の間に、ボストン大学へ約三カ月間滞在し、国際共同研究も経験しています。その時、受け入れをしてくださったSteven Rosenberg教授は、三宅君の印象をつぎのように述べています。

Prof. Maeda introduced me to Ken during my visit to Keio. Ken was very quiet, so I didn't get a good sense of his ability at the time. However, Prof. Maeda told me that Ken was quite strong in mathematics, so I was pleased to find out that Ken would visit Boston University.

Ken's work with me at Boston University was very impressive. We read through a long and difficult paper by Manchon explaining the Connes-Kreimer Hopf algebra approach to renormalization. Ken learned this material very quickly, and it was clear that he devoted a great deal of time to understanding this subject, which was new at the time and certainly new for Ken. He seemed to learn this complicated area so quickly that I thought to myself, "Maybe this material is easier than I thought, since this young grad student is learning it so easily." But soon I realized that Ken was exceptionally bright, and that the material really was complex. I certainly looked forward to my weekly meetings with Ken, because we both enjoyed learning a new and exciting subject. It was a pleasure to work with Ken, and I like to think that he enjoyed our time together as much as I did.

（訳）

［前田教授は、私が慶應義塾大学理工学部を訪問中に三宅健君を紹介してくれました。健君は大変物静かでその時は彼の優秀な能力を知ることができませんでした。しかしながら、前田教授から健君は高い数学能力を持っていることを聞き、彼をボストン大学へ受け入れました。

ボストン大学で私が健君とやった仕事は大変印象的です。私たちは、Connes-Kreimer ホップ代数とくりこみ理論について解説した長く難解な Manchon の論文を読むことにしました。健君はこの内容をすぐに把握しましたが、当時この問題は新しい問題であり、健君にとってもまったく新しい問題であったために、それを理解するために相当の時間を費やしたことは間違いありません。

彼はこのような難解な内容をすぐに理解をするので私は、このような若い大学院学生が簡単に理解できるのだから、この論文は私が考えるほど難しくないのではないかと考えていました。しかし、それは健君が大変優秀であって、論文の内容は実際難解であったことがすぐに分かりました。

私は健君と毎週行うセミナーがとても楽しみでした。私たちは新しくそして興味ある問題についてともに学ぶことができたからです。私は健君との仕事が行なえたことが大変嬉しく思っています。そして健君もまた私が感じたのと同じように一緒に過ごした時間に喜びを感じていたのではないかと思っています。］

三宅君は、博士課程在学中に非可換空間の Tracial State 空間の構造、特に Extremal point の特徴を解明することに成功し、Tokyo Journal of Mathematics, Letters in Mathematical Physics 等の国際的に高い評価の学術雑誌への論文発表や学会発表を精力的に行なってきました。これらの成果をもとに、慶應義塾大学大学院理工学研究科に博士論文「On Extreme Points o the Tracial State Space of Noncommutative Spaces」を提出し、学位審査の上、二〇一〇年九月に博士（理学）を授与されました。

三宅君は、私にはあまり自分の体調について深くは話してくれたわけではありませんし、私のほうもそのことにはあまり触れないようにしておりました。自分の体の問題を絶えず抱えながら、数学に邁進していった姿は、深く感銘を覚えます。Rosenberg 教授が三宅君に初めてあったときの印象について書いているように、彼はややおとなしく見える学生です。ただ、自己の中に秘めている信念は大変強く、また一歩一歩堅実に前を向いて進んでいました。

博士を修了したあと、今後のことを相談する機会がありました。できれば就職を考えているということで、就職活動もされ、就職が決まったという報告をもらいました。ささやかなお祝いとして、就職直前に、慶應義塾大学日吉キャンパスのファカルティクラブで簡単なお昼をご馳走しました。そのとき、仕事で必要な勉強をすることや、これからも数学を続けたいなど、目をかがやかせて話をしてくれたことを今でも思い出します。別れ際に、また大学にも遊びにきますと元気そうに挨拶をしてくれたのが最後になるとはとても思えませんでした。

三宅君は、自分の体との闘いのなかで、自分の数学への夢を持ち続けていました。きっと天国でも数学をやり続けているのではないかと思っています。

三宅君のご冥福をお祈りします。

あとがきにかえて――息子・健の大切なもの

三宅健父　周作

健が天国に旅立って早や一年、主のいない部屋に入り、数学の専門書がならんだ書棚の中に、健の通った相洋中学校の卒業文集がありました。

健はその中で「大切なもの」と題して、闘病生活の苦しみについて述べ、アインシュタインの肖像画を添えて以下のように書いていました。

僕は、この体験を通して、人間の生死について考えることが出来た。なぜ、この広大な宇宙空間において、私達の様な生命が現れたのか、また、消えていくのか。そもそもなぜ存在と言う二文字が有るのか。まだ、だれも答えを出していない様な気がする。同時に、世の中には、元気にしているのに遊び過ごしている人もいる。僕は、人間は元気なうちは、大きな夢を抱き、それに向けて、たゆまぬ努力をすべきだと思っている。元気な時に気が付かなかったことが、闘病生活を通して、いとも簡単に理解できたことを感謝している。これからもハンディを背負って生きているという考えを捨てて、大きな壁が出現しようとも、努力と忍耐で乗り越えていきたいと思っている。いや乗り越えてみせる。

健は子どものころからアインシュタインに憧れていました。将来の目標を小学生の時から「大切なもの」として定めていて、闘病生活を余儀なくされても、これはその後も変わることはありませんでした。

健が、不運にも、極めてまれな難病となった原因について、自ら度々話していたのを思いだします。

健は、ＰＴＣＤ（経皮経管胆管ドレナージ）の失敗など度重なる闘病生活での不運を乗り越えようと頑張り、また穏やかにそれを受け入れている姿に、親ながら驚かされました。また一人の人間として健と出会い、健の人間性に触れながら共に暮らすことができたことに、いつも幸せを感じていました。

学業の面では、幸運にも、大学と大学院で、ともに大家と称される数学者を師とすることができました。短い期間ではありましたが、子どものころからの目標である数理科学の非可換幾何学（「物理に近い数学」と言っていました）を研究し、理学博士になったことは、長年の夢を実現し、また、政府系金融機関に就職したことも、健のプライドを満足させることができたと思います。

健の闘病生活が始まって二〇年、健康面で安定した状況は一度もありませんでした。

親として、いつも心配が絶えませんでした。

健が、天国に旅立って、こんなにも愛しく、つらくて、悲しくて、哀しい、大きな喪失感は想像してもいませんでした。健がいたころの数々の情景が、昨日のことのように脳裏をよぎります。

健は生前に闘病記を書いておりました。健の遺志に沿うため、また健のことを忘れないために、彼の闘病生活二〇年間をまとめて出版することにしました。

第一部は健が「いのちを求めて」と題してまとめていた原稿をほぼそのままに、第二部は妻の公子が息子・健になりかわって健のブログ（二〇〇五・一〇・二〜二〇一一・一一・一六）も引きながら移植後の約一〇年間を中心に書き起こしています。仲のいい姉弟であった娘由美子も健とのことについて書いてくれています。

最後になりましたが、健の二〇年間にわたる闘病を支えてくださった多くの医療関係者の方々にお礼を申し上げます。

「いかに生きるか」に人生の意味を見出していた健ですが、自分を貫き通し生き抜いた一生だったのではないかと思います。健の一生は家族にとって誇りです。

二〇一三年九月

著者紹介

三宅健（みやけ・けん）

1978年10月28日生まれ。

中学3年（1993年）のとき難病（原発性硬化性胆管炎）と診断される。

1997年相洋中・高等学校卒業。

1998年学習院大学数学科入学。2002年卒業。同年10月18日米国マイアミにて脳死肝移植を受ける。

2003年10月慶應大学大学院数理科学研究科（数学）修士課程入学。2005年9月理学修士となる。同年10月同博士課程入学。2009年9月ボストン大学に短期留学。2010年9月理学博士。慶應大学数理科学研究科準訪問研究員。

2012年4月住宅金融支援機構入構。7月より体調をくずし入院。9月16日死去。

編者紹介

三宅公子（みやけ・きみこ）
三宅健の母親。
岡山県岡山市出身。ノートルダム清心女子大学卒業。現在は神奈川県川崎市在住。

ぼくの大切なもの　再移植をまえに逝った息子・健

二〇一三年十一月二〇日　初版第一刷発行

著　者　三宅健
編　集　三宅公子
発行所　株式会社はる書房
〒一〇一-〇〇五一　東京都千代田区神田神保町一-四四駿河台ビル
電話・〇三-三二九三-八五四九　FAX・〇三-三二九三-八五五八
http//www.harushobo.jp/
装　幀　黒瀬章夫（nakaguro graph）
組　版　エディマン
印刷・製本　中央精版印刷

ISBN 978-4-89984-135-7 C 0036